KB236767

새미비평신서 5

한국 현대시의 서정적 기반

송기한

새미

한국 현대시의 서정적 기반

송기한

머리말

   그 동안에 썼던 글들을 모아 보았다. 나 자신의 취향에 맞는 글들도 있고 그렇지 않은 글들도 있다. 어떻든 이것이 우리 시문학에 대한 해석과 자리매김에 어느 정도 도움이 될 것 같아 한자리에 모아서 펴 내기로 했다.

   시간이 많이 흐르다 보니 현실과 부합되지 않는 면들도 있고, 또 잘 들어 맞는 부분도 있다. 그러한 변화 속에서도 시는 이런 것이어야 한다는 점에서는 어느 정도 공통점이 있는 듯 보인다. 그것은 시대의 조류가 어떻게 변하든 시는 현실과 밀접한 연관을 가지면서 시 본래의 영역을 벗어나는 일은 없어야 한다는 점일 것이다.

   실상 작금에 들어서서 문학 무용론에 대한 의견들이 많아진 것이 사실이다. 너무 지나치게 사회에 흐름에 기대고 있는 시각에서 나온 말들이다. 현대 사회가 멀티미디어의 시대인 만큼 일회성, 즉효성, 순간성을 갖는 것들만이 살아남는다는 논리이다. 그런 면에서 시는 소설보다는 여건이 좋은 편이라고 할 수도 있다. 인터넷 문화에서 그나마 그 접근성이 좋은 것은 시인 까닭이다. 그러나 상황이 이렇다고 해서 시가 현대의 이러한 시대적 조류로부터 완전히 자유롭다고 말할 수는 없을 것이다. 시도 문학의 한갈래라는 측면에서 보면 그렇다.

문학에, 시에 다가오는 이러한 위기들을 어떻게 극복할 수 있을 것인가. 현대를 풍미하는 일회성에 대해 어떻게 맞설 것인가. 대답은 여러 가지가 있을 수 있겠지만 가장 중요한 것은 그러한 일회성에 저항하는 영원성에서 해답을 찾을 수 있지 않을까, 혹은 시 본래의 영역인 시성(詩性), 문학성에 있지는 않을까, 하고 반문해 본다.

시는 그러한 영역을 발굴해 내서 작품화해야 한다. 그리고 비평도 마찬가지라고 본다. 비평의 선도성은 아무리 강조해도 지나치지 않지만, 문학적 위기의 시대를 맞이하여 특히나 이러한 영역에 대해 더욱 관심을 기울여야 하지 않을까 한다.

순간성이 유효한 시대에서도 시는 살아남아야 한다. 마찬가지로 비평도 살아남아야 한다. 그럴려면 하나가 되어야 한다. 시를 통해서 항구성을 읽어낼 수 있다면, 비평을 통해서도 항구성을 읽어내야 한다. 시와 비평은 하나이면서 전체가 되어야 한다. 그래야만 순간성이 풍미하는 현대 사회에서 시와 비평이 존재의 이유를 찾을 수 있을 것이다.

2002년 가을

목 차

[Ⅰ]

[I]

오세영 시의 인식론적 구조

오세영론

1. 서론

오세영은 1968년 〈현대시〉 동인으로 출발하여 이후 지칠 줄 모르는 시적 편력을 보여준다. 첫시집 1970년 『반란하는 빛』을 필두로 1982년에 제2시집 『가장 어두운 날 저녁에』를, 그 후 제3시집 『무명연시(無明戀詩)』(1986), 제4시집 『불타는 물』(1988), 제5시집 『사랑의 저쪽』(1990), 제6시집 『꽃들은 별을 우러르며 산다』(1991), 제7시집 『어리석은 헤겔』(1994), 제8시집 『눈물에 어리는 하늘 그림자』(1994), 제9시집 『아메리카 시편』(1997), 제10시집 『벼랑의 꿈』(1999), 그리고 최근의 『적멸의 불빛』(2001)을 차례로 발간한다.

이들에 대한 평론이나 연구활동도 활발히 전개되었는데 각 시집에 따른 주제 비평1)과 함께 그의 시의 주된 이미지 혹은 상상력 연구2), 존재론

---

1) 김재홍, 「사랑과 존재의 형이상」-『무연연시』에 대하여-, 『현대문학』, 1985.10.
　　김준오, 「명상시와 존재론적 상상력」-『사랑의 저쪽』에 대하여-, 『현대시학』, 1990.11.
　　최동호, 「감성과 이성의 둥글고 부드러움」, -『어리석은 헤겔』, 고려원, 1994.
　　황현산, 「이름붙일 수 없는 것에 대해」, -『눈물에 어리는 하늘 그림자』에 대하여-, 『현대문학』, 1994.12.

적 시각에서의 접근3), 불교 사상의 관점에서의 연구4) 등이 있다.

그의 시의 특징에 대해서는 매우 다양한 명명들이 가능할 것이다. 그의 시에서 끌어낼 수 있는 시적 주제들이 다수이기도 하지만 시적 구성의 방법론에 있어서도 무게있는 성격들 역시 많이 보이기 때문이다. 가령, '서정시의 완미(完美)한 추구', '철학과 미학의 결합', '역설과 모순의 기법에 나타난 지적 방법론', '언어적 형식미의 완성' 등이 그것이다.

실제로 시학 교수인 동시에 시인이라는 존재 조건은 오세영 시에 매우 강하게 작용한다. 그의 시는 감성적이되 결코 이성의 제어로부터 자유롭지 못하다. 그의 시적 언어는 서정적 정서를 농밀하게 풀어내다가도 그것은 곧 지적 인식과 결합되어 잠언과 같은 단정이나 생략과 배제가 전제된 은유, 혹은 역설의 구조 속에 놓이게 마련이다. 또한 시어 하나하나가 함부로 쓰여지는 법 없이 정제되고 엄선되어 그의 대부분의 시가 기본적으로 형식미를 지향하고 있음도 알 수 있다. 요컨대 그의 시 전체가 '잘 빚어진 그릇'과 같은 것이다. 그러나 이 말에서 연상할 수 있는 언어 조탁의 관점에서만 그의 시를 생각한다면 우리는 오류를 범할 것이다. 그는 결코 형식주의자가 아니기 때문이다.

그렇다면 그를 그이게 하는, 그의 고유함은 무엇일까? 아마도 그것은 그의 삶과 사물에 대한 예리한 통찰일 것이다. 그가 행하는 언어 행위

　　장경렬, 「아메리카에서 보는 아메리카」, 『아메리카 시편』, 문학동네, 1997.6.12.
　　조남현, 「서평-꽃들은 별을 우러르며 산다」, 『문예중앙』, 1992, 겨울.
　　김경민, 「서평-어리석은 헤겔」, 『꿈과 시』, 1994, 가을.
　2) 임수만, 「물질적 상상력과 역설의 시학」, 『시와 시학』, 1996, 가을.
　　김재홍, 「무과 불 또는 운명과 자유」, 『현대시학』, 1990, 8.
　3) 이동하, 「실존적 인식의 심화와 확대」, 『한국문학』, 1986, 7.
　　박철희, 「깨진 그릇의 자기인식」, 『문학사상』, 1991.11.
　　이숭원, 「모순의 인식과 존재의 탐색」, 『현대시학』, 1992.6.
　　김성곤, 「'그릇'의 미학과 존재론적 고뇌」, 『시와 시학』, 2000, 가을.
　4) 이은봉, 「선적 초월, 혹은 상상의 생명 공동체」, 『시와 사람들』, 1999, 가을.
　　홍용희, 「허심(虛心)의 자유와 평정」, 『현대시』, 1999.9.
　　정끝별, 「역설과 모순으로 일궈낸 동양시학」, 『시와 시학』, 2000, 가을.

속에는 존재의 본질을 파헤치고자 하는 예지에의 의지가 놓여 있다. 그것이 때로는 잠언의 형태로, 때로는 모순과 역설의 형태로, 혹은 동일성(은유)의 제시로 나타나는 것이다. 그의 통찰의 옳고 그름을 판단하는 것은 독자들 저마다의 몫일 것이나 우리에게 시인의 목소리가 권위있게 들리는 것은 쉽게 부정할 수 없을 것이다. 그것은 그의 사유에 반성과 성찰이, 반추와 회의가 놓여 있기 때문일 것이다. 그가 주로 엮어내는 연작시들은 그가 하나의 사물, 한 가지 현상을 두고도 다양한 관점에서 사고하고 있다는 것을 보여주는 한 예가 될 것이다.

또 한가지 가능한 질문은 각 시집에 따라 보이는 그의 인식의 확장성일 것이다. 그의 각 시집은 제각기 일정한 주제론적 의미망을 짜고 있다. 그 중 몇몇 시집들은 유사한 시적 주제를 중심으로 보다 심화된 인식의 틀로 묶이는 것이 있다. 『가장 어두운 날 저녁에』의 성찰들이 『무명연시(無明戀詩)』, 『불타는 물』을 거쳐 『사랑의 저쪽』에서 '그릇'의 이미지로 빚어지는 것이 가장 두드러진 예가 될 것인데 이는 시인의 존재론적 성찰의 정점에 해당될 것이다. 그 외의 대부분은 독자적인 주제로 놓이는 것이며, 특히 『아메리카 시편』은 미국에 교환교수로 재직중일 때 겪은 체험을 바탕으로 한 것으로 가장 독특한 시편들에 해당된다. 한편 초기 시집 『반란하는 빛』은 <현대시> 동인 시기에 모더니즘 기법 하에 쓰여진 것이므로 이후의 시집과 분리시켜 다루는 경향이 강하다. 그러나 『반란하는 빛』에는 이미 시인의 존재론적 성찰의 단초가 마련되어 있으며 그 시편들 속에 담긴 '불'의 상상력은 이후 시집들의 사유구조를 형성하는 데에도 많은 부분 관련되어 있는 점이다.

본고는 오세영의 시세계 전체를 조망하고자 하는 의도로 씌어졌다. 그러나 그의 시적 편력이 보여주고 있는 폭넓은 주제들과 깊이들을 한 궤에 다루는 것은 불가능할뿐더러 각기 시집들의 특징들을 모두 살펴본다면 단편적인 접근 이상이 되지 않을 것이다. 따라서 시인의 인식론을 형성하는 주된 전략적 이미지들을 끌어내어 그것이 연관성 있는 시집들에서 어떻게 계승, 변용되는지를 살피고자 한다. 그러할 경우 시인에게는 모든 시기에 걸쳐 반복적으로 사유되는 성찰의 주제가 있음을 알 수 있을 것이며 그것을 밟아가는 사유과정은 곧 시인만의 독특한 인식론의 완성으로 귀결될 것임을 확인하게 될 것이다.

2. 한계지움의 형식으로서의 '그릇'

시인의 초기 시편과 제2시집 사이에는 12년이라는 긴 시간적 간격이 놓여있다. 이 기간은 시인에게 20대의 불길을 빠져나와 30대의 과도기를 거쳐 어느덧 불혹의 나이로 접어드는 시기이다. 그동안 그는 대학원에 입학하여 박사학위를 받는 등 제도권 교육을 성실히 이행하였고 한 가정의 어엿한 가장으로서 성숙의 길을 밟아왔을 것이다. 이러한 그의 연혁(沿革)이 의미하는 것은 무엇일까? 초기 시집『반란하는 빛』에서 우리는 내면의 무한한 충동에 들려있는 시인의 모습을 만날 수 있었다. 당시 시인은 초현실주의의 전형적 기법인 이미지의 충돌과 과격한 상상력의 전개를 통해 모더니스트로서의 면모를 유감없이 보여주었다. 그러던 것이 제2시집『가장 어두운 날 저녁에』에 이르면 피투성(被投性)으로서의 존재 조건에 대한 인식이 표출되고 시인은 그것을 극복하기 위한 존재의 근거를 마련하고자 고투한다. 여기에서 시인이 설정한 존재의 근거는 일차적으로 가족에 대한 인식으로 나타나는 바, 이는 곧 일정한 '틀'의 형상화를 뜻하는 것이다.

> 내 이름을 찾으려고
> 끝없이 나는 방황하였다.
> 알타이에서 잃어버린 신발 하나.

곰의 발자국을 찾아서,
시든 풀을 헤치고,
빈 콜라병에 채이면서
맨발로 빗속을 걸어다녔다.
잃어버린 나를 돌려다오,
(중략)
참새가 몇 마디 웃고 있는
許生의 집 뜰에 피는 박꽃이여,
한글로 쓴 내 이름을 돌려다오,
나는 지금 아무데나 있고,
아무데나 없다.
(중략)
나는 許生의 집 문전을 기웃거린다.
잃어버린 나를 돌려다오,

「彷徨2」

틀에 끼인
한 장의 사진 속에 平安이 있다.

아내의 성성한 머리카락 사이에
여름 햇빛들이 수런대고
철없는 어린 것이 물장난을 치고
(중략)
틀에 끼인 한 장의 사진,
그 속의 平和,
그 속에 잠든 아내의 얼굴,
흰 파도에 부서지는
여름이 보였다.

「겨울 日記」

　　제2시집에 대한 첫인상은 서정성이 강화되었다는 점일 것이다. 그러나
거기에는 불안과 안식의 두 가지 상반된 세계가 존재한다. 그리고 그의
불안과 방황은 '이름지워지지지 못한', 규정되지 못한 존재성으로 말미암

는다. 그것은 곧 자아의 실종과 같다. 시인은 '아무데나 있고' 혹은 '아무데나 없는', 즉 있으나마나 한 공허를 경험한다. 젊은날의 충동을 좇아 넓은 존재의 지평에 이르렀으나('타버린 정신들은 어디 갔는가./ 가령 설원(雪原)에 버려진 장미꽃 하나/ 혹은 알타이에 떨어지는 햇살,/ 바람과 소나기, 그리고 유월은/ 불탄다.', 「불1」,『반란하는 빛』) 그곳에는 끝없는 무한만이 존재할 따름이다. 여기에서 시인은 존재의 막연함에 몸을 가누지 못하고 방황을 거듭하게 되는 것이다. 이때 '이름'은 잃어버린 '나를 찾는' 한 방편이 된다. 그 결과 시인은 '나'의 정체성을 위하여 자연스럽게 '집'을 기웃거리게 된다.

'집'은 아내와 아이들이 시인을 기다리는 곳으로서 일상화된 익숙함을 통해 그를 혼란으로부터 구하는 조건이 된다. 시인은 가족과의 일상을 떠올릴 때마다 평안과 생기를 느끼는데('아침이 오는 길목에서/ 나누는 人事,/ 반짝이는 눈빛,/ 어두운 山河를 건너서/ 바람부는 들녘을 날아서/ 너는/ 태초의 축복으로/ 내 손을 잡는다./ 아아, 그것은 하나의 작은 歷史,/ 人間은 누구나 자신의 歷史를 創造한다./ 부신 햇빛으로 터지는 喊聲,/ 아침이 오는 길목은/ 地上의 恩寵이 눈 뜨는 時間,/ 사랑하는 아이들을 위하여/ 어머니는 朝餐을 준비하고,/ 薔薇는 봉오리를 터친다.', 「아침」, 『가장 어두운 날 저녁에』) 그들과의 관계맺음이 시인이 인식하는 '던져진 자아'에게 일정한 '틀'을 부여해주기 때문이다. 「편지」에는 피투성의 자아에게 반복되는 일상이 얼마나 큰 구원인가가 잘 묘사되고 있다.

> 누구의 편지일까,
> 發信人 없는 편지 한통
> 비에 젖어 버려 있다.
> 찢어진 하늘에서
> 投書로 내리는 비.
> 言語는 축축히 젖어 있다.

비는 내려도 이 都市의 녹음은 씻겨만 가고
신뢰할 그 아무것도
벌써 내겐 없는데
대담하게 쓴 한통의 편지
혹은 密告, 혹은 眞實.
그러나 염려치 마라
하나의 眞實이 비에 씻기고
하나의 아픔이 잠자더라도
빗장을 걸고, 전깃불을 끄는 일에
우리는 너무나 익숙해 있으니까.

「편지」

　은유로 이루어진 위의 시에서 '발신인 없는 편지'는 '이름이 불려지지 않은 자아'와 다를 것이 없다. '버려져' 있는 편지는 곧 그러한 자아의 투영5)이며, 따라서 시인에게는 신뢰할 대상이 존재하지 않는다. 설령 '버려진 편지'와 같은 존재의 성격이 '진실'이고 진리일지라도 그는 그가 놓인 상황이 불안하기만 하다. 그러할 때 시인에게 분명한 것은 무엇인가? 그 분명함이 시인을 안심하게 하는 바, 그것은 곧 최소한의 일상이다. '빗장을 걸고, 전깃불을 끄는 일'처럼 삶을 향한 적극적인 행위는 아니더래도 그 작은 생활의 익숙함이 그를 구원하는 것이다. 이러한 시적 전개는 무한으로 놓인 드넓은 존재의 지평이 얼마나 시인에게 무자비하게 느껴졌는가 하는 것을 암시적으로 보여준다 하겠다. 따라서 이즈음에 '그릇' 이미지가 형성된 것은 우연이 아니다.

그릇들은
저마다의 푼수를 지니고 있다.
(중략)
사람은 저마다의 그릇을
갖고 있다.

---

5) 류철균, 「존재의 초극과 사랑의 지평」, 『시와 시학』, 1992, 여름.

채워진 그릇과 빈 그릇을,
말씀의 그릇과 靈魂의 그릇을,
사람은 저마다 가지고 있다.

진실로
가난한 者의 食卓에 놓여진
그릇이여,
고개 숙인 食率들을 보아라
상머리 조용하게 타오르는
촛불 너머
對坐한 안식을,

窓 밖엔
인도차이나의 砲聲,
越難民들의 허기진 얼굴들이 보이는데,

食卓 모서리를 차지한
귀 빠진 나의 食器,
白沙器, 찰찰 넘치는
어머니 恩寵을 기린다.

「晩餐」

시인은 '그릇'을 각각의 개별자에게 주어진 '은총'의 몫이라고 생각한다. 그것이 크든 작든, 훌륭하든 초라하든 그것을 자신의 것으로 가진 사람들은 '안식'과 만족을 느낀다. '그릇'이 많은 것을 담을 수 있는 것은 아닐지라도 시인은 그것을 가지고 있음이 평화를 소유한 것과 같다고 본다. 그리하여 시인은 그릇의 소유를 통해 '영혼'과 '말씀'으로 표상되는 형이상학적 체험을 할 수 있게 된다. 이웃 나라의 전쟁소식이나 난민들의 비극 정도는 전략적인 시적 장치에 불과할 뿐이다. 이웃의 비극은 그릇을 소유한 자의 안식과 행복을 전경화시켜주는 배경일 뿐이기 때문이다.

그런데 비극을 본 자에게 안식은 불완전한 것이다. 그것이 언제든 사라질 수 있다는 자각 때문이다. 또한 이웃의 불행 자체가 자신의 행복을 절대적인 것이 아니게 한다. 시인의 인식론적 고민은 바로 여기에서 시작된다. 무한의 공간에 '버려진 자아'가 그토록 바라마지 않던 '한계지움으로서의 형식', 곧 '그릇'이 모순으로 인식되기 시작한 것이며, 이를 계기로 이후 그의 시편들에는 역설의 어법이 자주 등장한다.

흙이 되기 위하여
흙으로 빚어진 그릇
언제인가 접시는
깨진다.

生涯의 榮光을 잔치하는
순간에
바싹
깨지는 그릇,
人間은 한번 죽는다.

물로 반죽되고 불에 그슬려서
비로소 살아 있는 흙,
누구나 人間은
한번쯤 물에 젖고
불에 탄다.

하나의 접시가 되리라.
깨어져서 完成되는
저 絶對의 破滅이 있다면,

흙이 되기 위하여
흙으로 빚어진
矛盾의 그릇.

「矛盾의 흙」

한 개별자로서 개인에게 속하는 푼수를 지닌 '그릇'을 소유하고자 했던 시인에게 이제 '그릇'은 '인간'이라는 보편자로 인식된다. 타자의 조건은 나의 존재에 대한 성찰을 유도하였으며, 나와 타자에 대한 사유는 '인간'에 대한 보편적인 인식에로 확장되었던 것이다. 이제 더 이상 내가 소유한 '그릇'이 영원한 평화로 느껴지지 않는다. 그것은 '죽음'이라는 '절대 파멸'이 유예된 유한한 행복일 따름이다. '결국 인간은 죽기 위하여 살아있는 존재가 아닌가?'에 대해 생각이 미친 시인은 그릇을 냉철하게 인식하기 시작한다. 그것은 '흙으로 빚어진 것'으로서, 그러므로 '흙이 되기 위한' 것에 불과할 뿐이다. 그리고 실제로 언젠가 그것은 '깨진다'. 그것도 운이 나쁘면 '생애의 영광을 잔치하는 순간'에 그리된다.

시인이 어느 정도로 냉철한가 하는 것은 행복과 불행이 교차하는 순간에 대한 인식에 이르러서도 아무런 감정적인 언급을 부가하지 않는 것으로 알 수 있다. 그는 인간의 죽음을 '한번쯤 물에 젖고 불에 탄다'라고만 표상한다. 그리고 그와 같은 이성적 인식 뒤엔 곧 긍정이 따른다. 이제 그는 파멸을 내포하므로 모순된 것인 인간의 존재 조건을 적극적으로 승인하는데, 이는 오히려 '깨짐'(죽음)을 '완성'이라 보는 데서 드러난다.

3. '깨진 그릇'과 '불'의 만남

시인의 보편자에 대한 인식은 곧 진리를 향한 겸허한 태도를 의미하는 것이다. 시인은 인간의 유한 조건을 부정하지 않는다. 부정하지 않기 때문에 냉철할 수 있고, 또 그러하기 때문에 그의 사유는 계속된다. 「그릇」 연작시를 통해 그의 인식이 확대, 심화될 수 있던 것도 바로 여기에서 연유하는 것이다. 시인은 다양한 사물들이 지닌 역설적 모순구조를 다각도로 살핌으로써 그의 인식을 다지고 또한 인간과 사물간의 우주론적 연대를 확인해 나간다.

　그에게 '그릇'은 일차적으로 존재를 그 '무엇'으로 만드는 형식이 되지만 그것이 영원히 그 상태로 고착되는 것은 원하지 않는다. 말하자면 '그릇'은 존재의 채움을 위해 있되 그것이 곧 깨짐 혹은 비움의 상태로 전이되어야 하는 것이다. 시인이 볼 때 모든 살아 있는 존재란 그러한 순환의 과정을 겪는다. 그러나 비움, 채움, 비움의 순환 과정이 언제나 동일한 상태로 반복되는 것은 아니다. 태초의 혼란으로서의 비움과 채움 후의 비움은 그 내포가 다르다.6) 그런 의미에서 존재에게 '그릇'이라는 형식은 반드시 필요하고 나아가 그것을 부정하는 과정 또한 필요하다. 이러한 과정이야말로 곧 존재를 겸허하게 하고 성숙시키는 계기가 된다. 시인은 그런 과정을 밟지 않는 것으로 '이념'을 꼽고 있다. 시인이 보기에 이념이란 확고불변하다는 믿음 속에 경직되게 고착된 것에 불과하다. 시인이 이념을 불신하는 이유가 여기에 있다.

　　　　그릇에 담길 때,
　　　　물은 비로소 물이 된다.
　　　　존재가 된다.

　　　　잘잘 끓는
　　　　한 주발의 물,
　　　　고독과 분별의 울안에서
　　　　정밀히 다지는 질서,

　　　　그것은 이름이다.
　　　　하나의 아픔이 되기 위하여
　　　　인간은 스스로를 속박하고
　　　　지어미는 지아비 앞에서
　　　　빈 잔에

---

6) 오세영·김준오 대담, 「진실과 사실 사이」, 『사랑의 저쪽』, 1990.9, pp.102~104.

차를 따른다.

엎지르지 마라,
엎질러진 물은 불이다.
이름없는 욕망이다.

욕망을 다스리는 영혼의
形式이여, 그릇이여.

「들끓는 물-그릇6」

그 어떤 이념이
이토록 생각을 굳혀 놨을까,
그에게서는 사랑을 찾을 수 없다.
관용도 그리고 미움도…….
부드러운 흙에 도는 따뜻한 물이
한 송이 꽃을 피우듯
부드러운 살에 도는 따뜻한 피가
사랑을 싹틔울텐데
어떤 이념이 그토록 싸늘하게
그의 육신을 얼려 왔을까.

모래와 철근으로 더불어 굳어버린
씨멘트,
생명을 완강히 거부하는 저
흙의 얼음.

「흙의 얼음-그릇26」

내가 원고지의 빈칸에
ㄱ, ㄴ, ㄷ, ㄹ, ……
글자를 뿌리듯
神은 밤하늘에
별들을 뿌린다.
빈 공간은 왜 두려운 것일까,
절대의 허무를

빛으로 메꾸려는 저, 神의
공간,
그러나 나는 그것을
말씀으로 채우려 한다.
내가 원고지의 빈칸에
ㄱ, ㄴ, ㄷ, ㄹ, ……글자를 뿌릴 때
지상에 떨어지는 씨앗들은
꽃이 되고 풀이 되고 또
나무가 되지만
언제인가 그들 또한
빈 공간으로 되돌아간다.
나와 너의 먼 거리에서
유성의 불꽃으로 소멸하는
언어,
빛이 있으므로 神의 하늘에도
어둠은 있다.

「神의 하늘에도 어둠은 있다-그릇39」

  분명 그릇은 무규정의 존재를 일정한 존재의 형상으로 만들어 주는
안정된 틀이 되어 준다. 그것은 인간의 경우 무분별한 충동 혹은 들끓는
욕망을 다스려주는 기제이다. 그것이 주어지지 않을 때의 인간이란 방종
과 방황에서 허우적대는 존재일 뿐이다. 이러한 인식은 여러 편의 「그릇」
연작시를 통해 나타난다. "분노에 떠는 칼도/ 집에 들면 잠든다.//오욕과
굴종의 하루를/ 밖에 두고 문을 닫는/ 나의 歸嫁/ 安息은 항상/ 닫힌 그릇
안에 있다"(「칼-그릇15」)라든가 "所有를 위해서 인간은/ 자신만의 언어를
만든다./ 그릇에 담겨야 비로소 의미가 되는/ 나의 言語"(「사물의 귀-그릇
17」) 등이 그러한 인식을 드러낸다.

  그러나 '그릇'에 관하여, 시인이 궁극적으로 구하는 것은 '깨짐', '부서
짐', '무너짐'으로 현상하는 열린 상태이다. 그리고 사실상 '그릇'에 관한
주제의식은 '소멸'로써 완성되는 것이다. 연작시 「그릇」의 대부분에서

확인하고 있는 인식은 바로 여기에 닿아 있다. "비우기 위하여/ 채우는/ 矛盾의 空間,/ 盞은 결코 외롭지/ 않다./ 비어있는 그것이 충족이므로."(「부딪혀라 술잔-그릇7」)라든가 "이 地上의 확실한 소유는/ 빈 그릇,/ 虛無의 가슴에서 울려나오는 바이올린 솔로,// 속이 비어야 共鳴하는/ 人間의 樂器."(「인간의 樂器-그릇11」), "깨짐으로써 본분을 지키는/ 살아있는 흙,/ 살아 있다는 것은/ 스스로 깨진다는 것이다."(「살아 있는 흙-그릇14」), "끝나는 것은 길이 아니다./ 저주할 기하학이여,/ 우리의 길은/ 끝나면서 열리는 길이어야 한다."(「나는 기하학을 저주한다-그릇42」) 등이 이러한 인식을 드러낸다.

모든 살아있는 존재가 그러한 열린 가능성을 지향하는 것에 비해서 무너지지 않는 견고한 이념은 의당 부정적인 영역에 속한다. 그것은 '살아 있는 존재'가 아닌 단순한 '사물'에 불과하다. 또한 그것은 흙으로 돌아가기를 거부하는 '시멘트'이므로 또다시 생명의 고리로 순환되지도 않는다. 이념은 '부드러움', '따듯함', '사랑', '생명'과 대립되는 의미를 지닌다. 시인은 시로써 이념을 견제해야 된다고 했거니와[7] 이념이 고착될수록 사회는 경직되고 생기를 잃어간다고 인식한다.

한편 위의 시 「神의 하늘에도 어둠은 있다」에서 밝히고 있는 인간과 신의 유비는 시인의 인식론을 완성시키는 데 있어서 의미있는 대목이 아닐 수 없다. 결국 인간이 죽음의 조건을 긍정할 때 '신의 세계'에 가까이 갈 수 있다는, 즉 자유를 얻을 수 있다는 초월사상이 개재되는 부분이기 때문이다. 존재의 모순 구조를 깨닫고 그것을 실천하는 일은 안정과 소유에 집착하는 범인(凡人)으로서는 행하기 불가능한 것이다. 대부분의 인간은 자신의 현재만을 볼 수 있으며 지금 지니고 있는 형식들, 부나 권력, 명예, 목숨 등을 자신에게 영원히 속하는 것이라 여기기 때문이다.

---

7) 위의 글, p.109.

그러한 인간들에게 '그릇'이 깨어지는 순간은 비극적이고 불행할 수밖에 없다. 그러나 인간은 모두 존재 안에 비극의 조건을 내포하고 있고 이러한 조건으로부터 자유로운 사람은 없으므로 시인은 모든 인간이 이를 초극할 수 있기를 소망한다. '깨짐으로써 열려있는 공간'은 '우주로 통하는 길이며 곧 자유'이기 때문이다(「콜라 캔-그릇47」).

그런데 우리는 종종 '깨지는 그릇'이 '불'의 이미지와 결합되는 것을 보게 된다. '불'은 초기 시의 전략적 이미지로서, 내면의 충동을 환기시켜 무한의 존재 지평으로 자아를 이끌어갔던 힘이다. 시인이 내면의 욕망을 다스리는 형식으로서의 '그릇'을 추구한 것도 우리는 알고 있다. 그렇다면 채움의 과정을 거친 자에게 불은 어떠한 의미망 속에 놓이는 것인가?

깨져라 그릇,
더 이상 갇히기를 거부할 때
우리는 불이 된다.
공간을 뛰쳐나온 존재의 환희,
가지 끝에서 파열하는 꽃,
설령 담겨진 물이라 하더라도
수직으로 거스르는 분수가 될 때
물은 불이 된다.
거역해라, 존재여,
꽃이여,
깨지는 그릇이여,

「분수-그릇51」

志鬼가
사랑에 못이겨
스스로 자신을 불살랐을 때
그의 몸에서도 연기가 피어났을까,
이 지상의
가장 확실한 존재는 연기다.
그것이 칼이든 방패든 옷이든 무엇이나

태우면 연기가 된다.
연기가 되어 비로소 자유를 얻은
이 지상의 존재,
땅에 뿌리를 박고 있지만
하늘과 당당히 맞선 저 굴뚝을 보아라,
그는 나무처럼
지상으로 꽃잎을 떨어뜨리지 않는다.
검든 희든
모락모락 하늘을 향해 토해내는 연기,
무엇이나 깨진 것은 흙으로 가지만
불탄 것은 이 지상을 초월한다.

「연기-그릇52」

위의 시편들에서 '깨지는 그릇'과 결합된 '불'은 다분히 메타포의 범주에 놓인 것으로 이해할 수 있다. 엄밀히 말해서 그것은 초기 시의 그것처럼 '내면의 충동'과 같은 힘을 내포하는 것은 아니다. 예컨대 이때의 '불'은 모종(某種)의 형상(形象)을 표현하는 것으로서 깨진 존재가 우주적 공간으로 번져가는 모습을 가리키는 것이라 할 수 있다. 허공을 향해 파열하는 꽃의 형상이나 물의 모습이 시인에게는 '불'처럼 보였던 것이며, 그 모습의 미적 아름다움에 힘입어 시인은 우리에게 '존재의 틀'을 '거역하라'고, '깨버리라'고 외친다.

「연기」를 보면 이 시점의 '불'의 의미는 보다 명확해진다. 불가(佛家)에서는 죽은 인간을 불에 태운다. 불에 타버린 존재는 우주의 빈 공간 속으로 아무런 걸림없이 스며들어 갈 수 있다. 즉 존재는 우주와 하나가 되는 것이다. 그것이 곧 虛無에 다름 아니다. 깨짐으로써, 그리고 불로 타오름으로써 虛無에 이르게 된다는 상상력은 불교적 인식론에 해당되며 동양적 우주관이라 할 수 있다. 불탄 志鬼가 연기로 화해 하늘로 오르는 형상을 가리켜 이 '지상을 초월'하는 것이라 본 시인의 상상력은 불교적 관점에서 쉽게 이해할 수 있으며 시인은 이러한 無의 상태를 완전한 자유라고 말한다.

4. 불과 물의 흐름

깨져 흙으로 돌아간 존재, 혹은 불타 하늘로 상승한 존재들은 모두 고정된 자아를 버림으로써 자유를 획득한 존재들이다. 이들의 자유는 구속을 벗어난 유연함으로부터 오는 것이며 無의 공간을 걸림없이 넘나듦으로써 가능한 것이다. 자유의 상태는 땅으로 떨어지거나 하늘로 치솟는 수직적 운동보다는 주변으로 스미는 수평적 운동에서 비롯된다.

이러한 관점에 서면 연기나 수증기와 같이 밀도가 낮은 기체들이 왜 그토록 빈번히 '자유'의 메타포로 쓰이는지, 그리고 자유와 평등의 양면성이 비단 사회학적 개념만은 아니라는 사실을 이해할 수 있게 된다.

우리는 '그릇'에 관한 존재론적 문제의 탐구를 통해 자유를 향한 시인의 인식론적 틀을 살펴볼 수 있었다. 그 과정에서 시인의 인식론적 틀이 모순구조에 의해 지지됨을, 따라서 그러한 인식론이 역설의 어법으로 표출됨 또한 확인할 수 있었다. 이제 남은 문제는 유한의 존재조건을 초극한 자아들에게 자유의 형상(形象)은 어떤 것일까 하는 점이다.

> 바다는
> 평등하므로 바다다.
> 큰 물결 잔 물결이 한데 어울려
> 가득히 넘치는 바다.
> 바다는 그 어떤 것도
> 높지 않은 까닭에
> 아무도 밟을 수 없다.
> 그러나 지상의 길이여,
> 너희는 항상 밟히기를 바라지만
> 그리하여 바다에서 끝나지만

벼랑에 부서지는 저 격랑을
보아라.
파도는
제 갈 길이 따로 정해져 있지 않는 까닭에
스스로 부서질 줄을 안다.
자신을 버림으로써 세계를 안는다.
그러므로 아무것이나
밟으려 하지 마라.
길은 아무데나 있고 아무데도 없는 것,
밟을 수 없음으로
가장 낮은 곳에 위치해 있으면서
가장 높은 곳에 있는
바다는
평등하므로 바다다.

「바다」

시 전편이 비유로 되어 있는 위의 시는 수평적 상상력의 전형적인 양상을 띄고 있다. 바다는 그 전체가 고정되지 않은 질료로 이루어져 있어 끊임없이 '흐른다'. 그것은 일정한 형식으로 고착되어 있지 않으므로 '큰 물결 잔 물결이' 언제나 구분없이 섞인다. 나와 타자 사이의 경계란 존재하지 않는 것이다. 파도도 마찬가지로 '제 갈 길을 따로 정하지 않고', '스스로 부서지기'를 반복한다. 그것은 지상의 길이 바다에서 끝이 나 더 이상 흐르거나 부서지거나 섞이거나 하지 않는 것과는 대조적인 양상이다. 즉 자유의 형상(形象)은 '흐르는 물'이다. 시인은 「흐르고 흘러서」에서 "흐르는 물을 보아라./ 사랑으로 흐르고 흐르면/ 그는 드디어 저 절대의 / 자유에 도달하지 않는가."라고 말하고 있다.

시인은 「바다」에서 고정된 틀을 벗어난 자아를 흐르는 물의 이미지로 형상화하고 있거니와 이들의 자유로운 삶은 초월적이므로 그 누구의 지배도 받지 않는다고 한다. 「시」에서도 허무를 초극한 존재가 '흐르는 물'의 이미지로 형상화 되는 것을 살펴볼 수 있다.

‘靑山流水’
라는 말이 있지만 언어는
나는 화살과 같이
소리를 타고 흘러내리는
물이다.

음소와 음소,
음절과 음절이 함께 어우러져
때로 호수를 이루고
때로 폭포를 이루는
한 문장의
강물,

소리의 물,
언어에도 얼음이 있을까
얼릴 수만 있다면
언어는 산문이 될 것이다.
언어에도 수증기가 있을까
끓일 수만 있다면
언어는
시가 될 것이다.

지상의 얼음이 아니라
저 절대의 허공에서 빛나는
의미의
무지개, 시는
불타는 물이어야 한다.

「시」

　　언어 양식 가운데 시인이 가치를 부여하는 것은 물론 ‘시’이다. 보다
정확히 말하면 ‘물’처럼 흐르는 언어, 곧 음악성을 지닌 언어(‘소리를 타고
흘러내리는’)이다. 그러한 시는 산문처럼 경직된 언어가 아니며 액체 혹
은 기체의 질료적 성격을 띤다. 허공에 스밀 수 있는 것은 시의 언어가

가벼운 음악성을 띄기 때문이다. 말하자면 '시'라는 장르는 존재론적으로 말해서 언어적 한계를 초월하여 無의 공간에 다다른 부드러운 질료를 의미한다.

이러한 시적 언어는 굳이 분류하자면 조각, 회화, 음악 등의 예술 장르 중 음악과 가장 가까울 것이다. 음악은 "평면과 입체가 사라진 저 허무의/ 절정에서/ 울려오는 바람 소리, 빗소리"(「허무의 절정에서」)라고 시인이 말한 것처럼 물질로부터 자유로운 관념의 소산이기 때문이다.

요컨대 우리가 구하고자 하는 자유의 형상은 질료로써 말하자면 기체 혹은 흐르는 액체에 해당될 것이다. 연기, 수증기, 물 등이 그것을 지지하는 이미지이다. 한편 '술'은 휘발성의 알코올이므로 물과 기체의 혼합물이라 할 수 있는 바 그의 시에서 또한 주요 이미지로 다룰 수 있을 것이다.

사람들이
제 입맛을 지키려고
냉장고에 음식을 넣어두듯
神은 태초에
이 세상을 그의 형상대로
얼렸을 것이다.
나무는 나무로, 꽃은 꽃으로,
움직이는 것은 움직이는 것으로…….
각개 물상으로 굳어버린 이 세계는
神의 거대한 감옥,
그러므로 알겠다.
인간에게 왜 술이 필요한가를,
불타는 물이 왜 우리를 황홀케 하는가를,
내가 네가 되기 위하여
스스로 존재의 결빙을 녹이는 묘약,

「술 1」

하늘로 비상하는 길은
육신을 불태우는 것,

영원은 항상 존재의 저편에
있다.
그러므로 지상을 흐르는 물이여
흐르고 흘러서
영원에 도달할 수 없거든
차라리 한잔의 술이 되거라.

「술 2」

‘술’은 불과 물과 기체와 액체의 교차점에 놓이는 질료이다. 액체로 흐를 수 없을 때 기체가 되어 허공 속으로 스미고, 인간의 몸 속에 들어가서는 그의 명료한 이성을 흐려놓으며 그를 불로 타오르게 한다. 그러한 의미에서 ‘술’은 자유의 형상과 닮아 있다.

따라서 시인은 「술 2」에서처럼 ‘영원에 도달할 수 없거든 술이 되라’고 말한다. ‘술’은 불의 에너지와 물의 질료를 동시에 가지고 있는 까닭에 ‘물상으로 굳어버린 세계’를 ‘녹일’ 수가 있다. ‘술’은 곧 자유의 의미를 내포하고 있는 것이다. 인간이 술을 마시면 타자와의 경계를 쉽게 무너뜨리는 것처럼 술은 ‘존재의 결빙을 녹이는 묘약’인 것이다.

5. 결론

오세영의 시는 크게 감성에 주로 기댄 일반적 의미의 서정시와 지성에 주로 기댄 인식론적인 시로 나눌 수 있을 것이다. 이 둘을 엄격하게 구분할 수는 없지만 대체로 『무명연시』, 『꽃들은 별을 우러르며 산다』, 『눈물에 어리는 하늘 그림자』, 『벼랑의 꿈』이 전자의 계열에, 『반란하는 빛』, 『가장 어두운 날 저녁에』, 『불타는 물』, 『사랑의 저쪽』, 『어리석은 헤겔』이 후자의 계열에 속할 것이다.

본고는 인식론적 계열에 속하는 시집들을 중심으로 시인의 존재에 대한 인식을 살펴보았다. 2장, 3장에서는 실존적 조건에 놓인 존재가 그것을 초극하여 자유에 이르는 과정을, 4장에서는 자유에 이른 존재의 질료적 형상을 다루었다. '그릇'과 '불'과 '물' 등의 전략적 이미지들은 그러한 고찰을 위한 매개가 되었다.

제2시집에서부터 등장하기 시작한 '그릇'의 이미지는 초기에는 존재의 무한 지평에 놓인 자아에게 일정한 틀의 역할을 한다. 그것은 시인을 충동과 방황으로부터 벗어나게 하여 안식과 평화를 누리게 한다. 그러나 안정된 규정 속에서 시인은 불완전함을 느낀다. 그러한 삶이 영원히 지속 되지 않으리라는 인식과 함께 인간의 숙명이 지닌 모순구조를 깨닫게 되기 때문이다. 이에 따라 '그릇이 깨짐으로써 흙으로 돌아가는 상태'를 긍정하기 시작하고 그로부터 우주적 존재에 대한 성찰을 심화시킨다.

'깨지는 그릇'은 허공을 향해 열려있는 것으로 궁극적인 허무의 상태를 지향한다. 그러한 존재는 곧 신적인 완성에 도달하는 역설성을 지닌다. 또한 그 모순을 받아들이는 존재는 비로소 자신의 한계를 초극하는 것이 므로 완전한 자유를 경험하기도 한다. 공중에서 타는 불이나 연기의 이미 지는 유한한 존재가 허무와 하나가 되는 양상을 묘사한다.

시인은 이후 '불타는 물'이나 '흐르는 물'의 이미지를 통해 자유를 얻은 존재가 자신의 삶의 양식을 만들어가는 모습을 보여준다. 그러한 존재는 한정된 '나'의 틀을 고집하지 않고 외부 세계와의 경계를 허문다. 이 때 타자와의 자연스런 소통과 대기와의 교류가 자유를 얻은 존재의 삶의 양식이 된다. 그러한 존재의 질료는 고체와 같이 고착된 것이 아니고 액체나 기체처럼 유동적이다.

말·시, 기각하기 혹은 다스리기

서림론

1.

　서림 시인이 우리에게 다가온 것은 시집 『伊西國으로 들어가다』를 통해서, 그러니까 1990년대 중반이고 그의 나이도 중년을 지나고 있을 때였다. 더 근거리에서 말하면 민중시를 비껴간 자리에서 시작되었던 해체시도 어느덧 상투화되어 더 이상 실험정신의 범주에서 논하기 힘들게 된 때이고, 마르크시스트였던 시인 개인의 입장에서 보면 민중시도 해체시도 아닌 새로운 시대의식을 만들어가기 위해 암중모색을 거듭하던 시기였다.

　시인에게 변화된 시대에 적합한 새로운 의식과 방법론을 세우는 것은 대단히 절실한 문제였는데 그것이 곧 서림 시인 자신의 정체성과 직접적으로 관련되는 것이었기 때문이다. 그에게 중년의 나이란 자신을 더 공허하게 하고 세상의 절벽 끝쯤에 있다고 느끼게 할 만한 조건이었다. 안정된 직장, 비전, 자신과 가정에 대한 합리성, 이런 것들이 모두 부재하였기 때문이다.

　그의 고향이 청도이고 그것의 옛이름이 '伊西國'이라고 하면 시인이 자아를 찾아가는 여정의 출발로서 삶의 근원 찾기, 혹은 향수를 통한 자아의 회복의 정황들을 우리는 쉽게 연상할 수 있다. '이서국'의 전면화된 재생은 그러한 혐의를 더욱 강화시킨다.

그러나 서림 시인에게 '이서국'은 좀더 복잡한 의미망을 통해 걸러지고 있다. 성급하게 말하자면 그것은 시인이기 이전의 '서림'이라는 범주와 관련되는 것이다. 시인의 시대정신, 역사의식, 민중성, 그의 상처와 운명과 질곡과 선택들의 망 속에 질기고 집요하게 짜여져 있는 것이 '이서국'인 것이다. 단순한 고향 청도에 대한 향수로서 시의 서정성을 채우려는 시도였다면 물론 새로운 방법론이 아니었을 것이나 청도를 곧 '이서국'으로 범주화함으로써 시인에게는 새로운 방법론의 서정성 찾기를 도모할 수가 있게 된다. 그에게 '이서국'은 단순히 과거로의 회귀나 그것을 통한 자아의 회복과 같은 그런 것이 아니다. '이서국'의 의미망을 한올한올 풀어나갈 때 우리는 비로소 서림 시인이 지닌 혼돈과 소명감을 동시에 읽을 수 있을 것이다.

서림 시인에게 '이서국'은 확실히 그를 이해하기 위한 인식소에 속한다. 그가 2년 후 두 번째 시집 『유토피아 없이 사는 법』을 발간했을 때 그 시들 속에서 사실상 '이서국'의 흔적을 찾기는 쉽지 않다. '이서국'을 재생해내려고 했던 첫시집에서의 집요했던 노력이 『유토피아 없이 사는 법』에서는 전혀 표면화되어 있지 않기 때문이다. 그러나 그럼에도 불구하고 그의 두 번째 시집은 은연중 '이서국'과의 관련 하에서 읽힌다. '이서국'을 배경화하여 그것과의 겹쳐짐과 비껴감을 가늠하여 이 시집을 읽게 되는 것이다. 시집 제목에 있는 '유토피아'라는 기표 탓일까? 시인의 의식 속에 고향 청도가 지닌 유토피아적 함의와 그것으로부터 이반이라는 변화를 우리는 이 두 시집들에서 읽기 위한 것인가?

그러나 이 또한 시인에 대한 선입견에 불과하다. 그의 첫시집이 단순한 고향 찾기의 서정성 추구가 아닌 만큼 두 번째 시집에 이른 『유토피아

없이 사는 법』이 그의 고향의식의 포기에 따른 유토피아의 부재감을 드러
내는 것이 아니다. 엄밀하게 보면 이 두 시집 사이에는 인식과 방법론
상의 차이가 없다. 시인은 달라지지 않았고 다만 그가 지닌 시선의 주위로
의 확대 응시, 시각의 구체적 형태 찾기에 해당되는 것이 두 번째 시집의
시편들인 것이다. 최승호는 이미 '이서국'을 복원함으로써 그가 바라보고
껴안아야 할 대상, 역사에 대한 입장, 자기 삶의 질곡으로부터 벗어나기
위한 방법들의 윤곽을 그리고 있었던 것이다.

2.

시인에게 '이서국'은 결코 고향으로서의 함의로 내재하는 것이 아님은
그가 복원해내는 그것의 모습이 질기고 모진 아픔과 해소되지 않는 삶의
엉킴인 것으로 어느 정도 알 수 있다. 그는 '이서국'을 편안히 안식할
수 있는 과거적 향수의 대상으로 결코 그려내지 않는다. 대신 그것은
버려진 수렵꾼의 딸이거나 오물이 쌓여 있는 하수구, 부당한 계급적 대우,
늙고 병든 자의 노동으로 이어지는 생활 등 그로테스크하고 신산한 이미
지로 묘사된다. 연이어 전개되는 '이서국'이라는 이국적인 이름의 어두운
이미지들로 우리는 적잖게 당황하게 되는 것이다.

그런데 시인이 고래적 부족국가에서 상상적으로 재생해낸 '이서국'의
모습이 굳이 어떤 것인가를 살펴보는 일은 그의 삶에 대한 원형적 인식을
이해하는 계기를 만들어준다. 그에게 삶은 지겹도록 반복되는 것으로 수
천년이 지나도 획기적으로 나아지거나 달라지는 것이 아니다. 마르크스
주의자들의 진보적 역사 인식과 해체주의자들의 역사성에 대한 부재 의
식의 이면에 그의 역사의식이 놓여 있는 셈인데 그것은 역사에 대한 확고
한 인식이 전제되나 그렇다고 선조적인 발전과정으로도 인식되지 않는

것이 그의 역사관이기도 하다. 삶의 형태들은 과거나 지금이나 그 주체들을 그저 하루하루 연명하도록 하였으며 불합리 속에서 지칠대로 지치게, 삶의 모진 거미줄로 죄여갈지언정 그것으로부터 벗어날 수는 없게 만든 것으로 모형화된다. 그리고 안타깝게도 그가 설정한 삶의 그러한 모델들은 지금까지도 여전히 지속되는 것이다.

그가 첫시집 초두에서 선명하게 언급한 "이서국은 세상을 보는 거울이다/이 세상이 이서국의 안이고 밖이다"(「청도장」)라든가 "이서국은 끝도 시작도 없다/ 청도에서는, 모든 사물이 이서국의 입구고 끝이다"(「청도 그리고 이서국」)하는 귀절들은 시인의 역사관과 동시에 비관적 세계 인식을 드러내주는 것들이다. 또한 이서국은 오늘날 세상을 비춰주는 거울이면서 그 오랜 시간의 흐름을 안고 있는 것이기 때문에 안타까움의 무게를 더해주는 기호가 되기도 한다. 그의 두 번째 시집에서 이서국이 사라질 수 있었던 것, 사라졌음에도 그것이 이질적으로 느껴지지 않고 이서국의 후광으로 읽혔던 것, 시인이 지닌 시각의 연장이라고 단언할 수 있는 것도 모두 이 때문이다. 지금 우리의 세상은 이서국과 본질적으로 조금도 달라지지 않은 것이다. 이와 관련하여 시인은 고대의 삶과 현대의 삶을 병치시키는 기법을 기획한다.

> 1
> 청도 사람에게 이서국은 세상을 보는 거울이다.
> 이 세상이 이서국의 안이고 밖이다.
>
> 2
> 이천 년 청도 사람 밥줄 이어온 장터, 어귀
> 오동나무 밑 생선 파는 늙은 과부 장씨, 대대로
> 장터 살아온 어머니 닮아 새까맣고 기름기 빠진 얼굴에
> 자잘한 욕정과 좌절이 검버섯으로 박혀,
> 인생살이 모든 게 그저 목쉬는 흥정으로,
> 그에게 세상은 절인 고등어다.

아비도 모르는 아이 지우고 기어들어와
실밥처럼 풀어진 딸년 생각에
파장 때 남은 고등어로 잉어 한 마리 사
타박타박 낮은 고개 넘어오는
장씨는 더 작아 보였다

서쪽 하늘은 감빛이고
감빛 노을 받으며 장씨 조상 이서국 늙은 수렵꾼,
값비싼 꽃사슴가죽으로 어쩔 수 없이 바꾼 잉어 들고
솔개에 채인 수탉 되어 힘없이 낮은 고개 넘는다.
집에는, 작년 봄 빚값으로 中郞將에 끌려갔다가
병들어 쫓겨온 임신한 딸, 기다리다 울며
감빛에 젖은 도라지 꺾는다
도라지는 퍼런 눈물 흘리고.
수렵꾼에게 삶이란 힘들게 구입했다가
손쉽게 잃어버리는 화살촉이거나
자신도 아끼는 닳아빠진 곰가죽옷이다. 하지만 또
가마솥에 푹 고아낸, 쓸개를 터뜨리지 않고
짜내야 할 잉어이기도 하다.

3
잉어 고고 있는 솥 말없이 바라보며 장씨 딸,
납빛 얼굴 노을에 담그고 도라지 꺾는 손에
이서국 수렵꾼 딸 흘린 눈물 젖는다.
청도장서 어머니 따라 생선장사나 할 그녀, 지금
뼈까지 녹아내린 이서국 잉어즙 짜내고

　　예나 지금이나 삶이란 '절인 고등어'이거나 '퍼런 눈물의 도라지꽃',
'힘들게 구입했다가 손쉽게 잃어버리는 화살촉', '닳아빠진 곰가죽옷' 같
은 것들이라는 인식은 얼마나 적절한 것인가. 오랜 흐름의 시간이 이런
삶의 본질적인 면모를 바꾸어 줄 수 있을 것인가? 물론 답은 부정적이다.
시인의 설움도 여기에서 비롯된다. 면면히 이어져 내려온, 불변하리라
믿어 의심되지 않는 삶의 형태를 그는 고통스럽게 주시한다. 그것은 또한

자신의 핏속에 흐르는 청도인으로서의 어두운 내면이기도 하다. 이서국이 청도에 스며있는 만큼 시인은 연원도 모르도록 뿌리깊이 존재하는 아주 오래된 부대낌들의 흔적을 알고 있다. 시인에게 이서국은 명백히 '시퍼런 상처투성이 냄새를 풍긴다'(「東萊 鄭씨 32대손 정정화」). 그리고 이서국은 정작 자신의 모습이기도 하다. 이러한 인식을 바탕으로 시인은 집요하게 지금의 삶과 과거의 삶을 앞뒤가 분간되지 않는 병속에 꾸역꾸역 채워넣는다.

> 씨내리 장닭을 臣智에게 갖다 바친 후
> 마시던 수수죽을 엎어버렸다.
> 붉은 죽이 방바닥을 지렁이처럼 기어다녔다.
> 괜한 마누라쟁이한테 핏대 올리자
> 여윈 모가지에도 불끈 지렁이가 솟았다.
>
> 먹어보지도 못한 갈비짝 3개 돌렸다.
> 만원짜리 넥타이 사면서도 마누라한테 애걸복걸하다가
> 4만원짜리로 3개 상납, 했다.
> 저녁밥 먹지 않고 마누라는 TV앞에 웅크리고

(「현실감각」)

> 경운기 속도만큼 뒤져 세상을 따라가는 박석도翁은
> 그것이 자기 나이와 재산만큼의 속도라 받아들인다.
> 희미하게 바래진 정신 수습코자 경운기 세우고
> 길가 젖은 둑에 풀썩 주저앉자,
> 토끼풀이 깔려 신음하며 부러지고
> 곰처럼 휙휙 지나가는 트럭 소리 사이로, 그는
> 오래 되고 윤색된 소리 듣는다,
>
> 이천 년 전
> 이 자리에서 토끼풀 뜯다 허리 두드리는 늙은
> 수렵꾼의 낮게 웅얼거리는 소리.

(「곰티고개」)

현재의 삶이 버거울 때마다 이서국의 삶은 불쑥불쑥 시인에게 솟아난
다. 그런데 때로는 이 과거의 것이 현대인을 위로할 때도 있다. "땅밑에
묻혀 있는 긴 울음 들으며/한숨 내뱉자, 신기하게도/삶이 가뜬해"(「이서국
으로 들어가다3」)지는 것이다. 동병상련의 심정일텐데 그러나 시인에게
는 이 질긴 동질성이 한편으로는 마음을 기댈 언덕같은 것이면서 다른
한편으로는 벗어나고 싶은 거추장스러운 것이기도 하다. 지금 살아가는
생의 한가운데로 헤집고 들어오는 이서국의 흔적들은 오랜 시간을 닳아
온 것답게 생생하고 요령부득이기 때문이다.

이서국 남쪽 변방 田戶의 흙담에 붙어서
돌멩이 속으로 환하게 입김을 불어넣던 민들레,
홀씨 하나, 맹목의 욕망을 품은 채
흙먼지 바람에 실리고 실리어
1993년 봄 신림동 289종점
콘크리트 담벽에 끼어들어
잦은 숨을 몰아쉬고 있다.
뜯어내고 뜯어내어도
빳빳이 고개 쳐들고
어둠 속 깊숙이 광기 어린 발가락을 펴면서

(「신림동 289종점」)

시인이 이서국과 담판을 지으려는 이유도 바로 여기에 있다. 이서국은
단순히 푸른 자연의 모습으로, 서정의 원형 공간으로 인식되지 않는 바,
그것은 시인이 지닌 상처이자 운명의 근거이고 바람 혹은 어둠이며 섬뜩
한 흉터이고 맹목이자 채워지지 않은 욕망의 증거이다. 이러한 이서국의
흔적을 가지고 있는 자들이 시인에게 '노예'로 인식되는 이유가 이것이며
(시인은 곧 '노예' 연작시를 쓰며 실상 두 번째 시집은 노예들의 사진첩이
라 할 수도 있을 것이다), 이 노예의 범주에 어김없이 자신도 포함된다.
시인에게 이서국은 자신을 비추는 거울이면서 아픔의 기호이기 때문에

그는 이것과 맞서고자 하는 것이다.

　그렇다면 무엇으로, 어떻게 대결할 것인가? 이서국이 비로소 그 음험함을 거둘 수 있는 것은 무엇에 어떻게 의할 때인가? 이는 시인이 끊임없이 시를 쓰는 이유와도 통한다. 곧 '말'하기, 이서국을 가장 적절한 말 속에 가두기, 살아있는 말을 찾아내어 그것으로 내 속에 기거하는 맹목의 흔적들을 집어삼키게 하기가 그가 세운 전략이다.

> 이서국은 언제나
> 말에 사로잡히기 거부하며
> 그의 입 밖에서 버둥댔다
> 그러나 결단코, 이서국은
> 그가 토해낸 말의 집 속에 들어와 얌전히 숨을 쉰다
> 그의 말이 그의 호흡 속에
> 한몸이 되는 순간,
> 그가 세운 말의 집은 갑자기 날개를 달고
> 새가 되었다
> 가볍게 날아가서 말의 벽을 뚫어내는
> 말의 집이여!
> 그의 말을 잡아 눕혀 배를 갈라보면
> 촘촘한 모세혈관으로 덮여진
> 둥글고 푸른 방이 들어 있다
> 그 속에서 이서국은 그의 式대로
> 밥 먹고 자고 섹스도 한다
>
> 　　　　　　　　　　　　　　　　　　　（「푸른 방」）

> 내가, 어쩌다, 운이 좋아
> 새롭게 사로잡은 이서국 집어넣으려고
> 새삼, 딱딱한, 말의 집 대문을 열려 하자
> 고집센 말은 황소처럼, 길길이 날뛰었다
> 말은 언제나 내 손아귀를 가볍게 벗어났다
> 눈멀어서 행복했던 나를 노예로 부려오고
> 집어삼켜 온 압제자여!
> 말과 말의 틈바구니에서 외롭게 흔들리며 선,

달려오는 황소발굽에 맞선
투우사,
말의 등줄기에 어떻게 검을 꽂을 것인가?
말의 내장을 어떻게 끄집어내어
욕망이 또아리 친 컴컴한 내, 뱃속에
쑤셔넣을 것인가?

(「말(言)의 내장을 어떻게 씹어먹을 것인가?」)

　이서국을 다스릴 만한 최적의 말은 어떤 것이고 어떻게 찾아낼 것인가? 이러한 인식과 마주칠 때 시인은 돌진해오는 운명의 힘 앞에 서 있는 투우사가 된다. 만일 이서국의 호흡과 잘 맞아떨어지는("한몸이 되는") 말을 찾아낸다면 그것은 더 이상 시인을 괴롭히지 못할 것이다. 그것이 그에게 맞는 말의 집을 찾았을 때 말은 '날개달린 새'가 될 것이며 시인은 비로소 '둥글고 푸른 방'에서 휴식을 얻을 것이기 때문이다. 이서국 역시 그 나름의 존재의 길을 갈 것이다("그 속에서 이서국은 그의 式대로 밥먹고 자고 섹스도 한다"). 필요한 것은 적절한 '말'이라고 한 점에서 시인은 그의 글쓰기의 근거를 밝힌 셈이며, 최적의 말, "욕망이 또아리 친 내 컴컴한 뱃속을 수습할 수 있는 말의 내장"이라고 한 점에서 그의 시쓰기의 방법론을 제시한 것이다.

　이서국을 다스리려는 다른 방법의 시도가 일전에 있긴 하였다. 그렇지만 '피묻은 검은 아가리로 하품하며 지렁이처럼 기어들어온 이서국에 해부용 칼날을 들이대자 이서국은 검은 아가리 벌려 그의 허리를 절단했다'(「향토사학자」). 물리적 힘으로 이서국을 다스리는 일이 불가능한 것일 때 시인이 찾은 방법은 '말'의 조작으로 하는 것이다. 오히려 자기 속의 이서국을 다스리기 위해서 시인이 되었다는 편이 더 타당할 것이다.

　그에게 이서국의 다스림은 곧 이서국의 기각을 이루어 내는 것이다. 어머니의 한과 뒤범벅된 오물과 뒤엉킨 삶의 맹목으로부터 벗어나 자유와 합리와 진보 속에서 안식하는 길, 이서국은 이서국 나름의 존재의

그물 속에 가두어지는 길이 의미하는 것은 다름아닌 이서국을 자신으로
부터 분리해내는 일이다. 그리고 그것은 곧 이서국을 기각하는 것이다.
크리스테바의 용어대로 하면 'Abjection'하는 것, 시인에게 이서국은 어머
니의 자궁과 다른 것이 아니었던 셈이다. 기각을 이루어내는 방법이 끊임
없는 말찾기, 시쓰기라는 데에서 서림의 시인으로서의 출발이 가능했던
것이며, 청도는 '이서국'이 됨으로써 시인을 자신의 끝모를 숙명으로부터
벗어나게 하는 기각의 기제가 되어줄 수 있었다.

3.

　서림은 두 번째 시집에서 반복하여 시쓰기에 대한 자의식을 드러내고
있는데 그는 그것을 일종의 '무기'라 말하고 있다(「독한꽃」, 「내 詩의 무
기」). '말'이 어찌 무기가 될 수 있는가? 그러나 준엄한 비판 정신으로서의
무기를 지시할 정도로 그는 시대착오적이지 않다. 대신 시쓰기는 나로
하여금 황폐하고 삭막한 현대를 버티게 해주는 길이다. "썩어가는 우울한
수족관 도시/땡볕에 드러난 지렁이처럼/ 말라 비틀어지며 기어갈 수밖에/
달구어진 콘크리트 바닥을 내 詩는 그렇게 기어가야 하"는 것이다. 즉
더 이상 청도가 고향과 자연 그 자체로 인식되지 않는 그에게 시는 '유토
피아 없이도 살아내야 하는' 삶의 다리인 것이다. 모진 삶의 되물림에서
허구적인 역사의 진보를 보았으며 과거나 현재나 변함없이 노예나 다름
없는 삶의 주체들을 보았던 그에게 자연을 노래하는 서정시나 희망을
낙관하는 거대담론은 의미가 없다. 대신 시는 그가 갖고 있는 우울한
삶에 대한 인식을 끊임없이 되비취는 거울인 것이며 그를 통해 삶을 견뎌
갈 수 있게 되는 힘이 되어주는 것이다.
　따라서 그의 『유토피아 없이 사는 법』의 시편들은 생의 노예가 되어

살아가는 주체들의 초상화가 주를 이룬다. 특히 현대인, 자본주의의 불합리한 구조 속에서 희생되고 소외된 이들이 그의 시선에 닿아있는데 소위 이들을 민중이라 부를지라도 이들의 폭은 상당히 광범위하다. 시인의 시선을 받는 민중이란 1980년대식으로 생산과 노동의 주체이되 부의 분배로부터는 외면당한 마르크시즘적 개념의 민중만을 뜻하는 것이 아니다. 그의 민중은 말하자면 이서국의 후예들이다. 고되고 신산한 삶을 살아가야 하는 모든 이들, 헛된 욕망과 맹목의 그물에 갇힌 사람들, 자본과 권력의 논리에 길들여져 결국 잡초처럼 짓밟힐 사람들, 세월에 농락당한 사람들, 이처럼 시인이 보고 있는 민중은 포괄적이다. 그리고 그들은 곧 자신의 다른 모습들이며 나를 놓아주지 않는 운명의 질긴 끈과도 같은 것이다. 그가 보는 이러한 민중의 범위가 이서국을 통해 보았듯이 역사의 진보에 대한 불신에서 비롯되는 것 또한 사실이다. 따라서 80년대 마르크시스트였던 그가 지금 '민중시'를 쓰겠다는 다짐은 과거의 것과 다른 더욱 복합적인 의미망 속에서의 고백인 것이다

<blockquote>

나 요새 힘드네,
이제 내 친구도 내 세대도
더 이상 즐겨 사용하지 않는
<민중>이란 용어 다시 쓰려 하네,
80년대 민중주의자들이 인정하려 들지도 않는
내 나름대로 <민중적> 시를 쓰려 하네,
맑시즘을 버린 지 12년이 지난 지금
나 신임교수되어, 90년대식 민중시 꿈꾸고 있네,
나 요새 힘드네,
90년대식 민중시 쓰기 참으로 힘드네,
대덕식당과 고령식당 사이에 끼여
민중과 부르주아 사이에 끼여
두 얼굴을 한 신임교수, 나,
참으로 힘드네

</blockquote>

(「대명시장 대덕식당」)

그는 이서국의 후예들을 직감적으로 알아차릴 수 있을 것이며 이들의
얼굴의 표정과 운명의 질곡들을 섬세하기 포착할 수 있기에 이른다. 이러
한 시쓰기는 바로 자기자신의 초상을 그릴 때에도 행해왔던 일이므로
그에게 낯설지 않다. 그는 계속적인 시쓰기를 통해 자기 속에 흐르고
있는 민중들의 역사와 세월의 운명을 다스려 보려 하지 않았던가. 그가
자신이 아닌 타인에게서 숙명적인 질곡을 보았을 때 타인은 곧 또다른
나에 해당된다. 그들은 나와 분리된 타자가 더 이상 아닌, 연민의 따뜻한
시선 속에 놓인 나의 변형태에 속한다. 그는 많은 사람들의 모습을 그린
다. 파리떼를 쫓는 생선장수 노파, 시쓰는 문학지망생들, 고시공부에 매달
리는 사람들, '살'과의 전쟁을 처절하게 벌이는 여성들, 비로소 속물주의
자가 됨으로써 자유를 얻을 수 있었던 화가, 한국현대사에 잘 길들여져
역사의식 없는 역사학도, 홈리스족들, 대기업의 전사들, 폭주족들 등 민중
들에 대한 일련의 초상화는 자본주의가 지닌 맹점들의 파노라마이다.

그런데 시인은 이들의 초상을 통해 자본주의 체제를 비판하고자 하는
것이 아니다. 물론 혹자에 의해 그런 관점에서 독해되어 그런 방향의
효과를 낼 수도 있고 그것 또한 잘못된 것은 아닐 것이다. 그러나 필자가
주목하는 것은 그의 시쓰기의 자의식과 방법론에 있는 것이다. 그가 말하
는 무기로서의 시쓰기는 "1970년대식 M16이기를 거부하"며 자본주의에
길들여진 이들의 욕망과 비길 수 있는 열정을 품기를 바란다. 그는 자신의
시가 자본주의적으로 가꾸어진 여성의 몸매만큼이나 연마되길 바란다(「
내 詩의 무기」). 그는 시를 통해 수많은 자본주의적 삶을 살고 있는 자들과
함께 나란히 살고자 한다. 그가 쉼없이 주위의 인간들을 응시하는 이유도
이 때문이라 할 수 있다. 시인은 소위 민중들을 타자로서 지도하고 계몽하
려는 것이 아니고 그들의 치열성과 나를 조율하려 하고 그들의 표정과
동작을 담으려 한다.

그가 포착한 자들에게 시인은 왜 어떠어떠하냐고, 이러이러해야 하지

않느냐고 '묻지 않는다/ 더 이상 묻지 않고도 잘 산다/ 아니 잘 견뎌낸다'(「더이상 나는」). 시인은 묵묵히 그들을 '말'하고 그들을 그릴 뿐이다. 시인의 이러한 노력이 쌓일수록 시인은 민중과 세상을 되비치는 거울이 되며 그의 얼굴 역시 세상의 형상과 같아질 것이다. 이것이 시인의 시쓰기의 자의식이며 미래적 '유토피아 없이 살아가는 법'이다.

> 내 詩가 못생긴 내 얼굴 닮았으면
> 화장 안하는 내 마누라 얼굴 닮았으면
> 주름살 축 늘어진 내 시골 노모
> 장모 찌들찌들한 얼굴 닮았으면,
> 때로는 브래드 피트처럼 섹시했으면
> 군살이 없어 날씬날씬 했으면
> 계란집 아저씨처럼 조금은
> 순순하고 말랑말랑 했으면,
> 내 얼굴만큼 세상이 비치는
> 거울이었으면, 세상과 맞붙어 싸우다
> 거칠어지고 약간 모가 났으면
> 나비같이 날아가서 벌같이
> 땡삐같이 공격적이었으면,
> 복날 하수구 공사하는 막노동꾼처럼
> 투박하고 억세었으면 그들처럼
> 가끔씩 소주 먹고 강짜도 부렸으면,
> 세월의 가시 박힌 얼굴 쌀집아저씨
> 성깔 팽팽한 상이군인 닮았으면,
> 비틀어진 한국현대사 닮았으면
> (후략)

(「내 詩의 얼굴」)

4.

　시인이 자신의 시가 세상을 닮기를, 세상의 모습을 비추기를 원하는 것은 그것을 비판하고 계몽하기 위한 것이라기보다는 나의 모습을 드러내기 위해서일 것이다. 내가 보는 것들, 내 시선이 가는 것들, 내 마음이 그로부터 멀리가지 못하는 것들을 끌어내기 위한 것이다. 이것들은 끈질기게 나를 고통 속에 가두는 것들이기도 하기 때문이다.

　이와 마찬가지로 우리는 어머니라는 존재를 한없는 안식과 평온의 이미지로만 떠올릴 수는 없다. 어머니란 한편으로는 옹색한 자신을 한없이 긍정하며 안아주는 존재인 반면 그가 지닌 한과 운명의 힘으로 말미암아 나를 압도해오는 요령부득의 치유 불가능한 상처이기도 한 존재이다. 서림에게 이서국의 삶이 그러한 것이었으며 그가 말을 통해 그것을 극복하고자 지난한 노력을 해 왔다.

　세 번째 시집 『세상의 가시를 더듬다』에 이르러 우리가 느낄 수 있는 안정감은 초기의 시인이 겪었던 방황과 혼란이 정리되고 나름의 방법에 의해 시쓰기가 본궤도에 진입했음을 보여주는 것이리라. 그가 시쓰기를 선택하게 된 과정과 자신의 모습이 투영된 타자의 모습을 또한 말하는 과정은 결코 다른 것이 아닌, 바로 '나를 다스리기'에 속하는 일이다. 곧 더 이상 슬픔없이, 아픔없이 삶을 살아갈 수 있기에 해당한다. 이러한 과정을 겪은 후 세 번째 시집에 이르러 시인의 시선은 보다 진정되고 차분해지는 것을 알 수 있다.

　「박수근 연작」의 시들이 보인 안정된 시각적 거리와 단정한 구도는 시인의 이러한 정황을 반영한다. 시인은 이전과 마찬가지로 이서국의 얼굴들을 포착한다. 허접스러운 야채를 팔고 있는 노파, 국밥집 아줌마, 잿빛 인생을 살고 있는 소녀들, 여름내 한천을 파는 어머니 등이 역시 그들이다. 그러나 시인의 시선은 예전과 같이 하염없는 슬픔에 어찌할

수 없는 물기 서린 것이 아니다. 그들은 하나의 '풍경'들이다. 나름의 구도
와 나름의 생리를 지닌 시선의 끝에 놓인 풍경 속에 그들은 놓여 있고
시인은 이러한 사실을 분명히 인식하고 있다.

> (전략)
> 시래기, 호박나물, 다 팔아도
> 만원어치도 안 될 것들을 벌여놓고
> 이리 흘끔 저리 흘끔, 거리고 있다.
> 아내도 나도 결단코 돌아갈 수 없는
> 헐벗은 풍경,
> 낯선 정물로만 앉아 있는 노파.
> 붕어빵 한 봉지를 건네며 아내가
> 풍경 안쪽을 안쓰럽게 들여다보고 있다.
> 한 편의 詩를 건지기 위해, 나는
> 노파 주위를 눈치껏 맴돈다.
>
> (「박수근1」)

시인이 얻은 안정감을 바탕으로 시인은 시쓰기의 연마에 더욱 정진할
수 있게 된다. 그가 시쓰기를 통해 '나로부터 벗어나기'가 가능했듯이
나의 시쓰기가 타인에게도 곧 그들 자신의 시쓰기가 될 수 있을 정도가
되기를 시인은 꿈꾼다. 묵묵히 타인을 그려내던, 그럼으로써 결국 나를
치유하려 했던 시인은 이제 나의 시가 타인을 치유하고 타인을 변화시키
기를 바라게 된다. 그러기 위해 나의 말은 집어삼켜져 너의 몸속에 들어가
야 한다. 시인은 나의 시가 너에 의해 씹혀지고 소화되고 배설되기까지의
전과정을 거치기를 소망한다.

> 너의 귀가 아니라,/내 말이/너의 입으로 들어가기,
> 내 말의 살점이/너의 이빨로 질근질근 씹혀지기,
> 내 말의 뼈다구가/너의 밥통에서 엿물처럼 삭혀지기,
> 참말로 내 말의 입자가/그 쌀가루가 밀가루가/너의 귀가 아니라,

(「말의 혀1」)

시인은 자신의 이러한 소망, 끝내 '폐차장에 이른 녹슨 엔진', '삭은 콘크리트'를 부벼보고 더듬어보기 위해 "말의 칼날을 간다/ 말의 이빨을 간다"(「말의 혀3」). 사실 나는 아직 '이 세상의 방 한 칸'을 차지하고 있을 뿐이다. 시인은 이 작은 공간에서 심리적, 정신적 동일성을 느낀다. 그는 그가 일체감을 가질 수 있는 범위를 명확하게 인식하고 있다. 그것은 다른 말로 하면 그가 찾고 있는 서정의 공간일 것이다.

마포 내 방에는 오리나무 한 토막이 있습니다. 북한산에서 데리고 온 둥글고 부드럽게 삭은 내 팔뚝이 문갑 위에 숨쉬고 있습니다. 이리저리 흔들리는 내 허술한 방에 닻처럼 딱 버티며 잠들어 있습니다.// 이 도시, 돈이 굴러가는 속도에 일 주일간 끌려다니다 보면 멀미증에 구터증에 내가 누구인지 도무지 알 수 없습니다. 다 토해버리고 나면 내 속엔 내가 없어집니다.// 북한산으로 도망쳐 나왔습니다. 오를수록 멀미가 진정됩니다. 가을 산 깊은 곳에서 땀으로 어지러운 것이 빠져나갑니다. 고요한 숲속의 방에 이르면, 뒤엉켜 꼬인 내장들이 드디어 제자리 찾아 돌아앉습니다. 썩은 오리나무 한 토막처럼 흙에다 자신을 맡겨버리듯, 숲속 나만의 방에서 두 눈과 두 귀를 닫고 스르르 돌아눕습니다.(후략)

(「썩은 나무 한 토막2」)

작은 나무 한 토막, 고향産 사과를 연상시키는 빨간 홍옥, 은단풍나무 혹은 여린 장미 향기 등의 사물을 통해 그는 그가 얻을 수 있는 서정의 공간을 연장시키려 한다. 그 공간이야말로 자신을 자신으로 살아있게 하여 재충전의 계기가 되기 때문이다.

그러나 그는 자신이 찾은 안정된 서정성이 자신만의 공간으로 한정되기를 원치 않는다. 그에게는 아직도 이서국의 얼굴들이 짙은 기억으로 남아있기 때문이다. 이제는 그 얼굴들이 먼 그리움으로 떠오른다. 시인은 그들을 자신의 따뜻한 시선으로 함께 보듬고자 하므로 역시 자신의 시를 그 타자들에게 읽히고 싶다. 그리고 그 자신의 시가 단순히 귀로 읽히기보다는 마음으로 몸으로 살로 읽히기를 바란다. 그렇게 될 때 나는 비로소 타자 속으로 스며들어 너와 나의 일체적 공간을 형성할 수 있기 때문이다. 곧 그가 꿈꾸는 서정의 세계는 곧 시를 통해서, 너와 나의 확대된 유대 속에서 이루어지는 것이다.

> 그 누구도 외딴섬이 아니다.
>
> 전에는 내가 티끌처럼 날려가버리지 않으려고 매달려보려고
> 발버둥치며 글을 썼다.
> 우울하게 몸 속 기름을 태웠다.
> 내가 존재하기 위해
> 눈먼 말들을 덧없이 토해냈다.
> 미치지 않으려고 미친 듯 발악했다.
>
> 그러나 이제나 여전히
> 그 누구도 외딴섬이 아니다.
> 이제는 내가 존재하므로 글을 쓴다.
> 내가 우주보다도 귀하기에 글을 쓴다.
> (중략)
>
> 그 누구도 외딴섬이 아니다.
>
> 티끌조차도 꿈이 있고
> 지렁이와 개미까지도
> 하나 되고자 하는 꿈이 있기에
> 글을 쓴다.
> 여전히 이제나 저제나
> 그 누구도 그무엇도 포기되지 않았기에
> 글을 쓴다.
>
> （「그 누구도 외딴섬이 아니다」）

5.

　지금까지의 서림의 시인으로서의 시작과 여정은 꾸준한 진전을 보인다. 정체성을 찾기 위해 그가 보였던 숱한 방황과 이서국을 통한 방법론의 모색, 그리고 글쓰기의 동시적 과정은 그의 작가로서의 진정성을 보여주는 것이다.

　그는 그러한 문제를 해결하기 위해 글을 쓰기 시작했다. 그런데 그란 역사에 의해, 세월과 혈육과 이웃에 의해 침윤되었던 타자성 그 자체에 다름 아니었다. 그 속에 내재하는 복합적 이질성으로 그는 질질 끌려다녔고 그럴수록 자신의 삶은 더욱 상처를 입었다. 그는 결국 이서국을 통해 자신의 뿌리깊은 아픔과 맹목의 근거를 알게 되었고 비로소 그로부터 벗어날 수 있었다.

　그러나 서림은 여기에서 멈추지 않는다. 그가 찾은 안식과 휴식의 서정 공간을 타자와 공유하고자 한다. 그는 자신의 시가 타자에게 깊이 스미기를 소망한다. 시를 통해 자신이 타자 속에 들어가기를, 타자가 자신의 시를 통해 그들의 서정 공간을 찾기를 바란다.

그리움의 내면화와 작은 사랑의 불

김진경론

    선생님으로서, 열정을 지닌 시인으로서 교육의 민주화와 인권을 위해 투쟁해 온 김진경의 다섯 번째 시집 『별빛 속에서 잠자다』와 여섯 번째 시집 『슬픔의 힘』은 기존의 시들과는 다른 어조로 우리에게 말한다. 감방 체험을 형상화한 『우리 시대의 예수』를 비롯한 초기시들이 우리의 역사와 현실에 대해 처절하게 절규하고 항의하고 있다면, 그리고 『닭벼슬이 소똥구녕에게』가 농민의 사투리로 날카롭게 정치를 풍자하고 있다면 최근의 두 시집들은 잔잔함 속에 놓여 있다고 하겠다. 해일이 일다 잠든 바닷가, 혹은 기차가 지나간 철로변 마을에서의 사색 같은 음성이 이들 시집에서 들려오고 있는 것이다.

    그러나 그러한 단절에 대해 안절부절할 필요는 없다. 몸둘 데 없이 떠돌던 수배 생활 동안 집의 불빛들이 따뜻함으로 간절해지던 것이 어느날 엔가 그 집의 문을 기웃거리지 않고 들어갈 수 있게 되었을 때(「은행나무 길」) 최근의 시들이 쓰여졌기 때문이리라. 이들 시집에서 시인은 때로는 외로움과 공허함으로 때로는 그리움과 슬픔으로 자신의 내면과 인식을 우리에게 전해준다.

다만 시인이 『별빛 속에서 잠자다』에서 '숲'을 향해 "그러나, 나는 숲길을 따라 더 깊이 들어가지 않는다. 무엇이 달라질 수 있단 말인가"(「밤나무 밑에 서서」)라고 다짐한 것과 『슬픔의 힘』에서의 "나는 밤나무 숲속으로 걸어들어가 … 밤나무 가지 사이의 하늘을 올려다보고, …,누군가 나에게 속삭이는 소리를 듣는다, 슬픔이 세상을 태우는 불을 끄지는 못하지만 세상을 태우는 불길로부터 작은 사랑의 불을 지킬 수 있을거라는"(「슬픔의 힘」)사실의 차이가 그러한 단절의 거리에 해당할 것이다.

그러면, 시인에게 숲은 무엇이고 나무는 또한 어떠한 존재로 다가오는가. 실천을 중심으로 하는 담론이 퇴조하자 그 빈 자리를 점유하기 시작한 사물들, 그러한 사물들의 등장이야말로 시인의 인식의 지형도를 변모시키는 계기가 된 것은 아닌가.

김진경에게 사물들은 시인의 시선을 환기시키고는 그의 견고한 의식을 찢고 그 틈으로 사유의 공간을 형성하는 대상들이다. 우선, 대사회적인 자아의 주장이 전면화되어 있을 때 의식 저편에 있던 사물들이 시인의 시선 앞에 몸을 드러내기 시작한 것은 '죽음의 磁場'에 의해서이다.

> 담양
> 무릎까지 빠지는 흰 눈벌판
> 어스름녁
> 검은 헝겊뭉치처럼
> 내려앉는 까마귀떼가 아름다웠던 적이 있다.
> 죽음이 살아 있는 자를 깨끗하게 하던 때
> 눈 위의 얼룩처럼 우리는 묵묵히 걸었다.
> 얼룩 같은 삶이 얼룩인 채로 부끄럽지 않아
> 까마귀떼는 아름다웠다.
>
> (「망월동에서 돌아오는길」)

'죽음이 살아 있는 자를 깨끗하게 하여' 의식이 백지처럼 하얗게 될 때 사물들이 불쑥불쑥 그 모습을 드러낸다. 아름답게 느껴지던 '까마귀떼'나 '노랗게 방전(放電)하는 은행나무'(「가을 노래」), 솟아오르는 갈매기(「청동시대」) 등의 사물들은 시인을 현상학적 시간 속으로 몰아넣으며 '무겁게' 자신들의 존재를 드러내고 있다. 노란 은행 나뭇잎은 '무거운 관의 둔중한 소리처럼' 떨어져 내린다. 평범한 사물들의 아무렇지도 않은 동작들이 그러나 시인에게는 삶의 무게로 다가온다. 시인은 이미 다른 시간을 경험하고 있는 것이다. 마치 '민박집 노부부'처럼 말이다.

> 밤새도록 소쩍새 울음이 창호지문에 젖는데 불도저 소리가 어둠의 한 켠을 꺼내리고 있다. …… 아침 햇살 붉어오는 밀문을 열면 허물어진 담장 너머 노부부가 채소밭에 물을 주고 있다. 햇빛에 물든 저 노부부는 아들 부부와 다른 시간을 살아가리라. 소쩍새 소리에 잠이 들고 새벽닭 소리에 잠이 깨는 노부부의 이른 아침밥상을 나는 보고 있다.
> 까치가 요란하게 울고 붉은 석류꽃이 떨어진다. 할머니가 강아지 밥을 주다 소일 삼아 떨어진 석류꽃을 줍는다.
>
> (「밤나무를 본다」)

시인의 시선을 사물들이 점령하는 것은, 사물들이 삶의 무게로 밀고 들어오는 것은 그의 생존의 무거움 탓이다. 현실과 역사를 투쟁의 힘으로 짊어지던 자에게 그러한 磁場이 소거될 경우 다른 무거움이 빈 자리를 대신하게 된다. 그렇다고 '성급히 숲으로 가지는 않겠다'던 시인이므로 그에게 다른 일상, 다른 가치가 놓여있지는 않을 터, 사물들은 그 공허함과 무의미로 시인의 생의 한가운데로 육박하듯 다가간다.

『별빛 속에서 잠자다』의 시편들에서 사물들은 그러한 존재들이다. 그러하므로 시인은 떨어지는 나뭇잎을 보고 그 금속성의 소리에 놀라 정지하고, 솟아오르는 갈매기를 보며 과거 회상으로 소급해 들어간다. 즉 사물들은 시인의 삶의 무게와 등가로 놓이면서 비어있는 가치를 대신하고 일상의 시간을 정지시켜 다른 공간('청동빛의 공간'(「청동시대」))을 열어

놓는 존재들인 것이다.

> 저 갈매기는 어디서 나는 법을 배웠을까.
> 까마득히 솟아올라 못 박힌 듯 멈추어 서는
> 극점의 정신.
> 그것만이 우리에게 순간의 정지를 가르쳐주는 걸까.
> 하늘 가운데 못 박힌 갈매기로부터
> 한순간의 정지는 시작된다.
> 모든 것이 정지되고
> 걸어서 다리를 건너던 사람들의 형상이
> 동상처럼 굳건하게 솟아오르고
> 도시는 한순간 청동빛의 공간을 자신의 내면에 열어놓는다.
> 지금 이 순간 속도는 한낱 환영과 같구나.
>
> (「청동시대」)

일상의 의미가 시작되면 사물들은 그들의 존재 드러내기를 그만둘 것이다. 더 이상 사물들은 무거움으로, 삶의 무거움을 배경으로 하여 등장하지는 않을 것이고 그 무게에 합당한 과거의 회상을 가져다주지도 않을 것이다. 그러한 사물이 만들어내는 시간은 정지함의 그것이고 삶의 무게를 종용하는 '준엄한 꾸짖음'같은 것이다(가을이 와서 노랗게 물든다는 건/물들지도 못하고 비명처럼 떨어져 구르다/찾아와 누운 나에게/그렇게밖에 살 수 없느냐는 준엄한 꾸짖음입니다(「청동시대」)). 그러하기에 시인은 그러한 시간이 그에게서 사라질까봐 염려한다(노부부의 시간은 곧 이곳에서 사라질지도 모르지. 온통 벌떼들이 들러붙어 웅웅대는 밤나무를 본다. 노부부는 아마 저 미지의 힘 속으로 돌아갈 것이다(「밤나무를 본다」)).

노부부의 시간, 현상학적 시간은 시인에게 '숲'으로 들어가지 않도록 유예시키는 시간이다. '숲'이 알 수 없는 힘으로 인간을 빨아들이는 일상적인 세계, 즉 자본의 세계일진대, 밤나무 숲을 보며 그 앞에서 시인이

고집스럽게 그 길을 거부하는 이유가 여기에 있다(어리둥절한 예배에 길들여진 우리들에게 이것은 분명 유혹이리라. …… 그러나, 나는 숲길을 따라 더 깊이 들어가지 않는다. 무엇이 달라질 수 있단 말인가(「밤나무 밑에 서서」)).

'환영'과 같은 시간에 시인이 의식의 소급을 경험하는 것은 현실의 부조리와 싸워온 그로서는 삶의 무게 지향성이라는 의미를 지닌다. 정지하는 시간 속에서 청동의 빛으로 물드는 과거 회상, 그리고 그 속에서 '걸어서 다리를 건너던 사람들이 동상처럼 굳건하게 솟아오르'는 환상의 목도. 그러나 언제까지 과거로만 의지할 수는 없는 일, 이제 이 시간들은 시인에게 '그리움'을 가지라고 채근한다. 유보된 시간을 오래 끌고 갈 수는 없는 노릇이기 때문이다.

> 가을이 와도
> 사람들에겐 그리움이 없습니다.
> 그리움이 없는 사람들이
> 비명처럼 도시의 빈 거리를 서성이다
> 이 저녁에 경악하는 얼굴로 잠이 듭니다.
> ……
> 가을이 와서
> 노랗게 물들 수 있다는 건
> 참으로 찬란한 일입니다.
>
> (「은행나무」)

그리움이 없다는 것은 꿈이 없다는 것, 이 세상을 견디어 나갈 힘이 없다는 것이므로 안타깝지 않을 수 없다. 찬란하게 '방전하는 은행나무'가 무화의 시간을 통해 시인에게 유예와 무게있던 삶의 기억을 가져다 준다면, 그리고 일상의 시간대('숲')로 들어가기를 시인이 그토록 거부한다면 그가 선택할 수 있는 길이란 과연 무엇일까. 이 지점에서 시인에게

다가오는 것은 묵묵한 그리움, 기다림일 것이다. 그것이 시인이 근래에
전략적으로 구사하고 있는 낙타의 이미지이다.

<blockquote>

억지로 술을 마신 날
담벼락 밑에 헛구역질을 하다가
담장 위로 보랏빛 눈을 뜬 수수꽃다리,
오랜 감기 끝 내다본 가을 하늘처럼 싸-하게
보랏빛 향기며
내 심장의 한가운데로 낙하하는
눈처럼 차가운 보랏빛 꽃잎.
아, 그러면 나는 또 저 수수꽃다리의 보랏빛 눈을 뜨고
이물스럽게 구겨져 있는 나를 보아야 한단 말이냐.
낙타여, 낙타여
내 영혼에 비계라도 끼였으면 좋겠다
게으른 낙타처럼 허옇게 눈곱 낀 눈을 꿈벅이며
아직은 먼 길을 가야 하리니.
아니면 내가 뜨는 보랏빛 눈이
멀리 별빛으로 빛날 수 있게
높고 큰 육봉을 다오.
그리하여 저 보랏빛 향기를
축복처럼 밟고 가게 하라.
보안등 희미하게 켜진 보랏빛 눈.

「낙타, 수수꽃다리 핀 골목에서」

</blockquote>

'보랏빛 꽃잎'이 시인의 '심장 한가운데로 낙하하는' 순간 시인은 '멀리
별빛'으로 빛나길 소망하고 있다. 그것이 정확하게 무엇인지는 모르지만
마음 속에 하나의 그리움을 품고 가야 하는 것, 그러기 위해 시인에겐
'육봉'이 필요하다. 사막같은 삶의 길을 가는 데엔 약간은 무딘 낙타의
'높고 큰 육봉'이 있어야 한다. 낙타는 '누가 그러거나 말거나/ 똑같은
보폭으로 지루하게 제 길을 걷는'(「낙타」) 것이니 '아직 먼 길'을 가야
하는 시인으로선 낙타의 이미지로부터 삶을 살아가는 한 방식을 얻어야

했던 것이다. 그뿐 아니라 '외세의 발굽 아래 끊임없이 사막이 되는 이땅에서 지루하게 사막을 건너는 무수한 낙타들'이 있기 때문에 '때가 되면 어김없이 큰 강물줄기를 만날 수 있는 것'이다.

그리하여 낙타는 곧 '민중이다'(「낙타」)의 인식과 함께 시인은 비로소 민중의 삶의 방식까지도 자신의 것으로 끌어안게 된다. 성급하게 유토피아를 갈망하는 대신, 타오르는 열정을 서둘러 태우는 대신 그런 것들을 내면화시키면서 삶을 살아가야 하는 법, 이것은 시인 자신의 마음 속에 그리움을 품는 것에 다름 아니다. 그리고 '아직 피가 뜨거워 빈몸과 마음을 오래 앓고 있는 친구와 함께 찾아간 내소사'에서 시인은 '그리움을 울리고 가는 무수한 풍경소리'(「수만의 풍경이 울고 있다」)를 듣게 된다. 풍경 소리는 '가을 내내 나를 따라와, 저 햇빛 속에 바람 속에 강물 위에' 수없이 울린다. 곧 시인의 생 가운데로 육박하듯 밀려오던 사물들은 사물들은 곧 시인을 독려하고 다그치는 것들인 셈이다. 그리움을 가질 때라야 비로소 희망을 말할 수 있고 자본의 거리에서 삶을 살아낼 수 있기 때문이다.

낙타의 이미지는 「누란의 사랑」에서의 '새의 깃털', 「쓸쓸한 연가」에서의 '비석'과 흡사하다. 소멸한 누란 왕국에서 발견된 여인의 미라에 꽂혀 있던 새의 깃털을 보며 시인은 우리에게 이처럼 말한다.

하지만 그대여,
말라붙은 미라의 허무 위에 꽂힌 이 깃털은
얼마나 오랜 인간의 습관이고 희망인가.
아름답던 볼과 입술이
꺼멓게 벌린 입과 흰 이빨로 화한 뒤에도
새의 깃털은 저 입 벌린 허무를 넘어 날아와
우리의 가슴에 박히니
인간의 사랑은 인간의 위기를 넘어 역사를 이루네.
그대여,

슬퍼하지 말게
어떠한 정열도 영원하지 않고
어떠한 정열도 소멸하지 않으니
우리로부터 한 마리의 새가 날아
누군가의 가슴으로 날아가고
우리들의 하늘은 날아오르는 새의 깃털로 가득하여라.
「누란의 사랑」

누란 왕국이 홀연히 사라지듯 우리들 역시 소멸할 위기에 있지만 '새의 깃털'처럼 남는 것이 있으니 이것이야말로 '인간의 위기를 넘어 역사를 이루는 힘'이 아닐 수 없다. 우리 내면에 살아 있는 정열을 지금 이 자리에서 당장 불꽃으로 태우지 못한다 해서 절망할 것은 없다. 영원한 것도 소멸하는 것도 없으므로 나의 가슴에서 또 누군가의 가슴으로 새가 날아 우리들의 하늘에 '새의 깃털'로 가득한 것이 중요한 것 아닐까.

그의 가장 최근의 시집 『슬픔의 힘』에서 사물들과 낙타의 의미는 『별빛 속에서 잠자다』와 조금은 다르게 변주된다. 따라서 이들의 함의를 살피는 것은 시인의 그간의 변모와 정황을 이해하는 계기가 될 것이며 또한 시인이 슬픔의 정서를 기본 정조로 갖게 된 이유도 밝혀질 것이다.

시집 『슬픔의 힘』은 '그대'를 향한 강한 그리움으로부터 시작된다. 전시집에서는 보이지 않던 지향의 대상이 『슬픔의 힘』에 이르러서 이름을 부여받고 등장한 것이다. '그대'에게 이르고자 하는 열망은 시집 1부의 '-습니다'체로 나타난다.

시인에게 그리움은 매우 강렬하여 하늘, 바람, 풀꽃들, 단지 이런 사물들은 님의 부재를 증명할 따름이다. 사물들이 공허함 속에 등장하여 삶을 자극하고 추스르게 했던 것이 『별빛 속에서 잠자다』에서의 사물의 의미이자 역할이었다면 『슬픔의 힘』에서의 사물들은 '그대'가 나의 옆에 없음을 인식하게 해주는 존재이자 그 그리움의 강도를 강화시키는 것들이다.

그대는 말이 없고, 나는 떨어지는 가을 빗소리를 듣습니다.
그대는 모습이 없고, 나는 어른거리는 물그림자를 봅니다.
그대는 소리가 없고, 나는 나뭇잎 바람에 수런거리는 소리를 듣습니다.
그대는 향기가 없고, 나는 멀리 솔잎 향내를 맡습니다.
그대는 내미는 손이 없고, 나는 바람에 날려온 단풍잎을 손바닥에 올려
놓습니다.
그대는 어디에도 없으면서 어디에나 있고, 나는 늘 비어있는 그릇과도
같습니다.

「백자진사매국문병(白磁辰砂梅菊文瓶)」

사물들의 존재로 말미암아 시인은 그리움을 알게 되고 님이 부재함을
깨닫는다. 사물들은 문득문득 시인에게 다가와 그리움을 키워놓고 시인
의 마음을 허전하게 만든다. 그러면서 시인에게 그것이 무엇인지는 모르
더대로 '그대'를 언제까지나 품도록 하는 것이다. 따라서 '그내는 어디에
도 없으면서 어디에나 있고', '나는 늘 비어있는 그릇'이 되는 것이다.
사물들이 '그대'를 비어있게, 빈 자리로 '그대'의 자리를 남겨두도록 하는
이유는 '숲'에 이르면 그 비밀의 열쇠가 무엇인지 드러나게 된다.

욕망이 세상을 움직이는 힘이긴 하지만
욕망은 세상을 멸망하게 하는 힘이기도 하다.
한 그릇의 밥을 끓이는 불이
세상을 잿더미로 만들 수도 있듯이
그렇게 무언가 불길한 것이 지금 시작되고 있다.
//
지금 저 밤나무 뒤편으로 우거진 숲이
나를 거부하는 이유도 이것 때문일 것이다.
//
나는 밤나무 숲속으로 들어간다
숲은 여전히 우리의 재난을 거부하지만
또한 우리의 슬픔을 받아들인다는 듯
내 이마에 물방울을 떨어뜨린다.
//

> 슬픔이 세상을 태우는 불을 끄지는 못하지만
> 세상을 태우는 불길로부터
> 작은 사랑의 불을 지킬 수는 있을 거라고
> 그래서 때로 우리가 은은히 빛날 수도 있을 거라고.
>
> 「슬픔의 힘」

　시인은 이 시집의 첫 시편 「가을편지」에서 '누구인지 알 수 없는 그대여/ 그대의 빈자리가 오늘따라 저리도 환한 것이 내 슬픔의 이유인지요' 했거니와 님의 자리를 비워 놓으므로 슬픔을 안고 갈 때라야 시인은 '숲' 길을 걸어갈 수가 있는 것이리라. 욕망에 들린 삶이 숲을 파괴하고 세상을 훼손시킨다면 '슬픔'은 이것을 견제할 수 있는 힘이 되기 때문이다. 따라서 숲은 시인에게 있는 '슬픔의 표식'을 보고 그를 받아들인다. 이제 다만 시인은 '님의 빈자리'를 안고 가야 한다. 그러할 때 슬픔이 있으므로. 곧 비어 있는 채 언제나 있는 '그대'는 세상이 욕망의 불길로 인해 멸망하지 않도록 지키는 존재와 같아진다.

　낙타와 같이 사막을 걸어가겠다던 시인은 '참 많은 세월과 길을 걸어왔다'(「소식」). '누누이, 도시의 고층 건물들이 서 있는 이 자리에, 한 도시가 무너지고 일어서고 무너지고 일어서는 시간 동안'(「빙어」), 그리고 그동안 그 어딘가에 그대가 있을 듯 싶어 '불 켜진 어느 집엔가'를 서성거리기도 했었는데 결국 '그대'란 '어디에나 있고 어디에도 없는 것을 존재 방식'(「그 낯익은 담 모퉁이 은행나무」)으로 취한다는 것을 알게 된다. 즉 '그대'란 낙타의 등에 솟은 육봉과 같은 것이 아닐까. '그대'는 나와 함께 사막을 걸어왔던 존재이자 힘이 되어 준 것이다. 내가 그토록 허전했던 것은 사막의 황폐함 때문이었지 '그대가 없기' 때문이 아니었다. 단지 시인은 '그대'를 그리워하고 허전해하면서 비로소 삶을 견디는 가운데 무언가를 찾아 헤매게 되는 것이다. 그렇다고 신기루나 유토피아 등속을 찾는 것에 의미를 두는 것은 아니고 '그대'의 존재에 비추어 나의 삶을 만들어 가는 것이다. 즉 없으되 있는 것이 그대의 존재방식이라면 없는 것을 찾아 걷는 것이 나의 삶의 방식인 셈이다. 따라서 시인이 삶을 걸어가는 동안 만나는 대상들에는 간절한 애정이 투영된다. 그러하므로 시인은 이렇게 희구한다. "그대 비어 있음의 적막함으로 목숨 있는 것들의 하루를 더욱 깊게 하시고, 시리도록 차가운 하늘을 더욱 빛나게 하십시오."(「개화」)라고.

시집 『슬픔의 힘』에 실린 1부의 시편들이 '그대'의 의미 찾기에 해당한다면 그 이후의 시들은 시인이 살면서 만나게 된 삶의 편린들을 모아둔 것이다. 그러한 대상들에게서 때로는 '그대'의 이미지를 찾으려 하기도 하고 때로는 '그대'의 이미지와 겹치지 않는 대상을 보며 실망하기도 하면서. 그러나 모든 대상이 자못 사랑스럽기는 매한가지였을 터, 삶의 기나긴 여행길에 오른 시인은 그때그때 조우하는 대상들을 형상화한다.

아마도 한동안은 '어머니'가 혹은 '부처의 미소'가 그를 끌어당기고 놓아주지 않는 '그대'의 이미지였을 듯하다. '어머니'를 미리부터 멀리 돌아나온 시인이지만('어쩌면 나는 이미 어머니를 부르는 나를 뒤에 남겨두고 다시 먼길을 떠나고 있었습니다.'(「그 집 뜨락의 수국」)), 2부의 시편들에서 보듯 그 '어머니'가 '백젯적 기와'의 이미지로 떠오르는가 하면('백젯적 기와의 빛이 어머니를 닮아 있다'「백제와당연화무늬」)), 어릴 적 누이와 누이 친구들에게서 부처의 미소를 발견하기도 하고('그 어릴 적 백제 누이들을 여기 와서 보네/눈을 흘기다 짓는 미소에/눈 갠 하늘 별 몇 개 어려 있네'「미소-서산 마애삼존불」), 소위 탈선한 한 제자에게서 백제미륵반가사유상을 느끼기도 하기에 말이다(이제 여중학교짜리 애가/남자애와 살림을 차렸는지/찾아간 산동네/단칸방 앞에서 불러도 대답은 없고/ 방문을 여니/…/슬퍼하는 겐지/무슨 비밀스러운 걸 알았다는 겐지/빙긋이 웃는/솜털이 보송보송한 그애의 눈빛이 깊어/그냥 방문을 닫다「그애의 백제 미륵반가사유」)).

　　그러나 주지하다시피 붓타나 어머니가 결코 안온하거나 화려한 삶을 산 것은 아니다. 백젯적 기와의 빛이 어머니를 닮았다 했을 때 그 빛깔이란 '죽음처럼 누워서 온갖 것을 다 받아안은 개펄'(「백제와당연화무늬」)의 그것이었고 '거기서 갯지렁이며 모시조개며 밤게며 고물고물 생겨나듯 무늬가 솟아오르'더니 '낮은 구릉 위에 돋는 구름처럼 연꽃잎으로 피어난' 것이 '백제와당연화무늬'였던 것이다. 백제 미륵반가사유상도 이와 마찬가지의 숙명을 지닌 채 우리에게 다가온다.

　　　　저 먼지같이 부유하는 것들
　　　　저 버려져 떠도는 것들
　　　　저 젓갈처럼 곰삭아 한숨처럼 흐르는 것들
　　　　쌓이고 쌓여 곰소 갯벌로 검게 누웠더니

　　　　어느 달빛 좋은 밤
　　　　곰삭는 젓갈 냄새 향기로울 때
　　　　누웠던 몸 일으켜 나와
　　　　황막한 포구의 뒤꼍 망연히 서 계시더니

　　　　갈대 머리 해 얹으시고
　　　　낮은 구릉 위에 떠도는 구름 옷자락으로 걸치시고
　　　　세상의 모든 고샅
　　　　낮은 처마 밑 무수히 떠도시더니

　　　　어쩌다 잡히시어
　　　　나지막한 부여의 하늘 밑
　　　　박물관 진열장 속에나 갇혀 계시나

　　　　곰삭은 곡선의 몸매 여전하시고
　　　　걸쳐입은 구름 옷자락 여전하시군
　　　　남자인지 여자인지 알 수 없는
　　　　어른인지 아이인지 알 수 없는
　　　　목숨의 꿈 여전하시고

웃지 않는 듯 웃는 그 웃음 여전하시군
　　　「곰소 갯벌에서 백제 미륵반가사유상이 걸어나오다」

　어머니나 부처 앞에서 우리는 한없이 포용되고 그들의 무심한 듯한 미소 앞에서는 '어떤 슬픔이나 어떤 분노도 응석처럼 가벼워진다'('마산포 하루」). 그러나 부처가 아무리 '먼지같이 부유하는 것들, 저 버려져 떠도는 것들, 한숨처럼 흐르는 것들'속에서 뒤엉켜 나와 우리에게 늘 미소 짓더래도 우리는 부처가 될 수는 없는 노릇이다. '우리에게는 몸을 던져서도 다 떨치지 못한 슬픔'(「겨울 금산사」)이 있는 까닭이다. 그리하여 마애삼존불로 가는 산길, '모든 길이 끊긴 세상의 끝'에서 '부처님처럼 미소지을 줄 모르는 우리는 미친놈들처럼 웃다 울다 하'(「협곡」)고 만다. '아, 모든 길이 끊긴 세상의 끝도 이렇게 아름답군'(「협곡」)하고 경탄히면서. 이때 둘러보면 우리와 함께 서 있는 것은 '뚝뚝 어깨가 꺽인, 눈을 가득 인 나무들'이요, '부처님은 눈빛 속에서 우리 어깨 너머 멀리를 보는 것'이 아니겠는가.

　　　선운사가 좋다기에 찾아갔더니
　　　절보다는 잔잔한 뒷길이 좋아
　　　늦도록 숲속을 거닐다가
　　　자갈 같은 별들을 밟으며 오다
　　　　　　　　　　　　　　　　　　「뒷길」

　부처에 대한 시인의 대답은 이러하다. 부처는 님과 겹쳐질 듯한 이미지를 가지고 있지만 삶을 살아내야 하는 나의 '그대'는 아닌 것이다. 부처보다는 덜 초월적이고 좀더 아름다우며 진행되는 고통의 한복판에 서 있어야 하는 존재가 나이자 나의 '그대'이다. 그편이 현실을 살아가는 시인으로서 더욱 책임있는 자세일 것이다. 그리하여 '육식 공룡같은 레미콘의 위장, 아파트로 돌아와 탈출을 꿈꾸는'(「레미콘차」) 도시인들과 '밤이 되

면 불이 켜지는 봉천동 산번지'(「하늘 아래 집」)의 가족, '집 잃은 사람들'
(「달팽이」), '마지막 열차가 요란한 소리를 내며 떠나간 대합실'에서 '아무
소리도 내지 않고 구두를 닦는'(「그는 아무 소리도 내지 않고 구두를 닦는
다」) 자, 혹은 '공원 벤치에서 장기를 두는 늙은이, 그리고 건너편 벤치의
노숙자'(「겸손한 여생」)들을 생각하게 된다.

파편적으로 다가오는 이들은 시인이 볼 때 모두 벼랑 끝에 놓인 듯
아슬아슬하게 살아가는 사람들이다. '유랑 곡마단의 곡예사'(「코스모스」)
들처럼. 이들이 빠른 속도로 질주하는 청동의 도시에서 살아나려면 '청동
보다 몇십 배 단단한, 대단한 밀도'(「청동 물 속을 헤엄쳐 다니는」)가 필요
하다. 그러나 점점 높아가는 도시의 '청동의 밀도'는 '살과 뼈와 피를
가진 것들'을 짓이겨놓고 파멸시키고자 하기 때문에 이들의 삶은 더욱
힘에 겹다. 시멘트로 범벅이 된 도시에서 탈출하는 것이란 얼마나 어려운
일인가. 자본의 시대를 살아가는 모든 생명체들은 고통을 살아내는 것으
로 온 힘을 다 쓰고 있는 것이다.

> 지구상의 생물들이 가장 크게 날아오른 것은
> 새들의 비상이나, 인간이 실현한 무엇 따위가 아니라는 거야
> 물고기가 지느러미를 네 발처럼 어기적거리며
> 최초로 물 밖으로 기어나왔을 때
> 느꼈을 어마어마한 중력을 생각해보라는 거야
> 그 몇 센티미터의 간절한 비상!
>
> 「비상(飛翔)」

이들의 고통을 알진대 시인이 할 수 있는 일은 무엇일까? '마음의 바닥
을 쓸고 또 쓰는'(「빗자루 쓰는 소리가 들린다」)일? 혹은 '비어 있음이
늘 가장 많은 걸 가르치지'(「수업」)같이 경구로 깨달음을 전하는 것? 시인
은 알지 못한다. 이들을 떨쳐 내고 저만치 혼자 가기란 시인에게 더더욱
힘든 일이다. 이들 민중은 예전의 시인과 마찬가지로 자본의 시대 곧

황량한 사막을 건너는 낙타들에 다름 아니기 때문이다.

> 등이 흰 낙타를 보았어
> 눈 덮인 윗세오름
> 발걸음은 자꾸 하늘 쪽으로 향하는데
> 먼 풍경 소리처럼
> 떨쳐지지 않는 방울 소릴 들었어
> 둘러보면
> 수만의 눈 덮인 나무들이
> 희디흰 낙타의 육봉처럼 흔들리고
> 뿌 뿌
> 더 오를 수 없는 눈벌판의 끝을 향해 고개를 쳐든
> 낙타들의 울음소릴 들었어
>
> 「등이 흰 낙타」

'자꾸 하늘 쪽으로 향하'는 시인의 발목을 붙잡는 것은 '더 오를 수 없는 눈벌판의 끝을 향해 고개를 쳐든 낙타들의 울음소리'이다. 민중의 편에 서서 민중과 함께 투쟁해온 시인에게 가장 확실한 진리의 근거는 역시 민중인 것이다. 더 큰 영광, 더 화려한 삶, 더한 질주가 있을 수 있지만 시인은 그러한 길을 가지 않는다. 이에 시인은 민중과 같은 높이에 자리를 잡고는 바로 여기에서 그가 할 수 있는 일을 모색한다. 지금의 모색은 이제까지의 힘겹기만 했던 암중모색과는 다른 것이다. 민중이 곧 자신이고 자신이 곧 민중이 되었기 때문이다.

이제야 비로소 김진경은 마음에 여유가 생기게 된다. 시인은 "마을의 집들이 흐릿하다/참 사는 게 별게 아니어서/ 이 작은 풍경들로 가득해지기도 하는 것을/나는 혹시 혼자 그득해지고자/키 큰 전나무 울타리처럼/남의 시선이나 가리고 살았던 건 아닌지/때로는 키 작은 나무들의 한 생애가/훨씬 커 보일 때가 있다"(「키 작은 나무」)고 하는가 하면, '할아버짓적 동학을 이야기하며 마음속의 하늘을 닦으라 숫돌'을 받았다면서 낫을 가는 주인을 보고 "참 마음속의 하늘을 닦지는 않고 쓸데없이 낫날만 갈고 있었군"(「숫돌」)하며 겸연쩍어 한다.

그리고 문득 '비오는 저녁 밤나무 밑에 서서', '무엇이 나를 이리로 불렀을까' 의아해 하면서 또다시 자신을 불러낸 손짓의 의미를 헤아리기도 한다.

> 무엇을 말하려는 것일까
> 비에 젖은 나무들이
> 축축해진 대기 속으로 은밀하게 제 향기를 풍기고
> 저마다의 향기가 어우러져 빛을 내는
> 그것인지도 모르겠다.
>
> 나는 너무 오래 제 향기를 풍기며 서 있는 법을 잊어왔다.
> 나는 너무 오래 저마다의 향기로 어우러지는 법을 잊어왔다
> 너무 오래도록 손짓하는 법을 잊어왔다
> 　　　　　　　　　　　　　　「비오는 저녁 밤나무 밑에 서서」

밤나무 숲 앞에 서서 무턱대고 들어가는 것을 거부하던 시인이, 그리고 '슬픔의 힘'을 안고 숲으로 걸어가리라던 시인이 숲의 깊이로 들어가면서 얻게 되는 인생의 잠언이 「비오는 저녁 밤나무 밑에 서서」에 녹아들어가 있다. 그 밤나무 숲을 거닐면서 시인은 살아가는 법, 향기나는 인생으로 거듭 나는 법을 배우고자 한다. 숲과 그 속의 생명들, 나무나 풀, 꽃들은 예전에도 그러했듯이 언제나 시인과 더불어 함께 하는 존재들이다. 그러한 것들이 '작은 사랑의 불'을 지키는 힘이자 시인과 그의 시의 힘일 것이다.

> 오늘 숲길을 걸었다. 간벌을 위해 닦아놓은 길을 따라 올라가노라면 여기저기 흙이 무너진 곳, 새로이 흐르는 작은 개울물. 간혹 베어진 통나무를 만나곤 한다. 숲 길이 들어가노라면 어느새 나무들의 향기에 싸이고, 이 향기는 어디로부터 오는 것일까? 다시 베어진 통나무 더미를 만나 숨이 멎듯 발걸음을 멈춘다. 진한 향기는 베어진 나무의 생채기에서 퍼져 숲을 가득 채우고 있다.

우리의 상처에서도 저렇게 향기가 피어날 수 있을까?

가만히 땅에 눕는다. 옷을 벗듯 악취나는 몸을 벗어버리고 싶다. 생채기가 향기일 수 있는 것들의 실뿌리 파고들어 이윽고 향기일 수 있을 때까지 눕고 싶다. 붓꽃이며 복사꽃 또 노란 양지꽃 제 상처에 열심히 꽃을 피우고, 서로 다른 향기가 만드는 길을 따라 벌들이 붕붕대며 날고 있다.

(「숲」)

흐름과 상승의 상상력

최하림론

　시인 최하림에게 <굴참나무 숲에서 아이들이 온다>는 60년대부터 계속 해왔던 시작 작업의 마침표 같은 것으로 보인다. 역사와 시대의 번잡스러움을 그 소용돌이 속에서 함께 해 오던 시인이 마침내 돌아온 뒤안길 같은 것이 이 시집이다. 7년 여에 걸쳐 기록한 병상의 시라고 시인이 말하고 있거니와 세상 사에서 받은 상처를 고스란히 입고 나온 이 시집의 시들은 한편한편이 우주를 읽는 선시에 가까울 정도로 자기초월적인 향기를 내뿜고 있다.

　시인의 말대로 관성적인 시쓰기였다고 하는 겸양의 표현 속엔 시인의 오랜 삶의 흔적이 묻어 나온다. 7년이 아니라 수십 년 동안 시인은 이 시집을 준비해왔다고 해도 틀린 말은 아닐 것이다. 시집 속에는 오랜 세월을 매우 치열하게 살아온 자만이 얻을 수 있는 쉼과 깨달음이 있기 때문이다. 될 수 있는 대로 세상으로부터 멀리 나오기를 원했던 시인이 마침내 도달했던 고요의 한가운데에는 그러나 세월의 무수한 흐름과 반복이 요동치고 있었다. 상처입고 휴식을 얻고자 한 시인은 그것을 온통 그대로 다시 감당할 수 밖에 없었는데 그로써 겪어야 했던 고독이 얼마나 힘에 부쳤을까, 이 시집 속의 시편들은 고요 속에 놓여 엄청난 우주의 부침에 또다시 시달리고 있는 시인의 모습을 고스란히 보여주고 있는 것이다. 이렇듯 최하림은 벗어날 수 없는 천성의 시인 기질을 지닌 사람이었던 것이다.

1. 길떠남

오래 전부터 시인은 여기가 아닌 곳을 벗어나 어디론가 가고자 한다. 그곳이 '바다인지 호수인지는' 알 수 없어도 '햇살이 고요히 비추는' 곳을 시인은 마치 꿈 속의 중얼거림처럼 찾아헤맨다. 이곳 세상은 '눈이 밝은 시인'이 살아가기에는 '너무 마음 아프고 들풀꽃들은 너무도 아름다워서' 시인은 주체할 수가 없었던 것이다(<누란>). 그리하여 역사의 부대낌 속에서 살아가는 작은 민초들과 죽어간 사람들을 사랑하는 마음이 너무 깊어 슬픔에 갇혀 지내던 시인이 상자각과도 같은 슬픔으로부터 빠져 나오고자 마음 먹은 것은 슬퍼하는 자신을 인식하면서부터이다.

그해도 다 간 12월 초순 서울에서는 포근하고 새하얀 눈이 내렸습니다. 우리는 눈길을 걸어 도선사로 명동으로 갔습니다. 도선사 모퉁이를 돌면 소나무숲 저편으로 절간의 풍경들이 떼그르르 떼그르르 울고 고딕풍의 명동 성당에서도 성모 마리아님이 흰 이마를 들고 우리를 내려다보았습니다. 제 슬픔을 슬퍼하지 못한 우리를 슬픈 눈으로 보고 있었습니다. 성모 마리아님이여 죄가 있음으로 우리는 얼마나 많은, 죽고 싶어하는 세상에서 살고 있으며, 얼마나 많은 죽음에서 살고 있습니까. 고다마의 어머니 마야님이여, 당신의 아들이 집을 나간 뒤로 얼마나 많은 아들들이 이 세상에서 집을 나가 돌아 오지 않습니까. (중략) 성모 마리아님이여, 고다마의 어머니 마야님이여, 이런 날은 아들을 그리며 전태일의 어머님도 어느 길을 걸어가고 김남주의 어머님도 갈 것입니다. 이런 날은 아무 죽음도 가지지 못한 저나 제 친구들도 갑니다. 나무들이

언 가지로 서 있고 차고 신선한 공기가 샘물처럼 흘러서 수만 리도
더 멀리 뻗어가고 수만 리도 더 높이 솟아오릅니다.
('겨울산' 부분)

　그리고 죽음의 무게를 짊어진 많은 아픈 사람들, 이들이 허우적대며
가야 할 곳은 나무들이 서 있고 맑은 공기가 흐르는 곳이다. 그러한 곳은
명확히 인식되는 것은 아니고 무작정 가야 하므로 마냥 가는 그런 곳이다.
막연하게, 그러나 눈을 감은 채로도 가야 할 만큼 절실하게 가야 한다(<
굴참나무 숲에서 아이들이 온다>). 이전의 시편들에서는 시인의 이러한
지향성이 많은 부분에서 나타나고 있다. 가야 할 그곳은 '사막인지 바다인
지 모를 누란'(<누란>)이기도 하고 '썩어가는 낙엽과 허물어져가는 무
덤'(<햇빛이 무진장 내려>)으로 여겨지는가 하면 '물푸레나무 우거진,
물 속'(<아들에게>)이기도 하다. 그런데 이곳들은 모두 평화니 자유니
사랑이니 하는 그런 인간의 일상사들과는 거리가 있는 '고요한 곳'이라는
공통점을 갖고 있다. 즉 그는 '걸어간 발자국의 흔적도 지워질'(<너는
가야 한다>) 태고의 고요 속으로 가고 싶어 하는 것이다. 시인이 그곳을
특별히 '처음의 빛과 처음의 어둠'이라고 한 것은 그의 가고자 함의 願望
의 정도를 나타내기 위해서이다.
　슬픔도 슬픔이거니와 시인이 살고 있는 이곳은 '변해버린 사람들', '깨
져버린 사랑', '그럴싸하게 말하는 정객들'로 가득차 있어 허무하게 느껴
질 뿐만 아니라 '모든 기억이 희미해지고', '따스했던 네 손이 사라져'
지나간 시간들을 그리워하게 만든다. 시인이 이런 일상적인 일들을 깊은
슬픔과 그리움으로 느끼게 됨에 따라 그의 끝없는 여행은 시작된다. 시인
이었기에 먼저 그는 詩를 통해 그 슬픔과 그리움을 달래고자 했다. 시
<詩>를 보면 "눈이 지천으로 오는 밤에 시를 써야지/ 머리를 눈에 박고
써야지/ 눈 속을 걸어가는 사내 몇/ 불을 찾는 사내 몇/ 겨울까마귀 몇/
죽은 자들도 이런 밤엔 불을 찾아/몇 날이고 몇 밤이고 언덕을 넘겠지

흐름과 상승의 상상력 | 73

그들의 목소리가/ 벌판을 헤매겠지”하고 있다. 시인에게 시를 쓰는 일은 그 무엇을 향해 ‘가는 일’과 같은 것이다. 詩는 시인에게 ‘들판을 휩쓸 듯이’ 휩쓸 수 있는 장소이자 ‘그리움을 노래하는’, 그래서 ‘그리움이 푸르게, 하늘의 별같이 되는’(<詩>) 그런 매개이다. 심지어 ‘공기의 입자들이 햇빛에 흔들리며 소리하는 것’, ‘깨어진 소리가 시간 속으로 지나는 것’을 보고 들으며 그것을 그렇다고 말할 수 있을 만큼 ‘눈이 밝은’(<그대는 눈이 밝아>) 시인이므로 설령 시가 ‘매달 쓰레기처럼 쏟아져 나오는 문학지와 여성지 끄트머리의 문예란’(<말>)에 고작 붙어있는 것일지라도 그는 쓸 수 밖에 없다. 길을 나설 수 밖에 없는 것이다.

그러나 그러한 길이 쉽게 다가오지 않는다. 시인은 조급해질 수밖에 없다. 그리하여 그는 다급하게 소리친다. “그곳으로 어서 빨리 나는 가야 한다 그 깨끗한 것들을 지켜야 한다”고. 게다가 그는 “어머님의 과로가 가축을 부르며 언덕을 넘어가고/ 빈 들을 돌아오는 울음소리 들리는 곳”(<降雪의 詩>)에까지 이르려 한다. 시인이 막연하게 생각하는 태초의 고요한 곳인 그곳은 결론부터 말하자면 어머니가 살아온 삶터인 듯하다. 또한 ‘시간들이 가서 마을과 언덕에 눈이 쌓이고, 나무들이 축복처럼 서 있을 그런 곳’(<가을과 그리고 겨울>), 나아가 ‘현대사를 리드미컬하게 경사를 그리며 달려내려가, 생존과 질서의 반복을 보이는 아름다운 새(이 것을 鳥가 아니라 ‘사이’라는 공간 개념으로 읽을 수는 없을까.)’(<새>)가 그가 찾는 곳일 터, 이러한 곳들이 그가 막연하게 찾은 그 무엇들의 희미한 윤곽일 것이다. 그런데 그곳에 그가 발을 디디는 것은 우연한 사건에 의해 이루어진다.

내가 근무하는 이층집 창 밖으로는 방통대의 뒷마당이 한눈에 보인다. 저녁이 되면 어느 저녁이나 마찬가지로 그 뒷마당에는 어스름이 부드럽게 내리고 탐욕스러운 춤꾼들의 북소리가 쿵덕쿵쿵덕쿵 처음에는 천천히, 그러다가 점점 다급하게 경사를 올라가다가는 마침내 낙산 기

숲을 온통 물어뜯을 듯이 울려퍼진다. 처음 나는 무슨 지랄들이람 하고
투덜댔으나 시간이 흘러감에 따라 어느새 쿵덕쿵 소리에 맞추어서 나
는 얼쑤얼쑤 어깨를 흔들기 시작하였고, 그 흔들림은 물결을 따라서
거슬러가다가 다시 흘러내려가기도 하는 것이었다. 웬일일까, 왜 내가
물까지 생각하게 되었을까 돼새겨 보았으나 알 수 없었다.

(<봄> 부분)

장단에 몸을 흔들다가 그 흔들거림이 물결처럼 흘러 물의 흐름까지
상상의 맥이 닿게 된 것은 시인에게는 매우 귀중한 사건이었다. 어떠한
깨달음처럼 다가온 물의 상상력, 시인은 의아스럽기만 하여 되풀이 질문
해 보지만 어떻게 그가 거기까지 도달했는지 알 수 없다. 그저 흘러가는
대로 자신을 흐름 속에 내맡길 수 있었다는 것이 의식 오롯한 시인으로서
는 낯선 체험이었을까. 세상에 대해서, 정치꾼들에 대해서, 문화와 시에
대해서 날카롭게 비판하던 시인이 가당찮게도 북소리에 어떻게 몸을
흥얼거리게 되었는가.

그러나 중요한 것은 그가 물의 흐름으로 자신을 맡기고 있다는 것일
터, 사실은 '가야 한다'고 끊임없이 되뇌이던 시인이 가고자 하고 그곳에
가야했던 바로 그 원형의 공간이 아니었을까, 물이 말이다. 물의 흐름이
만일 단순히 그것 자체로 시인에게 보여졌다면 시인이 그것으로부터 예
의 의아함이나 놀라움을 느끼지 못했을 것이다. 그저 범상히 넘겨 특정한
체험으로도 인식으로도 받아들이지 않았을 것이다. 그가 늘 '가야 한다'
는 강박관념 엇비슷한 의식을 가지고 있었다손 치더라도 그것이 바로
물에 이른다는 것은 생각해보지 않았을 것이다. 그러나 물은 무슨 불현듯
한 충격처럼 다가온 것이다. 그렇다면 그렇게 될 수 있었던 것은 무엇
때문이었을까. 놀이패들의 북소리는 자신의 일상 공간에 있는 흔하디 흔
한 사위 아니던가.

그러한 체험을 겪은 후 시인은 '이 세상에서 제일 행복한 사람이 되어

홀짝홀짝 술을 마시며 쿵덕쿵 소리를 기다렸다'. 그리고는 '온몸이 축 늘어져 잠속으로 떨어졌다. 그리고 잠속에서 편안하였다'.

그는 막연하게나마 그가 가야할 곳이 물푸레나무 우거진 곳이자 차고 신선한 공기가 흐르는 곳이라는 것을 알고 있었다. 그리고 그것이 어머니의 손때가 묻은 삶터와 시간을 지나온 마을, 생존과 질서의 반복을 보이는 그러한 것들과 멀리 떨어진 것이 아니라는 것을 시인은 어렴풋하게 알고 있었던 듯하다. 말하자면 시인은 어쩌면 서로 모순되는 두가지 이질적 공간들을 동시에 바라고 있었던 것이다. 그가 가야할 곳을 늘 염두에 두었을 때 다가오는 상상적 공간들은 한편으로는 나무의 모습이자 한편으로는 어머니의 모습이었다.

세상의 번잡스러움과 복잡다단함을 온몸으로 살아온 시인으로서는 어느 것 하나 사랑스럽지 않은 것이 없었을 터 세월의 흐름이 흔적으로 남겨진 것이라면 시인은 그것을 버릴 수가 없었다. 물의 흐름이 북소리를 따라 흘러들어왔던 것은 고쳐 말해서 우연이 아니었던 것이다. 북소리야말로 오랜 세월을 지나는 동안 민중들의 삶과 설움을 달래주고 부둥켜오고 한 것이 아니었는가. 북소리의 장단 속엔 반복되는 시간의 때와 민중들의 삶의 질서가 자리잡혀 있는 것이다. 단순히 시끄러운 소리로만 의식되던 그것이 시인의 무의식에 있던 역사의식과 민중에 대한 애정과 만나 흐름으로 그리고 극복으로 다가온 것이다. 따라서 물의 흐름이란 그가 가야할 곳들이 만나는 곳이자 그의 시가 온 힘을 기울여 말해야 하는 담론중의 담론인 것이다.

2. 생명의 현상학 – 물과 나무의 흔들림

<굴참나무 숲에서 아이들이 온다>의 상상공간은 물소리들이 철철 흘러넘치고 무수한 나무들이 번쩍번쩍 솟아오르는 그런 곳이다. 아침에 눈

을 뜨고 일어날 때 그리고 햇빛 찬란히 내리쬐는 한낮, 어스름 가득한 저녁나절, 그리고 밤, 시인의 생활의 거의 대부분을 차지하고 있는 것은 완연한 자연의 상찬이다. 사방이 고요한 깊은 곳에서 굴참나무 청시닥나무 복장나무 왕솔나무 오얏나무 배꽃나무들이 빛이 바래지도록 서 있고 물은 구천동을 이뤄 계곡을 치며 간다(<구천동 詩論>). 나무들이 '우듬지로 물을 나르면서 가지 끝 귀를 세우는' 구천동은 그런데 '어둠이자 침묵이고 죽음이자 물'이다. 이 무슨 역설인가?

물이 흐르는 곳에 터를 잡은 나무는 그 물을 물씬 끌어올려 하늘로 치솟게 한다. 물이 흐르고 나무가 자라는 것은 시인의 원형적 상상 공간이 된다. 그곳은 행락객의 발길이 끊기는 곳으로 침묵일 뿐 아니라 죽음의 소리까지 들리는 고요의 공간이다. 시인은 그 심연에까지 내려가 그곳의 생리를 길어올리는 물잡이꾼이다. 시인은 물을 길어 올린다. 나무로, 새들에게로, 아이들과 마을에로, 그리고 죽음에까지도. 물은 흐르되 생명이고자 하는 모든 것들을 일으켜 세운다.

> 사방은 숨소리 하나 없이 고요하다 피라미들이 물 위로 떠오르고 나무
> 들이 우듬지로 물을 나르면서 가지 끝 귀를 세운다
>
> (<오늘은 굼벵이 같은 나도>)

> 커다란 집인 양 덕유산은 나를 감싸고 물소리들이 발에 걸려 비틀거린
> 다 굴참나무 청시닥나무 복장나무 왕솔나무 들이 물안개 속에서 그림
> 자 던지고 행락객이 사라진 이제 사방은 고요뿐 그뿐…… 그것들도 물
> 속 깊이 흘러 보이지 않는다
>
> (<구천동 詩論>)

> 강가에서 다 자란 풀들이 시끄럽게
> 이파리를 날리며 동쪽으로도 서쪽으로도 쏠린다
>
> 오후엔 굵은 비가 들녘을 때렸다

순간 자연의 평화가 깨어지면서 넘실거렸다

나는 버드나무 아래로 송사리 피라미 물방개 같은 것들이
굽이치는 물 속으로, 거칠고 맵시있게 노닐면서 사라지는 것을 본다
<밤에는 고요히 어둠을 본다>)

　이제 시인의 상상 속에서는 흐르는 물과 더불어 여기저기 횡으로 이동하는 사물들과 수직으로 상승하는 사물들의 물활론적 세계가 펼쳐진다. 사물들은 시끄러울 만치 몸부림치고 노니느라 세속의 사람들은 안중에도 없다. 가끔 '늙수그레한 남자가 나타나 비음이 심한 목소리로 무어라 중얼거렸지만 사물들의 웅성거림(파동)은 아무런 변동이 없다'(<나무가 자라는 집>). 그들이 살고 있는 곳은 커다란 폭의 동양적 산수화를 연상시킨다. 사람이 있으되 사람은 사물들의 기운에 압도되어 그곳의 작은 부분에 해당될 뿐이다. 사람이 주체가 되어 자연을 호령하고 지배하고 함부로 명명하는 행동은 일어날 수 없다. 따라서 시인은 사물들을 조용히 바라보다가 '고요히 어둠이 내리는 밤에', 그것도 '더듬거리며 '어둠이여'라고 부를' 수 있을 뿐이다(<밤에는 고요히 어둠을 본다>).
　시인의 원형적 상상공간인 물과 나무가 있는 곳은 하나의 거대한 '집'과 같은 것이다. 그곳에서 '생명체들이 자라 평원을 만들고 수백가지 벌레들이 잠드는 것'은 '아무리 잘 다듬어진 경이가 흐르고, 찬비가 내리고, 잡초들의 들숨 날숨이 있었다고 해도, 그 이상의 바람과, 그리고 그것도 멈춘 평화가 오래오래 있어야'(<들판>) 하기 때문이다. 물의 흐름은 모든 사물들을 거두며 살아있게 한다. 그것은 거기서 멈추지 않고 햇살과 바람의 흐름으로 변용되어 시인으로 하여금 나의 밖에 있는 것들을 그리워하게 한다. 시인이 종횡으로 들판을 향해 상상공간을 넓혀나가는 것은 물과 바람과 같은 흐름이 있기 때문이다.

안개 속으로 부드러운
가지를 드러내는 버드나무들이
바람의 방향 따라 흔들리는 걸
보며 나는 옥수수빵으로 아침을
때우고 마루를 닦기 시작한다
책들을 치우고 의자를 옮기고
쓰레기통을 비운 뒤 구석구석
물걸레질하다 보면 현관으로는
햇빛이 들어와 물살처럼 고이고
바람이 산 밑으로 쏠리면서
우리가 이해할 수 없는 소리로
철새들이 말하며 가는 것을 본다
순간 나는 몸이 달아오르는 걸 느낀다
오늘 같은 날은, 나를 상자 속에 가두어
두고 그리운 것들이 모두 집 밖에 있다

(<독신의 아침>)

　시인이 나뭇가지가 바람에 흔들리는 것과 햇빛이 물살처럼 고이는 것을 보면서 '몸이 달아오르는 것'은 시인에게 물의 생명이 차오르기 때문이다. 물과 바람과 햇살과 새들이 온통 이리저리로 흘러 다니는 세계의 와중에서 시인은 자신이 '상자 속'에 있다고 생각한다. 사물의 흐름들은 그들의 들판을 만들 뿐만 아니라 시인과, 나아가 죽음 조차도 달래는 힘을 지니고 있다. 이와 같은 날이 오면 '죽음조차도 빛이 푸르게 만물을 그리워하며 산 밑으로 돌아간다'(<오늘은 굼벵이 같은 나도>). 시인은 물 흐르는 소리를 듣고는 '심호흡을 하고 의자에 다시 앉는다'(<언덕 너머 골짝으로>). 본래 '굼벵이'같은 생활을 하던 시인도 물소리에 뒤척이지 않을 수 없다(<오늘은 굼벵이 같은 나도>). 몸을 일으켜 시인 스스로도 물이 되어 흐르면 기억의 풍경들과 마을의 언덕들이 모두 살아나 서성거린다.

나 물 속처럼 깊이 흘러 어두운 산 밑에 이르면
마을의 밤들 어느새 다가와 등불을 켠다
그러면 나 옛날의 집으로 가 잡초를 뽑고
마당을 손질하고 어지러이 널린 농구들을
정리한 다음 등피를 닦아 마루에 건다
날파리들이 날아들고 먼 나무들이 서성거리고
기억의 풍경이 딱다구리처럼 소리를 내며
달려든다 나는 공포에 떨면서 밤을 맞는다
밤이 과거와 현재로 부유스럽게 흘러간다
뒤꼍의 우물도 물이 차오르는 소리
밤내 들린다 나는 눈 꼭 감고
다음날 걸어갈 길들을 생각한다

(<집으로 가는 길>)

3. 시간과 공간의 교직과 세월의 풍경들

물의 흐름을 끌어안고 수직으로 상승하는 나무가 또다른 하나의 상상
력의 축이라면 마을, 옛날 집, 마당, 뒤꼍의 우물, 그리고 '마을의 느티나
무', '고층 아파트'들도 이 축에 속할 것이다. 흐름의 물활성이 죽음까지도
달랠 수 있었듯이 시인의 상상력은 이에 고무되어 나 외부의 것들을 찾아
다니게 된다.

그런데 '물이 흘러 깊은 골짜기를 만들고, 다시 흘러 마을을 만들고
구례를 만들고 떠도는 여인들의 니나노집을 만든 것'(<섬진강>)은 흐름
의 힘이지만 시인은 과거를 기억하고 오늘에 익숙한 풍경들을 떠올림으
로써 시간을 하릴없이 보내 버린다.

유리창 밖에서는 치운 바람이
고개를 들고 넘어오려고 하지만
꽃나무들은 별로 개의치 않는다
개의치 않는 곳에 평화가 있다

나는 평화 속에서 창밖을 본다

먼 나무들이 넘실거리고
집 나간 식구들은 오지 않고
길들이 들판으로 뻗어나가 시간을
기다린다 길 위에서 농부들이 구루마를
끌고 별일도 없이 가고 있다 사람들은
언제나 가고 있다 그리고
날이 저물고 봄도 간다

(<어느덧 봄이>)

물은 과거와 현재, 현재와 미래를 이어주고 흘러가도록 하는 매개이자 힘이지만 시인은 그것을 모두 같은 것으로 느낀다. 꽃나무들은 물을 끌어와 우뚝 솟아있으되 바람의 흐름에 개의치 않는다. 농부들과 사람들도 시간의 흐름에 별 관심이 없다. 별일도 없이 언제나처럼 가고 또 간다. 그들은 시간의 흐름에 역시 개의치 않는다. 말하자면 시인이 몸을 일으켜 찾아나온 곳은<소록도 시편>들에서처럼 시간이 정지한, 시간의 흐름을 무화시키는 곳이다. 소록도는 '시간이 날기를 멈춘'(<소록도시편5>) 곳이다. 그곳에서는 모두가 무명인이다. '소록도에서는 다들 발가락이 떨어진다. 그가 누구인지, 뉘집 자식인지 고향이 어딘지 몰라도 그곳에서는 모두 발가락이 떨어진 문둥이들이다'(<소록도시편1>).

그렇다면 시인이 애써 찾아온 곳이 왜 이런 무시간적 공간일까. 그것은 시인이 반복의 질서를 실체험으로 알고 있기 때문이 아닐까. 인간에게 시간은 '한번의 저녁도 순간으로 타오르지 못하고 스러지는 것'(<저녁무렵>)이다. 우리가 '날마다 아침을 시작하고 또 시작하는 것과 같이'(<아무 생각없이 겨울 풍경 그리기>), '아버지는 새벽마다 쇠스랑을 메고 들길로 나가, 콩과 깨를 심고 잡풀을 뜯고 똥거름을 주시고는, 어스름 내리는 저녁녘에 집으로 돌아와 풍년초를 태우고 코를 드르렁드르렁 골며 깊이 잠으로 들어가시고, 다음날도 같은 일정을 되풀이'(<도시의 아이들>)한다.

본래 인간의 삶이란 작고 특별히 눈여길 것 없는 일상의 반복이 아니던가. 물의 생명에 찬 흐름들 앞에서 눈이 밝게도 그 모든 것을 지켜볼 수 있었던 시인이 일상의 시간들을 받아들이는 것은 쉬운 일이 아니다. 그를 굼벵이처럼 게으르고 병약하게 만든 것도 바로 그러한 성질을 지닌 시간이다. 따라서 '시간은 아이들을 허물어뜨린다'(<도시의 아이들>). 그리하여 시인은 '사나운 짐승처럼 눈벌판을 마구 쏘다니고 싶지만, 결코 발자국을 남기지 못하리라'(<아무 생각 없이 겨울 풍경 그리기>)고 탄식한다. 많은 곳을 헤매다니지만 결국 돌아온 고향집 마루에서 시인은 눈물겨워진다. '한 달도 나무들도 오늘의 내 고요를 풀어주지 못하기'(<집으로 가는 길>) 때문이다.

이렇듯 시간의 흐름도 앙양된 생명도 시인을 고독으로부터 구원하지 못한 것이다. 시인을 안식할 수 있게 해주는 것은 그가 시인인 한 없다. 시인은 우주의 형상을 그 밝은 눈으로 모조리 인식할 수 있기 때문이다. 따라서 그를 둘러싸는 것은 침묵이자 고요이고 어둠이자 죽음인 셈이다 (<구천동 詩論>). 시인은 덕유산의 구천동에서 물소리를 들으며 자신의 고독을 발견한다. 고요가 깊어져 고독에 지친 시인은 이제 시쓰기를 멈춤으로써 스스로를 구하고자 한다.

> 겨울 어느 날
> 고요도 깊어져서
> 소리개 한 마리 원을 그리며
> 공중을 빙빙 돌고 슬픔 없는 날들이
> 헐벗은 옷을 벗고 노래하며
> 일정을 끝낸다.
> 나는 시쓰기를 멈춘다
> (나는 아주 시쓰기를

멈추고 싶다)
시가 잠들면 고단한 하루도 잠들고
무명의 시간 속을 나는 가게 되리니
무명의 꽃인들 어느 길목에 피어
기다려주지 않으랴

(<겨울 어느 날>)

시쓰기는 시인에게 우주를 읽는 매개이다. 자신을 둘러싸는 우주의 고요함과 사물들의 맹렬한 아우성소리 사이를 부대끼느라, 시간의 흐름과 일상의 침잠을 반복하느라 시인은 힘겹다. 차라리 한 군데 머물러 아무것도 느끼지 않고 싶은 것이다. 물 흐르는 소리도, 물과 바람의 흐름으로 솟아오른 나무들도 시인은 아무것도 알고 싶지 않다. 그것을 위해 시인은 시쓰기를 아주 멈추고 싶어 한다. 시인이 시인이기를 접을 때 비로소 그에게 휴식이 있을 것이기 때문이다.

말하자면 시대의 소용돌이를 거세게 겪던 시인이 가능한 세상으로부터 멀리 돌아나온 것이 결국 물과 나무들, 그리고 민중들의 생의 소리를 고스란히 듣게 된 결과가 되었다. 낮은 자세로 있으면 있는 대로 작은 소리 미세한 움직임들이 거대한 우주의 생명력으로 그에겐 전달된 것이다. 그것을 '시인이기에'라고 말하고 말기엔 그의 삶이 너무 고단해 보인다.

그러나 시인에게도, 시인의 전언을 들은 우리에게도 희망이 있다. 그것은 바로 '아이들'이다. '아이들'은 굴참나무 숲으로부터 우리에게 빛과 소리를 몰고 온다. '떼지어, 푸른 숲으로부터, 이 나무에서 저 나무로 포르릉포르릉 날며 이른 아침 들판으로 햇빛을 몰고 온다'(<아침 유대>). 숲으로부터 온 아이들은, 그리고 '어머니와 눈을 마주치고 입을 벌리며 웃'더니, '쇠스랑 메고 돌아온, 노동으로 빛난 얼굴을 하고 있는 아버지'(<아침유대>)와도 만난다. 그 아이들은 '무성한 시간의 숲을 헤치고' 달려온 아이들이다.

　아이들은 숲의 생명력을 복잡하고도 지루한 우리네들의 삶에 전달해주는 활력소 같은 존재들이다. 시인은 고단함 중에도 그것을 놓치지 않는다. 이 점이 시인을 더욱 책임있는 자로 여기게 하는 것이 아닐까. 그는 그렇게 시간이 흘러가고 우주가 구성되며, 그 속에서도 새로이 탄생되는 삶이 있음을 말하고자 한 것이다.

해체적 감각과 사물의 재인식

김영석론

1. 들어가며

　90년대를 지나오면서 우리는 다양한 시의 해체를 겪었다. 시적 언어의 파괴와 유희, 시 장르의 실험, 영화 등 다른 장르와의 혼선 등 이러한 현상들을 해체시라는 이름으로 분류하였다. 그러나 무수한 양상으로 전개되던 이러한 해체시들이 90년대 문화 현실을 반영했을 지라도, 그리고 해체시의 몸뚱이가 양적으로 부풀려졌을 지라도 정작 시들어가는 해체시를 바라보는 우리는 시의 가멸찬 성취와 만족을 느끼지 못하는 것이 사실이다. 이는 시의 생산보다 말과 생각이 앞섰기 때문일 것이다. 우리의 해체시는 시의 이론과 주장을 구호처럼 내세우고 그에 맞추어 시 속에서 말의 뒤섞기를 시행해 왔다. 말하자면 해체를 위한 해체, 혼란을 위한 혼란이 만들어진 격이다. 그러므로 당시의 해체시들은 일정한 틀에서 갓 구워진 듯한 인상 이상을 남기지 못하였다. 온 정신을 던진, 진정 자신의 사유를 버리고 실험하고 다시 지우고 하는 모험을 당시 해체주의자들은 감행한 적이 과연 있는가.

　김영석의 시집 『나는 거기에 없었다』에서 우리는 일견 1980-90년데

성행했던 '해체'를 떠올린다. 그러나 그의 시는 이전의 해체적 성향들의 시가 보여주었던 면면들과 사뭇 다르다는 것이 필자의 판단이다. 시인은 "자아와 세계, 음성주의와 문자주의, 책과 텍스트 등의 대립항들이 동양의 사유 전통에 따라 一如的인 것이라 생각한다. 그것들은 하나이면서 둘이고 둘이면서 하나가 되기도 한다. 그것들은 상호순환적이고 상호 생성적이다"라고 말하고 있기 때문이다. 이러한 사유는 동양적 사유구조이면서 서양의 해체주의 철학과 맥이 닿아있다고 할 수 있을 것이다. 그러나 기존의 해체시들이 보인, 의도적으로 충격을 주기 위한 어떠한 노력들과도 다른 시도를 우리는 김영석의 시에서 만날 수 있다. 그의 시는 성찰과 여백이 수반된 단정하고 고요한 시이다. 이러한 그의 시를 따라가게 되면 우리는 서서히 새로운 사유 역시 경험하게 된다. 자연스럽게 그의 시와 하나가 되면서 곧 다른 사유의 방식, 다른 출구로 빠져나오는 것이다. 여기에는 충격이나 혼돈, 그에 따른 낯설음과 분노가 없다. 대신 사물을 다른 식으로 보기, 따라서 눈앞에 놓이는 다른 현실을 보게 된다. 즉 독자는 별반 노력을 기울이지 않아도 새로운 세계를 접하게 되는 것이다. 그것은 시인이 '세상을 다르게 보기'를 실행하고 있기 때문이다.

김영석은 1990년대 현실이 경험했던 경계들의 중첩을 충격으로 받아들이지 않는다. 그것은 극히 고정된 '현실'이기 때문이다. 대신 그는 이러한 현실을 '다른 관점'에서 보려 한다. 열려진 공간(허공)과 상상력의 미로와 사물이 주는 느낌을 총동원하면서 말이다. 마치 그가 서문에서 밝힌 어릴 때의 놀이, 허리를 구부리고 가랑이 사이로 사물을 바라보는 것처럼 다른 방식으로 세상을 보자는 것이다. 그의 시를 좇다 보면 결과적으로 다른 각도로 다른 느낌의 현실을 대하게 된다.

이러한 현상은 우리에겐 매우 소중하지 않을 수 없다. 기존의 해체시들은 아무리 충격을 주고자 하여도 그저 그대로의 현실에 머물러 있게 했지만 김영석의 시는 그와 다른 맥락에 서 있기 때문이다. 그의 시는 오히려 시의 본령에 닿아 있다고 할 수 있을 것이다. 사물을 새로이 봄으로써 사물의 존재성과 조우하기, 상상력의 역동성을 체험하기, 시의 언어가 주는 여백의 편안함을 느끼기 등 시 본령의 미덕을 그는 버리지 않고 있기 때문이다. 그러나 시의 그러함을 지키기 위해서 에둘러가는 사유가, 즉 '해체적 사유'가 필요했던 것이고, 이러한 그의 시적 작업들은 우리에게 매우 특이한 경험으로 다가오게 되는 것이다.

2. 허공의 말하기

시인의 어릴 적 놀이인 가랑이 사이로 세상보기를 해보면 그의 표현대로 '사물의 배후에 있는 공간이 압도힐 듯이 다가온다'. 바로 서서 사물을 바라볼 때엔 감각이 사물에 사로잡히지만 허리를 구부려 볼 때는 자신은 땅에서 위태롭게 풀려나고 사물은 고정성을 잃는다. 즉 나와 사물을 둘러싼 공간이 살아나기 시작하는 것이다. 나와 사물, 세상에 가장 확고한 주체인 '나'와 내가 인식하는 '대상'이 그 집요한 연결고리를 잃고 허공에 둥둥 뜨듯이 존재한다. 그것이야말로 살아있는 공간이 빚어내는 무결정성, 즉 자유인 바, 우주 속에 존재하는 모든 것들은, 그것이 사물이건 인간이건 그러한 무결정성을 존재양식으로 하고 있는 것이다. 시인은 여기서 아이디어를 얻는다. 그의 시각에 되살아난 공간을 끌어들이는 것, 그리하여 사물의 무결정성을 고스란히 드러내어 사물을 다르게 보이도록 하는 것이다. 이러한 시인에게 주체와 대상의 구별이나 혹은 주체 그 자체가 의미있을 턱이 없다. 김영석의 이러한 사유는 시집의 제목이기도 한 「나는 거기에 없었다」의 작품에 상징적으로 잘 상징적으로 드러나 있다.

가을걷이 끝난 텅 빈 들판에
이따금 지푸라기가 바람에 날리고
지금은 아무도 살지 않는
외딴 빈 집
이따금 낡은 문이 바람에 덜컹거린다

바람에 날리는 지푸라기와
바람에 낡은 문이 덜컹거리는 소리는
누가 보고 들었는가?
시를 쓰는 내가?

나는 거기에 없었다.

(「나는 거기에 없었다」전문)

시에서 감각하는 주체와 대상의 틈은 없다. 소리를 '듣고' 사물을 '보는' '내'가 거기에 없었기 때문이다. 그것들이 비어있는 자리엔 덜컹거림과 날려다님만이 있다. 단지 바람이 만들어내는 현상만이 있는 것이다.

주체는 그것을 감각하고 인식하기 이전에 그 속에 있다. 즉 '바람'에 속해 있는 것이다. 주체와 대상의 구별이 의미를 지니기 이전에 주체와 대상 모두는 바람에 들려 있게 된다. 이것을 살아있는 공간의 힘으로 볼 수도 있을 것이다. '바람'은 대상과 하나가 되고 모든 것을 압도한다. 시 「바람의 뼈」에서 '단청이 다 날아간 내소사 대웅전/앙상히 결만 남은 목재'는 곧 '허공 속에 거대한 적멸의 집을 짓고 선 바람의 뼈'에 다름 아니다. '바람'이 '목재를 앙상하게' 만들었을 뿐 아니라 '앙상히 남은 목재'는 곧 '바람'이기 때문이다. 결국 '목재'와 '바람'의 가르기는 무의미하다. 그 둘은 곧 하나인 까닭이다.

그의 시 곳곳에서 등장하는 '허공' 또한 주체와 대상의 구별을 지우면서 공간을 살아나게 하는 힘을 상징한다.

> 창을 통해
> 저 광대한 허공을 내다보는 것은
> 내 속의 허공을 들여다보는 일이다
> 허공은 나를 알처럼 품고 있고
> 나 또한 내 속의 허공을 품고 있으니
> 나는 구멍이 숭숭 뚫린 알껍질 같은 것이다
> 내 속의 허공 속에서 부화한
> 하얀 새들이 창을 통해 이따금
> 푸른 하늘 속으로 햇살처럼 날아 오르곤 한다
>
> (「알껍질」전문)

'허공'은 사물을 향해 힘껏 그 존재를 열어보이고 있다. 사물은 공간에 자신을 내맡기고 그 속으로 피어오른다. 사물과 공간의 구별은 없어져 둘은 하나가 된다. '바람'과 '허공'의 이러한 힘을 받아들인다면 대상에 집착하며 자신의 인식이 확고불변의 진리라 여기는 일이 다시없는 오만이자 착각임을 깨달을 것이다. 따라서 시인은 "내 마음에는/ 아무도 모르는 극지가 있다// 극지에 이를수록 살아있는 모든 것들은/한껏 키를 낮추고/숨소리도 죽이고/작아질 대로 작아져서/마침내 푸른 하늘만 드넓다"(「極地」)라고 말한다. 허공 속에서 작아지는 생명이란 곧 고요를 체험하는 시인 자신이 된다. 즉 인간은 시인이 되어 고요를 체험할 때 생명의 신비와 우주의 순환을 느낄 수 있게 된다.

시인은 드디어 생명이 숨쉬는 작은 세계로 들어간다.

> 우리가 오랫동안 잃어버리고
> 까마득히 잊고 있었던
> 옛 절터나 집터를 찾아가 보라
> 우리가 돌아보지 않고 살지 않는 동안
> 그 곳은 그냥 버려진 빈 터가 아니다
> 온갖 푸나무와 이름모를 들꽃들이
> 오가는 바람에 두런거리며

작은 벌레들과 함께 옛이야기처럼 살고 있다
밤이 되면
이슬과 별들도 살을 섞는다

(「그 빈 터」중)

시인 자신이 말하는 하나이면서 둘이고 둘이면서 하나인 상호순환하고 상호 생성적인 세계를, 그는 열린 공간을 한껏 받아들임으로써 체험하고 있는 것이다. 이를 '생명과 존재를 자유롭게 하는 일'이라고 했으니, 이러한 一如的 사유야말로 현대 이성의 일방적 사유에 대립하는 것이라 하겠다.

3. 거울의 반사각이 만들어내는 무의미

열린 공간을 받아들여 사물을 새롭게 하는 것에서 그치지 않고 시인은 거울을 통해 또다른 무의미를 찾아낸다. 여기에서 무의미란 거울이 사물을 반사하며 만들어내는 빈 공간이다. 시 「거울 속 모래나라」는 사물을 거울로 비춰보았을 때 느껴지는 틈을 상상적으로 알레고리화하고 있다. 거울에 자신의 얼굴을 비춰보다가 문득 생소함을 느낀 순간 거울 속으로 빨려들어가 전혀 낯선 세계를 경험한다는 줄거리의 시는 낯선 세계 속에서 느끼는 당혹스러움을 형상화하고 있다. 이러한 간격을 30년대 시인 李箱이 "거울 속에는 소리가 없소. 내 말을 못알아 듣는 딱한 귀가 두 개나 있소. 악수를 모르는 왼손잽이오"라고 했다면 김영석은 "거울은 나보다 먼저 나를 바라본다"고 말한다. "내가 거울 속의 '보여진 나'를 바라보고 구성하기 전에 거울은 처음부터 '보여지는 나'를 바라보고 구성한다"는 것이다. 괴변같지만 거울의 이러한 속성을 깨달은 뒤에야 거울이 만들어내는 생소함에 대처할 수가 있게 된다. 주인공은 거울 속 모래나라의 공포를 등지고 거울 밖으로 빠져나오게 되기 때문이다. 즉 주인공은 또다른 세계를 형성하고 있는 거울이 나를 바라보고 나를 구성할 기회를 주지 말아야 한다는 인식, 거울이 나를 계속 구성하는 동안 통일된 나란 없을 것이므로 거울과 마주보지 말고 거울에 등을 돌려야 한다는 인식을 한 연후에 자신을 집어삼키려는 거울나라로부터 탈출할 수가 있게 된다.

　짧은 알레고리적 단편소설과 같은 이 시를 통해 시인은 역시 거울의 반사각이 만들어내는 사물의 '차이'를 말하고 있다. 거울 앞에 서면서 주인공은 꿈인지 현실인지 분간하기 힘든 환각을 경험해야 한다. 자아의 도플갱어(Doppelganger이중의 보행자) 현상을 겪는 것이다. 현실과 환상의 경계가 해체되는 것인 바, 김영석의 시에서 문제가 되는 것은 주인공이 왜 거울을 바라보며 두려움과 당혹스러움을 느끼는가일 것이다. 같은 형식의 시 「바람과 그늘」에서도 끊임없이 반복되는 육신의 변신을 제일 먼저 알아차리게 해주는 것은 '거울'이다. 「바람과 그늘」에서 주인공은 동일한 영혼을 가지고 있지만 아침에 눈을 뜨자 자신이 낯선 육신에 담겨 있음을 보고 소스라치게 놀란다. 카프카의 「변신」을 연상시키는 이러한 분열 현상은 인간이 자신에게 느끼는 이중성, 다중성을 형상하는 것이다. 거울을 자주 볼수록 느껴지는 각도의 차이, 배반감 혹은 매혹과 환상, 어쩌면 인간의 삶은 거울에 비춰지는 자신의 모습에 따라 구성되는 것일 수 있겠기에 인간의 다중성은 거울을 통해 형상된다고 볼 수 있다.

　극단적으로 말하면 거울은 인간의 성격을 반영하는 것이 아니고 거울에 따라 인간의 성격이 형성될 수 있다는 인식이 놓여 있다. 우리에게 이러한 인식은 매우 실험적이다. 거울에 들려 거울에 따라 구성된 모습에 따라 살아갈 때 삶은 매우 두렵고 음험하겠기에 말이다. 곧 거울은 그를 배반할 수 있다는 것이다.

　시집 『나는 거기에 없었다』에서 2부를 구성하고 있는 시들은 장르를 규정짓기 힘들다. 형식상 산문시라고 해야 할 것이지만 시인의 인식을 가장 적절하게 전달하기 위해 빚어진 그릇 그 이상도 이하도 아니겠기에 시다 혹은 그렇지 않다고 논하는 것이 무의미하다. 「매사니와 게사니」는 끔찍한 동화처럼 느껴지고 「길에 갇혀서」는 일인칭 체험에 바탕한 수기와 같다. 또한 「바람과 그늘」, 「거울 속 모래나라」도 알레고리적 단편소설과 유사하다. 이를 두고 영화적 상상력이라고도 말할 수 있을 것이다. 현실 체험을 앞서는 가상체험, 가상체험의 매혹적인 이미지에 빠져들기를 통해 영화와 시의 경계 중첩을 말할 수 있다.

그러나 시인은 이러한 글쓰기를 통해 시에 있어서 의도적인 형식 실험을 했다기보다 낯선 세계를 상상하기, 새로운 인식이 주는 생소함과 당혹스러움을 상상적으로 형상화해보기를 시행한 듯하다. 현실 속에 환각이 겹쳐져 현실이 다른 모습으로 변화할 때 공허한 주체는 어떤 느낌을 갖게 되며 어떻게 살아가야 하는가. 시인은 친절하게도 이 복잡한 미로 속에서의 길찾기에 대해 말해주고 있다. 곧 시인은 90년대를 혼돈 속에서 살아왔던 우리들에게 환각에서 벗어나가는 길을 보여주는 것이 아닐까.

> ……'나'는 일테면 미분되어 홍몽한 존재 가능성으로 남아 있었다고 해야 옳을 것 같다. 그러니까 그 존재 가능성은 부재와 존재의 경계에서 아지랑이처럼 파동치고 있는 것이다. 그 파동은 부단히 부재의 영역으로 잠기기도 하고 존재의 영역으로 솟아오르기도 한다. ……거울은 바로 그 부재와 존재가 맞닿아 있는 경계에 있으면서 그 한없는 주고받음의 생성 관계를 드러내고 맺어주는 것이리라. 거울을 바라볼 때 그래서 비로소 거울 속의 '나'를 볼 수 있을 때 그 홍몽한 존재 가능성은 존재의 영역으로 현상되어 나온다. 따라서 거울 속의 '나'를 보기 전에 나는 '나'를 알 수 없을뿐더러 '나'는 존재하지 않는다. ……'나'는 거울 속에 있는 '그 사람'으로부터 파생되었음이 분명하다. ……거울이 나를 바라보고 '나'를 구성한다면 거울을 보고 있는 동안 나는 계속 구성될 것이므로 나는 순일하게 나를 통일시킬 수 없고 내가 통일되지 않으면 실제적으로 아무 일도 할 수가 없고, 그러니까 거울을 바라보는 동안은 아무 일도 일어나지 않으니까, 내가 진실로 무슨 일을 하려면 거울에 등을 돌려야……거울을 바라보면서 앞으로 나왔더니 거울 속이었으니까 이번에는 거울을 등지고 뒤로 나가야만 저쪽의 본래 세계로 돌아갈

수 있습니다.……만일 거울을 바라보면서 저쪽으로 나가려고 한다면 영원히 어긋나고 맙니다. 그래서는 이 모래나라에서 벗어날 수가 없어요.……

(「거울 속 모래나라」중)

　시각은 환상을 만들어낸다. 열린 공간이 새로운 사물의 세계를 만들어내듯이 새로운 각도가 형성해내는 새로운 공간은 다른 세계를 만든다. 그러나 시인이 허공 속에서 존재의 자유를 체험한다면 거울의 반사각 앞에서는 공포를 체험한다. 말하자면 공간에 속함으로써 주체가 무화되는 현상을 공통적으로 말하고 있지만 이럴 때의 주체의 체험을 자유로 받아들일 것인가 공포로 받아들일 것인가 하는 것은 상황에 따라 가변적인 것이며 이에 따라 주체는 다른 행동 양식을 보일 수 있음을 보여주고 있다. 공간이 만늘어내는 틈에 따라 사물에 대한 새로운 체험이 가능하며 또 그러한 사실을 알고 있을 경우에 환상의 미로로부터 벗어날 수 있음은 삶을 살아나가는 지혜에 속할 것이다.

　시인은 이러한 인식을 확장하여 시적 의미를 찾아내고 있는 바, "가랑이 사이로 세상보기나 거울 보기에서 텅 빈 공간이 사물을 생동하게 하듯이 말 또한 마찬가지이므로 의미의 굴절과 반사를 만들어 내는 무의미를 함께 보는 일이 필요하다"고 말하고 있다. 시쓰기란 바로 말이 자기주장을 하면서 사물을 담아내는 것이라는 것이다.

시쓰기란, 물론 다 그렇다는 것은 아니지만, 말과 사물이 미묘하게 어긋난 그 틈으로 들어가는 일, 그 틈을 가능한 한 넓게 벌리는 일, 그 틈으로 무한대의 공간과 무량한 고요를 체험하는 일, 그래서 눈에 보이는 사물이나 말의 의미에만 매달리지 않고 자유롭게 살게 하는 일, 일종의 그런 것일 수도 있지 않을까.

(『나는 거기에 없었다』서문 중)

　따라서 시인은 이러한 시쓰기를 통해 있음과 없음을 대립시키고, 의미

와 무의미를 분열시키며, 자아와 세계를 분리시키는 현대 이성의 고질적
병폐를 극복하는 계기를 찾을 수 있다고 본다.

4. 비의미적 시쓰기

시집『나는 거기에 없었다』는 3부로 구성된다. 1부가 열린 공간이 주는
새로운 인식에 대해 말하고 있고 2부가 거울의 반사각이 주는 환영에
대해 말하고 있다면 3부에서 는 일종의 禪詩的 감각에 이른다. 즉 시쓰기
가 품게 되는 무의미의 공간을 보여주는 것이다. 그것은 어떠한 과정으로
새로운 시쓰기에 도달할 수 있는가를 제시하는 대신 그 모든 과정과 주장
을 생략한 채 시쓰기가 분열된 인식과 세상을 어떤 모습으로 껴안을 수
있는가를 일깨워준다. 자아와 세계의 영역, 의미와 무의미의 영역, 있음과
없음의 영역이 모두 구별을 잊은 채 서로 어우러져 던져진다. 3부에 이르
기 위해 1부와 2부의 어렵고 험난한 환영을 거듭한 것처럼, 즉 1부와
2부의 과정을 거쳐서야 비로소 선시의 고요한 상태를 맞이할 수 있다는
듯이 보인다.

> 고요가 쌓이고 쌓이면
> 산이 되느니
>
> 초승달 같은
> 흰 뼈 하나 속에 품고
> 풀잎이 무거워서
> 지그시 내려감은 눈이여.
>
> (「산」전문)

시집 3부의 첫 페이지의 시 「산」에는 어떠한 역동성이나 의미의 대립

이 존재하지 않는다. 선문답같이 담담한 어조로 고요의 세계를 보이고 있는 것이다. 마치 노승이 선사에 머물며 명상하는 듯한 느낌을 주는 이러한 시적 양상은 「길」, 「저녁」, 「바다」, 「전설」, 「꽃」 등으로 이어진다. 이제 시인에게는 분열과 대립 구도가 문제되지 않는다. 그러한 구도 자체를 와해시키려는 노력은 이제 그의 주제가 아니다. 그는 이미 무의미를 끌어안을 수 있기 때문이다. 생명의 신비를 체험할 수 있는 작고도 큰 세계에서 시인은 그가 말하는 一如的 사유를 행하고 있다. 즉 해체를 진행하는 사유가 아닌 해체가 이루어진 사유로 그의 마지막 시는 이루어지고 있는 것이다.

길은 없다
그래서
꽃은 길 위에서 피지 않고
참된 나그네는
저물녘 길을 묻지 않는다.

(「길」전문)

옛날 옛날 한 옛날에
어디선가 아무개 포수가 살았답니다
그 포수는 매양 구멍 없는 총을 가지고
날개도 없이 날아가는
아주 작은 새 한 마리를 잡아서는
타지 않는 불에 맛있게 구워서
열도 넘는 식구와 함께 먹고 살았답니다
먼산바라기나 하면서 살았답니다
지금도 먼 산 이쪽 아니면 저쪽에서
그렇게 사는 포수는 아주 많다고 합니다.

(「전설」전문)

이 시들 역시 고요함 속에서의 작은 세계를 구축하고 있다. 이들은 의미가 없는 빈 부분을 반사각의 헛공간을 담듯 담은 무의미의 시이다. 의미를 헛짚고 있다는 점에서 이를 비의미의 시라고 부를 수도 있을 것이다. 시인은 말을 통해 매우 정교하게 비논리, 비의미의 길을 걸어가고 있다. 그는 우주에 흩어져 있는 한없이 작은 숨결의 사물들, 봄풀, 들꽃, 목숨, 돌멩이 등을 시의 말로 거둘 뿐만 아니라 그것들이 만들어내는 무의미한 몸짓들을 포착하고 있다. 그러한 시도는 흡사 가랑이 구부려 거꾸로 세상보기, 거울을 통한 낯선 느낌으로 대상 바라보기와 같다. 나아가 본격적으로 말을 통해 그것을 해내고 있는 것이다.

김영석의 무의미 시가 독특하게 보이는 것은 그것이 무의식적 자유연상기법을 사용하듯 하면서도 그것들과 역시 다른 위치에 서 있기 때문일 것인데, 그는 여전히 시다운 정제미를 버리지 않으며 사유 역시 풀어헤쳐 놓고 있지 않다. 대신 조심스럽게 사물이 지니는 의미 이외의 영역을 조금씩 열어가고 있다. 거꾸로 본 세상이 우주의 낯선 공간을 열어 사물을 생동감있게 보여준다면 비의미의 말이 역시 의미로부터 소외된 의미의 낯선 영역을 열어 젖힘으로써 사물을 신비롭게 하는 것이다. 그는 이미 작고 고요한 숨결을 가지고 있으므로 의미와 무의미를 대립구도 속에 놓고 이들을 대결시키는 만용을 부리지 않는다. 그의 시에서 우리는 티격태격하는 소란스러움을 읽을 수가 없다. 무의미는 의미 옆에 소리없이 다가와 앉아 자신의 무의미를 주장하고 의미와 화해한다. 그러나 이러한 동양적 사유가 갖는 기획은 매우 큰 것이라 하지 않을 수 없다. 이러한 일여적 사유야말로 현대 이성의 잘못된 대립구도 자체를 무화시키고 그것을 넘어서는 새로운 사유를 제시하기 때문이다.

5. 맺으며

해체시 이후의 시를 우리는 어떠한 양상으로 상정할 수 있을까. 정작 김영석의 시에서 우리는 해체철학이 의도했던 낯선 사유를 경험한다. 그러나 기존의 시와는 다른 방식으로 시를 전개하는데 여타의 해체시가 시의 언어에 집중했다면 그는 사유의 방식 자체에 몰두하고 있기 때문이다. 따라서 그의 시는 조용히 이루어지는 해체이다. 아무것도 다른 것이 없었지만 그의 시를 읽은 후의 느낌은 매우 낯선 곳에 와 있는 듯하다는 것이다. 입구와 출구가 달라진 것이다. 이렇게 둘러가는 사유를 함으로써 그는 사물과 의미의 낯선 영역을 자신의 시 속에 담아낸다. 따라서 그의 시는 생동감이 있고 신비롭다. 그의 시의 여정을 따라가다 보면 우리는 결코 서두름 없이 새롭게 사물 바라보는 법, 다르게 사유하는 법을 배운다. 그러한 기도를 시인은 어릴 적 놀이와 거울의 반사, 그리고 시의 말하기를 통해 행한다. 이들 방법이 지향하는 것은 일정하다. 그것은 사물의 존재를 드러내어 우주와 일치시키는 것이다. 그것에 도달하기 위해 이성이 상정할 수 있는 여러 대립들은 힘을 잃고 서로 어우러져 하나가 된다. 따라서 우리는 김영석의 시에서 대립과 투쟁의 사유가 아닌 고요와 화해의 사유를 만나게 되는 것이다.

육체의 피가 걸러져 형성된 영원성

서정주론

'시의 정부' 혹은 '시의 권부'로 지칭되던 시인 서정주가 영면한 지도 어느덧 일년 가까운 세월이 흘렀다. 그 시간의 흐름만큼이나 생전의 그의 행적을 두고 그의 시에 쏟아지는 비판들도 차곡차곡 싸여가고 있다. 그러나 문학의 자율성과 존재성을 무시하고 문학을 개인사와 맞물려 보거나 혹은 개인사에 뒤집어 씌어 그의 작품들을 폄하하는 것은 옳지 못한 일이라 할 수 있다. 게다가 한국어의 감수성과 그 탄탄한 시적 구조를 시정주만큼 훌륭하게 구사한 시인을 우리 시사에서 찾아보기란 쉽지 않은 일이기에 더욱 그러하다.

서정주의 시를 분석하고 연구하면서 가해지는 비평적 용어 가운데 가장 많이 등장하는 것 중의 하나는 아마도 영원성일 것이다. 자연의 영원성, 신화의 영원성, 종교의 영원성, 일상의 영원성 등등이 바로 그러한 예들이다. 이렇게 그의 시에서 영원성이 다양하게 변주되어 나타나는 것을 보면 영원성이야말로 서정주 시에 있어서 가장 핵심적인 주제임에는 틀림없는 것으로 판단된다.

실상 서정주의 긴 시적 여정 가운데 어느 시기를 탐색해 들어가 보아도 영원성에 관한 소재와 주제들은 쉽게 붙잡아 낼 수 있다. 그런만큼 영원성이야말로 서정주를 서정주답게 만들어주는 보증수표와 같은 역할을 해왔다고 할 수 있다. 그러면 서정주가 전생애를 받쳐가면서까지 탐색해온 영원성이란 무엇일까.

영원성은 순간성, 일시성, 유한성과 대립되는 개념이다. 또한 한시적 생명성을 가진 존재의 입장에서 보면 그 추구의 대상이라는 측면에서 유토피아적 성격을 갖기도 하고, 일상적 체험의 영역 저편에 서 있다는 점에서 보면 추체험적인 것이기도 하다. 그러나 어떠한 경우이든 간에 영원성이란 유한한 지상적 존재들에겐 끊임없이 탐색되고 도달하고자 하는 희망 혹은 꿈이라는 사실이다.

인간의 이러한 영원에의 꿈, 영원에의 희망을 대표적으로 구현하고 있는 것은 신화의 영역일 것이다. 인간은 신화적 세계의 상상과 재현 속에서 현재성과 일시성을 소멸시킴으로써 영원으로의 자의식적 해방을 이루어내게 된다. 따라서 신화체험이야말로 상대성과 혼돈, 일시성에의 마침표 구실을 한다고 하겠다. 이렇듯 상대성과 혼돈에서 출발하여 영원성으로 나아가는 것이 일반적이긴 하지만, 서정주의 경우는 영원성으로 향하는 도정이 이와는 좀 다른 경우이다.

> 사향 박하의 뒤안길이다.
> 아름다운 배암ㅡㅡ
> 을마나 크다란 슬픔으로 태여났기에 , 저리도 징그라운 몸둥아리냐
>
> 꽃다님 같다.
> 너의 할아버지가 이브를 꼬여내든 달변의 혓바닥이
> 소리잃은채 낼룽그리는 붉은 아가리로
> 푸른 하늘이다. ㅡㅡ물어뜯어라, 원통히무러뜯어
>
> 다라나거라. 저놈의 대가리!

돌 팔매를 쏘면서, 쏘면서, 사향 방초ㅅ길
저놈의 뒤를 따르는 것은
우리 할아버지의 안해가 이브라서 그러는게 아니라
석유 먹은듯--석유 먹은듯--가쁜 숨결이야

바눌에 꼬여 두를까부다. 꽃다님보단도 아름다운 빛--

크레오파투라의 피먹은양 붉게 타오르는 고흔 입설이다--슴여라! 배암.

우리 순네는 스믈난 색시, 고양이같이 고흔 입설--슴여라! 배암.
「화사」

「화사」는 아담과 이브의 신화인 에덴 신화를 기본 모티브로 하고 있는 시이면서 영원과 일상의 갈등을 잘 보여주는, 서정주 초기의 내적 회의와 고민이 잘 드러나 있는 작품이기도 하다. 이 작품에서 순동시성으로 살아 있는 신화의 세계는 아담과 이브의 이야기로, 그 신화적 정신을 나타내는 것은 '하늘'의 이미지로 표상된다. 이 작품에서 '하늘'은 인간을 단죄한 신이면서, 다른 한편으로는 일종의 영원성을 의미한다.

그런데 중요한 것은 이 작품에서 서정주가 신과 영원성의 의미를 축소시키는 의식을 보임으로써 신화 일반의 의미를 전복시키고 있다는 점이다. 즉 '뱀'이 '하늘'을 원통히 물어뜯음으로써 오히려 인간을 심판한 하늘에 도전하는 의식을 보이는 것이다. 서정주는 뱀의 이러한 행위에 대하여 "바눌에 꼬여 두를까부다. 꽃다님보단도 아름다운 빛"이라는 선과 악, 미와 추라는 감정의 교차가 말해주는 것처럼, 뱀의 행위에 오히려 가치를 둠으로써 신화적인 감수성이 주는 본래의 의미를 부정하고 있다. 즉 신화 체험을 통하여 상대성과 혼돈, 일시성을 마감하고 있는 것이 아니라 그 체험 속에서 인간의 유한성을 자연스럽게 받아들이고 있는 것이다.

서정주의 초기 시에서 드러나는 육체지향성은 인간의 유한성과 밀접한 관련을 갖고 있다. 곧 그의 시는 신화라는 감성을 통해 자아의 통합을 추구하는 정신지향적인 면들보다는 오히려 그러한 자아들이 파편화됨으로써 시간적으로 유한한, 육체지향적인 면들을 드러내고 있는 것이다. 이러한 육체지향적인 면들은 영원성을 상실한 세속적 인간이 느끼는 감정 가운데 하나로 시간의 지배를 받는, 유한성의 영역에 놓이는 의식이다. 서정주의 시에서 육체성에 의한 유한성은 특히 '피의 이미지'에서 잘 드러난다.

> 따서 먹으면 자는 듯이 죽는다는
> 붉은 꽃밭새이 길이 있어
>
> 핫슈 먹은 듯 취해 나자빠진
> 능구렝이같은 등어릿길로,
> 님은 다라나며 나를 부르고
>
> 강한 향기로 흐르는 코피
> 두손에 받으며 나는 쫓느니
>
> 「대낮」 부분
>
> 보지마라 너 눈물어린 눈으로는ㅡ-
> 소란한 哄笑의 正午 天心에
> 다붙은 내입설의 피묻은 입마춤과
> 무한 욕망의 그윽한 이 전율을ㅡ-
>
> 아ㅡ-어찌 참을것이냐!
> 슬픈이는 모다 巴蜀으로 갔어도,
> 윙윙그리는 불벌의 떼를
> 꿀과 함께 나는 가슴으로 먹었노라.
>
> 「정오의 언덕에서」 부분
>
> 어찌하야 나는 사랑하는자의 피가 먹고 싶습니까
> 「雲母石棺속에 막다아레에나!」

해바래기 줄거리로 십자가를 엮어
죽이리로다. 고요히 침묵하는 내닭을 죽여--

카인의 쌔빩안 수의를 입고
내 이제 호을로 열손가락이 오도도떤다

「雄鷄(下)」 부분

샛길로 샛길로만 쪼껴 가다가
한바탕 가시밭을 휘젓고 나서면
다리는 훌처 肉膾 처노흔 듯,
피ㅅ방울이 내려저 바윗돌을 적시고--

아무도 없는 곳이기에 고이는 눈물이면
손아귀에 닷는대로 떱고 씨거운 산열매를 따먹으며
나는 함부로 줄다름질 친다.

산새 우는 세월속에 붉게 물든 산열매는
먹고 가며 해 보면
눈이 금시 밝어 오느라.

「逆旅」 부분

　서정주의 시에서 정신과 육체의 경계가 분리되어 육체지향성을 보인 것이 바로 피의 현상학이었다. 서정주의 초기시는 정신과 육체가 분리된 상황에서 항상 육체지향적인 면모를 갖고 있는 것이 사실이다. 그렇기 때문에 서정주의 육체는 그 유한성으로 말미암아 항상 공포와 위협 속에 처해 있던 것인데, 그러한 상태를 드러내기 위한 것이 피의 유출이었다고 할 수 있다. 즉 자기 자신의 존재확인을 위해 실존적인 상징으로서의 유한적인 요소들인 피를 계속 배출해냄으로써, 육체의 일시성을 초월하기 위한 하나의 시도 동기로 삼고 있었던 것이 피의 흐름이었던 것이다.

　서정주의 시에서 피의 이미지는 다음 네가지 의미로 나타난다. 우선, 「대낮」에서 알 수 있는 것처럼, '피'는 철저한 관능의식과 맞물려 있다.

관능은 육체성에 의해 지배되는 본능으로서 도덕적 감각이 내재한 정신의 영역에서는 나타나지 않으며, 그러한 까닭에 과거와 미래 속의 현재가 아니라 현저하게 현재의식 그 자체와 결부되어 있다는 점이다.

둘째는 「정오의 언덕에서」의 경우처럼, "다붙은 내입설의 피묻은 입마춤과/무한 욕망의 그윽한 이 전율을"에서 보듯 제어할 수 없는 인간의 본능이 아무런 여과 장치 없이 적나라하게 노출되어 있음을 보여주고 있다. 이러한 충동적인 본능은 2연에서 "윙윙그리는 불벌의 떼를/꿀과 함께 나는 가슴으로 먹음"으로써, 더욱 극단적인 본능의식으로까지 나아간다. 셋째는 '피'의 이미지가 살해충동의식과 관련을 갖고 있다. 작품 「雄鷄」에서 보듯 욕망이 없는 존재인 닭을 죽이는 행위를 보임으로써 원초적 억압이 극한으로 갈 때 나타나는 살해충동인 것이다. 마치 성서의 "너희의 손은 피에 더럽혀져 있고, 너희의 손가락은 불의에 의해 더럽혀져 있다"는 계율과도 비슷하게, 서정주 자신이 "카인의 쌔빩안 수의를 입고/내 이제 호을로 열손까락이 오도도떤다"라는 카인적인 살해 충동의식을 보이는 것이다.

그리고 「逆旅」는 방향성을 잃고 질주하는 육체의 쾌락, 곧 '피'의 흔적을 바윗돌에 적시며 돌진하는 육체적 충동성을 형상화하고 있는 시이다. 여기서 시적 자아는 아무런 목표나 목적도 없이 '함부로 줄달음질'을 치면서, '손에 닿는대로' 우연히 다가오는 '산열매'를 따먹는 쾌락 원칙에 충실한 자신의 육체를 발견한다.

'피'는 이처럼 서정주에게 있어서 육체의 일시성에 대한 하나의 증표로 나타난다. 그의 시에서 이러한 육체의 일시성은 모두 말초적인 감각과 연결된, 정신의 피폐성과 맞물려 있다. 그러한 까닭에 그의 시에서 육체에 대한 순간적 탐미와 정신의 타락이 함께 공유되어 나타나는데, 그러한 공유는 도덕적 타락, 곧 인간의 죄와 밀접한 연관을 갖기도 한다. 실제로 육체의 일시성에 바탕을 둔 '피'는 위의 인용시들에서 알 수 있듯이 죄의 근원을 상징하기도 하는데, 이는 정신과 도덕의 타락이라는 관점에서 보면, 자연스런 현상처럼 비춰진다.

시 「대낮」에서의 관능의식은 이성의 지배를 받는 정신의 영역에서 일어나지 않는다. 그러므로 여기서의 치열한 관능과 현재의식으로의 몰입은 도덕적 감각이 부재한 죄의 의미를 담아내고 있다고 하겠다. 「정오의 언덕에서」는 소위 죄의 근원이 육체성에 있다는 것인데, 이것은 성 바울이 죄의 힘은 인간의 육체에서 기원하다고 했을 때의 욕망의 지배를 받는 자연적인 육체성에 가까운 것이다. 즉 의식의 통제에서 벗어난 욕망의 무제절한 질주가 가져오는 타락의 의미를 담고 있는 것이다.

시 「雄鷄」는 '사랑하는 자의 피가 먹고 싶다'거나 '카인의 빨간 수의를 입고'에서 보듯 인류 최초의 살인 사건이라 할 수 있는 카인의 아벨에 대한 살인이라는 원초적 살인 의식을 담고 있다. 따라서 여기서 '피'의 이미지는 살인 충동 의식의 죄라는 의미를 담고 있다고 하겠다. 그리고 「逆旅」에서는 '산열매는/먹고 가며 해 보면/눈이 금시 밝어 오드라'에서 알 수 있는 것처럼, 생명의 나무, 지혜의 나무를 먹으면 안된다는 금지, 곧 그 나무에 손을 대서는 안된다는 신의 계율을 어긴 대가로 낙원에서 추방된 인간의 죄를 다루고 있다. 여기서의 죄의식이나 타락은 에덴 동산에서 영원성을 누리던 낙원적 인간이 '사과'라는 음식의 소비적 욕망을 이기지 못해서 저지른 행위에서 기인한다. 그러므로 이 시에서의 '피'의 이미지는 신과 같이 '밝은 눈'을 가지려는 인간의 욕망에서 비롯된, 곧 신의 계율을 어긴 죄의 의미를 담고 있다고 할 것이다.

이처럼 서정주의 시에서 '피'는 죄의 상징이기도 하고 동시에 부정(不淨)한 것을 의미한다. 그러나 그의 시에서 피가 그 유한한 요소를 탈각하고 물로 정화될 때, 서정주의 시는 새로운 방향으로 나아가는 계기를 맞이하게 된다.

피가 아니라
피의 水集液의 究竟의 淨化인 물로서,
조용하디 조용한 물로서,
이제는 자리잡은 신방들을 꾸미었는가.
가마솥에 軟鷄닭이
사랑김으로 날아오르는
구름더미 구름더미가 되도록까지는
오 바다여!

「바다」 부분

　인용시는 죄와 부정의 상징인 피가 물로 정화되는 과정을 잘 보여주고 있는 시이다. 피의 바다물로의 중화라든가, 「雄鷄」, 「逆旅」에서 보인 살해 충동과 금단의 열매인 사과라는 음식물의 소비적 욕망에 의해 찢겨진 낙원의식의 상실과 그에 따른 죄의식에 대한 극복과정이 내포되어 있는 것이다. 물은 생명의 근원이기도 하지만 온갖 더러운 것에 대한 정화의 능력 역시 가지고 있다. 특히 바다는 반복성과 주기성을 특징으로 하는 까닭에 영원성의 의미를 다른 어떠한 요소보다도 잘 구현해내고 있다. 따라서 피의 물(바다)로의 중화 혹은 정화는 일시성에서 영원성으로의 승화라고 할 수 있을 것이다. 그리고 '가마솥 연계닭'이란 이미지는 서정주의 살해충동과 소비욕망이 결합된 의식을 잘 보여주는 것으로, 그는 이를 "사랑김으로 날아오르는/구름더미 구름더미가 되도도록까지는/오 바다여"라는 갈망을 지향함으로써, 그러한 살해 충동과 소비 충동을 음식물에 대한 타부의식에 의해서 극복하고 있다.

　이렇듯 서정주의 시에서 물에 의한 더러움에 대한 중화와 그 영원성에 대한 인식은 「인연설화조」에 이르면 그 완성을 보게 된다. 이 작품은 모란꽃으로 상징되는 '나'와 처녀 사이의 수없는 변신과정을 불교의 윤회설에 바탕을 두고 씌어진 시이다. 그러한 변신과정은 땅과 바다를 거쳐, 하늘로 올라갔다가 다시 땅으로 내려오는, 순환적 성격을 띠면서 진행된다. 가령, 모란꽃인 내가 죽어 흙이 되면, 처녀 역시 죽어 흙이 되고, 재가 된 내가 강물에 흘러 물이 되면, 처녀의 피도 강물에 흘러 그곳에서 합류한다. 다시 내가 고기의 배에 들어가 강물의 일원이 되면, 처녀도 옆에서 출렁이는 물살이 되고, 고기가 물새에 채어 먹힌 뒤 하늘이 되면, 처녀 또한 햇빛에 증발되어 하늘로 올라가 구름이 된다. 이러한 끊임없는 변신의 과정을 통해서 처녀와 모란꽃은 다시 한번 옛날처럼 마주하게 되는데, 그러한 과정 속에서 처녀는 모란꽃이 되고 전날의 모란꽃은 내가 되어 바라보는 관계로 바뀌게 된다.

이러한 끊임없는 순환반복 자체도 영원성이지만 피의 물로의 정화 역시 영원성이라 할 수 있다. 물은 알콜과 함께 해서는 불이 되며, 육신 속에서는 피가 된다. 여기서 육신 속의 피는 순간적 찰나적인 의미를 갖는 반면, 육신을 벗어난 피, 곧 중화된 피는 이 시에서처럼 강물로서, 영원성의 의미를 갖는다. 물은 리듬과 정지라는 그 둘 간의 순환성을 특징으로 하고 있어서, 물리적 시간을 초월하고 시간 밖에 있는 경험의 한 성질을 의미한다는 점에서 연대기적 시간질서로부터 해방된, 일순간에 겪게 되는 자의식의 해방이라는 영원성의 무시간적 양상과 결부되기 때문이다. 따라서 서정주의 피에 대한 중화의식은 피를 맑게 가라앉히는 과정으로서, 현세적이고 찰나적인 피를 영원의 시간 속에 정착시키면서 육체의 유한성을 극복해내고 있는 것이다.

피의 물로의 정화를 통해서 획득된 서정주의 영원성은 시인 자신의 영원성에서 그치지 않는다는데, 그 시적 우수성이 있다. 인용시 「바다」에서 확인되고 있는 것처럼, "全集團의 究竟의 淨化인 물"로 그 인식을 확장시킴으로써 집단의 영역으로까지 확산시키고 있는 것이다. 이러한 집단의식의 영원성, 그것이 곧 신라의 영원성이고 질마재의 영원성인 것이다.

민중시의 뿌리

김형원론

1.

석송 김형원은 1901년 충남 강경에서 태어나 보성고보를 졸업하고, 1924년 파스큐라에 가입하면서 본격적인 작품활동을 한 시인이다. 그리고 1925년에는 잡지 《생장》지를 주관하였고, 또 언론생활에도 몸을 담아 중외일보 기자를 거쳐 조선일보 편집국장도 역임하였다. 해방직후에는 군정청 공보처장을 맡기도 하였으나 한국전쟁 중에 납북되어 현재까지 생사가 불분명한 것으로 알려져 있다. 1979년에 그의 유족들에 의해 《김형원 시집》(삼희사)이 간행된 바 있다.

석송에 대한 연구는 오세영에 의해 그의 시론과 시에 대한 전반적인 검토8)가 이루어진 이후, W.휘트먼과의 영향관계를 추적한 비교문학적 연구,9) 그리고 그의 민중시론이 신경학파 시론에 끼친 영향관계에 대한 검토10) 등 다방면에 걸쳐 비교적 자세히 이루어진 편이다.

---

8) 오세영, 〈민중시와 파토스의 논리〉, 《관악어문연구》, 1978.12.
9) 김용직, 《한국현대시연구》, 일지사, 1978.
　 고용석, 〈석송시 연구〉, 《어문논집》, 중앙대 국어국문학과, 1978.
10) 한계전, 《한국현대시론연구》, 일지사, 1983.

그의 시론은 20년대 초반 현실대응력으로서 등장한 카프의 진보적인 문학운동의 전사(前史)적인 성격을 띤다는 점에서 특히 주목을 받아 왔다. 비록 그의 시론이 자생적으로 우러나온 것이 아닌 휘트먼의 영향에 의해 이루어진 것이긴 하나 이 땅에서 처음으로 시를 현실과 접목시켰다는 점에서 주목받기에 충분했던 것이다. 석송이 등장하기 이전까지만 해도 시는 식민지 시대의 지식인들의 비애가 노래되거나 자연적 서정이 노래되는 등 현실과는 동떨어진 관념적 편향을 보인 것이 사실이었다. 그러나 석송의 등장으로 시는 관념의 세계를 벗어난 현실의 세계로, 공상의 테두리에서 벗어난 일상적 진실의 테두리로 전환되는 등 시적 인식의 지평이 확대되는 계기를 맞이하게 된다. 시와 현실의 접목이라는 새로운 경향의 시도, 그리고 그러한 전통이 오늘날 우리 시의 한 축을 형성하고 있다는 점에서 석송의 시론과 시를 주목하게 됨은 당연한 현상이라 할 수 있을 것이다.

2.

석송은 1919년 작품 〈곰보의 노래〉를 《삼광》(三光)에 발표하면서 작품활동을 시작한다. 그런데 그의 작품활동은 20년대 초반에 집중적으로 이루어질 뿐 그 이후의 활동은 거의 미미한 편이라는 점에서 특이한 양상을 보인다. 또한 민중시론, '역의 시론(力의 詩論)'이라 일컬어지는 그의 시론 역시 작품활동과 마찬가지로 초기에 집중되어 있고, 20년대 후반부터는 수필이나 잡문 등으로 그의 글쓰기의 명맥을 이어갈 뿐 이렇다할만한 활동은 거의 하지 않은 것으로 알려져 있다. 그러나 비록 많지 않은 시와 시론이라 해도 짧은 순간에 이루어진 그의 문학적 궤적은 시와 현실과의 역학관계를 새롭게 조명했다는 점에서 우리 시사에 적지않은 영향을 미쳤다. 먼저 그의 시론부터 살펴보기로 하자.

석송의 시론은 〈문학과 실생활의 관계를 논하야 신문학 건설의 급무를 제창함〉(《동아일보》, 1920.4.20.-4.24), 〈계급을 위함이냐 문예를 위함이냐〉(《개벽》, 1925.2), 〈민주문예소론〉(《생장》, 1925.5)을 통해서 전개된다.

① 민주주의의 특색은, '자유'에 잇다. 이 자유라 함은 모든 형식과 속박을 떠나서, 사람의 천품을 제벌로 발휘식히는 것을 의미함이다. 문예상으로 옮겨말하면, 형식과 제재를 구속없이 선택하고, 개성의 솔직한 표현을 위주하며, 따라서 각 개인의 생활을 그대로 승인하야, 시인의 입을 빌어 만인으로 하야금 발언할 자유를 허여하는 점에 민주적 문예의 참된 사명을 발견할 수 잇는 것이다. 이와가티 분방한 내용을 가진 민주적 문예는, 고정된 형식을 탈출하야, 극히 단순하고, 또 복잡하고 유동적 형식을 취하게 되는 것을 피치 못할 일이다.

② 또 민주주의 특색 중의 하나로 가장 중요한 것은 '평등'이다. 평등은 자의(字意)와 가티 고하귀천이 업다. 민주적 철학은, 가장 평범한 사물, 가장 비근한 사건일지라도, 그 본질을 나타내어서 그 진체(眞體)를 설명하는 것이다. 태양이 삼라만상을 고루 고루 비최이드시, 박대한 심경과 동찰력을 가진 시인일진대, 사람이던지, 자연이던지, 무엇이던지, 시 아닐 것이 어데잇슬리오, 그리하야 그들(민주적 예술가)은 사물의 정수를 투시하기에 노력할 것이다.

③ 그뿐 아니라, 민주적의 특색은 진실성에 잇다. ○○○ 진실성은 먼저, 인생의 존재를 승인하는 동시에 진실한 애(愛)의 발로가 될 것이오, 따라서 사람이란 사람은 모다, 이 진실성에 의하야 포괄될 것이오, 무생(無生)될 것이다.[11]

석송 시론의 요체는 위의 인용에서 드러난 바와 같이 형식에 있어서의 자유와 제재에 있어서의 다변화·다양성, 그리고 내용에 있어서의 진실

---

11) 김석송, 〈민주문예소론〉, 《생장》, 1925.5.

성·사실성 추구 등으로 요약된다. 먼저 형식에 있어서의 자유를 보면, 그가 말하는 민주주의적 문예에서의 자유는 "모든 형식과 속박을 떠나서, 사람의 천품을 제발로 발휘시키는 것"에 있다고 한다. 그런데 모든 형식과 속박을 벗어나 자유를 지향한다 함은 제도로서의 어떤 문학적인 규범적 틀을 벗어난다는 의미와 동궤에 놓이는 것으로서 주목을 요하는 대목이다.

일반적인 의미에서 문학적인 규범적 틀이란 관습적이고 보편적인 문학 양식을 가리킨다고 할 수 있는데, 우리 문학에서는 가령, 시조나 가사 등 전통적인 정형시 양식이 여기에 속한다고 할 수 있다. 흔히 정형시의 특색이라 할 수 있는 정형률은 어느 특정 시대, 특정 시인의 독창적인 창의력에 의해 만들어진 개성적인 리듬이라기보다는 관습적으로 내려오는 보편적인 것이라 할 수 있다. 그래서 정형률은 시인의 개성이 스며들 여지가 전혀 없는 까닭에 형식적으로 고정될 수밖에 없는 리듬이다. 석송이 ①에서 "분방한 내용을" 가진 "민주적 문예는 고정된 형식을 탈출"해야 한다고 한 것은 전통적이고 관습적인 장르가 아닌, 어떤 다른 새로운 양식에 그 초점이 맞추어져 있다고 할 수 있다. 그것은 시인의 개성이 충분히 표출되는 새로운 리듬이나 형식에 대한 탐색이라 생각된다. 그가 "감정은 인체의 혈액이오 인생의 생명이오 실생활을 지배하는 원동력이다"[12]라고 하여 시에 있어 개성적인 감정을 유난히 강조하고 있음도 이와 무관하지 않다.

이렇게 보아 '규범'보다는 '일탈'에, 그리고 '구속'보다는 '자유'에 가치를 두고 모색했던 그의 시론이 새로운 형식으로서의 자유율이 아니었나 하는 추측을 불러일으키게끔 한다. 따라서 이미 최남선 이후 새로운 시형태가 꾸준히 모색되어 온 시점에서 나온 석송의 이 논거는 비록 새로울

---

[12] 〈문학과 실생활의 관계를 논하야 신문학 건설의 급무를 제창함〉, 《동아일보》, 1920. 4. 20-24.

것은 없다하더라도 자유시 형식에 대해 이론적으로 처음 규명했다는 데서 그 의의를 찾을 수 있을 것이다.

그리고 그의 시론에서 드러나는 두 번째의 특징으로는 시의 소재, 제재에 있어서의 다양성을 들 수 있다. 시의 소재, 제재의 다양성에 대한 문제는 그의 시론에서 창작 주체 및 소비 주체와 밀접한 관련 양상을 갖는다. 그의 민주문예의 핵심이 귀족주의의 거부에 있음은 〈문학과 실생활의 관계를 논하야 조선신문학건설의 급무를 제창함〉이라든지 〈민주문예소론〉 등에서 일관되게 나타나는 사항이다. 그는 이들 논문에서 민주문예가 귀족문예와 대립관계에 있음을 강조한다. 예전의 문학, 즉 귀족주의 문예는 창작하는 주체나 소비하는 주체가 왕후장상이었고, 또 그들이 작품 속에서 다룬 소재도 실생활과는 아무 관련이 없었던 것이었음을 직시한다. 그러나 민주문예가 "삼라만상을 골고루 비춰주는 태양"이라는 언급에서 알 수 있는 것처럼 문예가 어떤 특정 부류 집단의 전유물이기를 거부하고 모든 사람들에게서 향유되는 문예임을 강조한다. 따라서 가장 평범한 사물, 가장 비근한 사건일지라도 시의 소재, 제재가 될 수 있으며, 시인의 눈에 들어오는 어떠한 사람, 어떠한 자연, 어떠한 사물도 "시 아니 될 것은 없다"는 결론에 도달하는 것이다.

이러한 제재의 다양성과 더불어 석송 시론의 또 다른 특징은 시에 있어서의 진실성, 곧 리얼리티의 강조에서도 찾을 수 있다. 그의 시론에서 진실성에 대한 강조는 소재나 제재의 다양성과 밀접한 관련을 갖는다. 그에 의하면 지금까지의 문예가 어느 특정 집단의 소유물이었던 까닭에 현실과는 아무런 관련이 없는, 그리하여 인생의 진실이라든가, 일상적 삶의 진솔성이라든가 하는 것과는 무관했다고 본다. 그러나 민주적 문예는 '인생의 실재를 승인'하여 그것들의 진실한 모습과 사실적인 생활을 반영해야 하며, 그런 가운데 '사람이란 사람은 모다 이 진실성에 의하야 포괄될 것'이고 '무생할 것'이라고 한다. 특히 인생의 실재를 승인하여

그것들의 진실한 모습과 사실적인 생활을 반영하는 문제 등 그의 시론에
서의 리얼리티에 대한 강조는 김기진이나 박영희에 의해 전개된 신경향
파 초기의 사실주의 문예이론에 깊은 영향을 미친다.13)

3.

　석송의 시론은 형식의 자유와 제재의 다양성, 내용의 사실성 등을 그
기본 특징으로 하고 있다. 이제 그의 시론이 갖는 이러한 특성과 그의
실제 작품과의 관련 양상은 어떠한가를 살필 차례이다. 앞서 언급대로
석송 시론이 갖는 가장 중요한 특성들은 제재의 다양성과 내용의 사실성,
즉 시와 현실과의 역동적 긴장관계라 할 수 있다. 실제로 그의 작품에서
보이는 여러 경향 가운데서도 현실과의 역동성을 갖고 있는 작품들이
우수한 경향을 보이는 것은 사실이다. 다음과 같은 시들은 그 단적인
예에 속한다.

　　① 햇빛은 누리의 구석구석에
　　　빈틈없이 비추는 햇빛이다.
　　　오! 그러나 그러나
　　　햇빛 못보는 사람들!
　　　그대들은 얼마나 불행일까

<햇빛 못보는 사람들>부분

　　② 썩어가는 얼굴에
　　　분을 케케히 바르고
　　　동물원살창 속 가튼
　　　창루(娼樓)에 나안즌
　　　웃음파는 계집아이

---

13) 한계전, 앞의 책, p.96.

너는 실망치마라

<웃음파는 계집> 부분

　앞의 시론에서 석송의 민주문예론이 평등사상에 있음은 지적한 바 있다. 이같은 평등사상은 '삼라만상에 골고루 비치는 햇빛'이라는 은유적 표현에서 보이는 것처럼 모든 대상을 끌어안는 포용성에서 찾아진다. 〈햇빛 못보는 사람들〉에서도 그의 평등사상은 "햇빛은 누리의 구석구석에/빈틈없이 비추는 햇빛이다"는 표현을 얻음으로써 일관되게 관철되고 있음이 확인된다. 또한 '햇빛 못보는 사람들'이 노동자임을 감안할 때, 석송이 이들 계층에 대해 연민의 시선을 가지고 있음도 알 수 있다. 그의 이러한 억압받고 연약한 계층에 대한 따뜻한 시선은 비단 이들 노동계층뿐 아니라 일반적으로 못가진자의 대명시로 불리는 무산자들에 대한 폭넓은 애정으로 확대된다. 가령, 〈수인의 생활〉에서 감옥에 갇힌 사람들을 '자유를 잃은 사람들'로 보는 것이나, 〈무산자의 절규〉에서 현재에는 아무것도 가진 것이 없다는 무산자의 절규를, '미래의 합리한 생활'을 요구하는 전향적인 희망으로 되돌려 이들의 아픔을 달래주는 것 등이 바로 그 예라고 할 수 있다.

　그러나 석송의 무산자들에 대한 이러한 의식이 이념상 카프의 진보적인 문예운동에 곧바로 연결되는 것은 아니다. 이미 여러 평자들이 지적한 바와 같이 그의 이러한 의식은 프롤레타리아의 이념들과는 거리가 멀다고 할 수 있다. 그는 "사람에게는 계급이 업다"고 하면서 "그 사람된 점에는 누구나 일치할 것이오 조금도 선천적으로 차이점을 가지지 아니하엿스며 상하의 계급을 지을만한 아모러한 이유도 업는 것은 사실"14)이라 단언한다. 또한 그의 이같은 인식을 실제 작품에서도 변함없이 나타난다. 〈햇빛 못보는 사람들〉에서 "그대들의 차서(次序)대로 기록하면/관리 부

---

14) 〈계급을 위함이냐 문예를 위함이냐〉, 《개벽》, 1925.2.

자 유식계급/상인 소작인 노동자 -/나의 마음대로 기록하면/깨인놈 자는 놈 일하는놈 노는놈” 등에서 보는 것처럼 석송의 계급의식은 어느 특정계급의 입장에 서 있기보다는 모든 계급 위에 서 있다. 따라서 석송이 주장하는 민중 개념은 경제계급으로서의 무산자가 아니라, 만인 즉 평범 속에 위대함이 존재하는 생활인15)이라 할 수 있다.

석송 시론과의 관련양상에서 볼 때 그의 시의 또 다른 특징은 시 ②에서 보는 것처럼 소재의 다양성에서도 나타난다. 그가 시인의 눈에 들어오는 모든 대상이 시적 소재가 될 수 있다고 한 것은 바로 이전의 문예가 즐겨 사용했던 소재의 편협성에 대한 반발때문이었다. 실제로 그의 시에서는 그의 시론에 걸맞게 광범위한 시적 소재들이 등장한다. 예를 들어 노동자, 무산자 뿐만이 아니라 가난뱅이, 병자, 아낙네 등 일상적 삶의 생생한 모습이 체현되는 소재들이 그 본보기들이다. 이러한 소재들은 그가 말한 시에 있어서의 진실성 즉 리얼리티의 구현뿐만 아니라 현실감, 생동감을 주고 있다는 점에서 이전 시에서는 보지 못한 새로운 면들이라 할 수 있다.

그러나 석송의 시는 자신의 시론과 일치하는 평등사상, 소재나 제재의 다양성 등에 비교적 충실한 경우가 있는가 하면 그렇지 못한 경우의 시도 상당히 발견된다. 오히려 이같은 경향의 시가 양적으로 더 많이 나타나고 있음은 부인할 수 없는 사실이다.

    ① 애정 질투
      건강 병약
      부유 빈곤
      자유 구속
      이들은 모다 생명의 터전에
      갈등의 씨를 뿌리는 것들이다

---

15) 오세영, 전게논문, p.285.

　　나를 묘지로 인도하는
　　유일한 심술사나운 지로자이다.

<생명의 갈등>부분

　② 오 나는 병자다!
　　아픔을 낫기 위하야는
　　잠만깨이면 약을 찾는다
　　괴로움이 심할때에는
　　자극성의 마취제를 먹기도 한다.
　　해되는 줄을 알면서도

<오 나는 병자다!>부분

　인용시들은 평등사상이라든가 민중사상 등과는 무관한 병적 감상의 정서가 주조로 되어 있는 시들이다. 석송의 시들 가운데는 이런 경향을 보이는 예들이 많이 나타나는데, 이는 그의 시론과의 관련양상에서 볼 때 상당히 이질적인 경우라 하겠다. 먼저 ①의 시를 보면 이 시에서는 '애정', '건강', '부유', '자유'라는 삶의 긍정적 요인들이 '질투', '병약', '빈곤', '구속'의 부정적 요인들과 대립하여 갈등을 유발시키는 것으로 설정되어 있다. '애정'과 '자유'라는 미래지향적인 요인들이 '질투'와 '구속'이라는 과거적이고 현재적인 요인들을 앞지르는 전향적인 추동력으로 작용하지 못하고 있는 것이다.

　석송이 주장했던 평등사상과 민중사상에 비추어 보면 이러한 과거지향적이고 부정적인 요인들은 당연히 미래적인 희망의 날개 속에 감추어져야 할 것들이다. 실제로 석송의 시에서 현재적인 삶보다는 미래적인 삶에 대한 기대나 희망이 표출되는 것도 이같은 이유때문이었다. 가령 〈미래를 위하야〉 같은 시에서 "미래를 위하야/ 맨발로 걸어가는/ 나히어린친구!"라는 언급이나 "미래의 합리한 생활을/ 아! 나는 요구한다"(<가난뱅이의 부르지즘>)라고 외치는 것이 바로 그것이다.

　이러한 병적 감상의 정서는 시 ②에서도 크게 변화되지 않는다. 시

②는 현재의 고통을 회피하기 위한 방편의 하나로 자신의 의지와는 상반되는 마취제에 의탁하여 이를 극복하려 한다. 즉 시인의 깨어있는 현실의 고통스런 의식을 마취상태인 무의식으로 되돌려 이 고통을 극복하고 있는 것이다. 석송의 이러한 병적 감상주의는 "죽음은 나의 고양이요 살음은 발설은 타관"(<죽으러 가는 사람>)에서처럼 극단적인 죽음친화 현상으로까지 나타나기도 한다.

물론 그의 병적 감상주의가 암울한 현실에 대한 소극적인 반항이라는 점에서는 긍정적 평가를 할 수도 있겠으나 그의 시론과의 관련양상에서 볼 때에는 상당히 이질적인 면들이라 할 수 있다. 그가 자신의 시론에서 시와 현실과의 상호역동성에 주목하여 시에 현실적인 요인들을 도입하려고 노력했음에도 불구하고 이러한 한계를 보이는 것은 <백조>이후의 세기말적인 병적 감상주의가 아직은 완전히 극복하지 못했음을 일러주는 면이라 할 것이다.

4.

석송은 20년대 초기에 자신의 시론과 시를 활발히 창작하여 우리 시사에 한 획을 긋는 중요한 역할을 했다. 그의 시론과 시가 갖는 중요한 의의는 우리 시사상(詩史上) 처음으로 시와 현실과의 역동성에 주목하여 시를 현실에 접목시키려 했다는 점, 그리고 현실대응력으로서 등장한 카프의 사실주의 시론의 전사적 역할을 했다는 점에서 찾을 수 있다. 그러나 이러한 의의에도 불구하고 그는 자신의 시론과 시를 더 이상 진척시키지 못하는 한계를 낳는다. 자신에 의해서 개진된 시와 현실과의 역동성이 카프시대를 맞이하여 더욱 확대되는 계기를 맞이하였음에도 불구하고 그의 시론전개와 작품활동은 더 이상 확대되지 못하고 마는 것이다. 여기에는 몇가지 원인이 있을 수 있으나 대략 다음 두가지 이유 때문에 그렇지 않았나 한다.

첫째는 휘트먼의 영향으로 얻은 석송의 민주주의론이 당시 식민지 현실과는 너무 동떨어지지 않았나 하는 점이다. 소박한 평등사상으로는 강한 권력과 제도가 지배하는 식민지 현실에서는 아무런 영향을 끼칠 수 없었다는 점이다. 그의 작품들에서 이러한 현실의 벽에서 얻은 자폐적 절망감들이 특히 많이 나타나고 있는 사실을 염두에 둔다면, 이는 쉽게 확인되는 사실이다. 둘째는 석송이 주장한 시와 현실과의 상호역동관계가 카프가 주장한 그것과의 차이에서 찾아진다. 석송은 시 속에 현실의 진실성을 반영하는 문제를 막연하게 주장했을 뿐 더 이상의 구체적인 언급은 없었다. 그러나 카프가 내세운 것은 석송의 그것과는 상당한 차이가 있었다. 현실변혁의 강력한 추동력이자 타계급을 영도하는 노동계급의 이념을 구현해내는 것이 카프가 내세운 시와 현실과의 역동성이었다. 따라서 소박한 공리주의적 평등사상으로는 이 이념과 같은 길을 걸을 수 없었던 것은 자명한 일이며, 석송의 글쓰기는 여기서 더 이상 나갈 수 없었던 것이다.

[Ⅱ]

일상의 지점, 그리고 넘어서는 길 혹은 꿈

이향지, 최성민의 시

1.

　이향지 시인의 山시집, 『물이 가는 길과 바람이 가는 길』에 있는 수많은 산들의 이름을 보노라면 시인의 도저한 산행에 대한 깊고도 긴 이야기를 듣고 싶은 충동이 일어난다. 대관절 무엇이, 어떠한 힘이 시인을, 그것도 험준한 산길에는 썩 어울리지 않는 여시인을 산으로 불러들인 것일까? 이 시인은 왜 고된 산행길을 멈추지 않는 것일까? 그녀를 적당한 등산객으로 생각하기에는 이미 산과의 질긴 인연의 매듭을 만들었기 때문은 아니었을까.

　산행을 하게 되기까지부터 산행 중의 감상들, 나아가 산과의 교감으로서의 대화가 담겨있는 그녀의 시집은 우리 국토에 있는 산의 일람이라고 해도 좋을 만큼 웬만한 산들의 이름은 모두 수록되어 있다. 속리산이나 도봉산, 북한산, 설악산 등 우리에게 익숙한 곳뿐만 아니고 가지산, 가리왕산, 고루포기산, 불곡산, 좌구산 등 귀에 낯선 곳들, 나아가 금강산은 물론이고 백두산에 이르기까지 그녀의 쉼없는 여정에는 마치 무언가의 '부름'과 그 무엇엔가의 '들림'이 아니고서는 이해되지 않는 무엇인가가 있다.

　　시인은 序文에서 그녀의 산행의 계기가 되었던 것을 병마와의 싸움으로 말하고 있다. 숨이 꺼져들어가던 순간 불현듯이 걷고자 한 욕망이 생겼다고. 무작정 걷다가 죽는 것을 소망하게 되었고 결국 느리고도 긴 걸음 끝에 산에 이르게 되었다고 시인은 말한다. 그녀에게 걷는 것이란 곧 죽음과의 대결이자 생명의 확인이었던 것이다. 말하자면 산이 그녀를 받아주었을 때 산에 대한 그녀의 발걸음은 종교이자 求道의 과정이 되었다. 즉 산꾼들이 山行을 仙行이라 한 것과 마찬가지로 그녀의 걸음 하나하나, 숨결 하나하나에는 자기 구원과 자연과의 교감에의 의지가 강하게 드러나 있는 것이다.

　　　　그냥 가는 것이다
　　　　노고지리 한 마리 전령으로 띄우고
　　　　춤추듯 꿈꾸듯
　　　　그리로 가는 것이다

　　　　포메팅을 갓 끝낸 디스켓처럼
　　　　윤전기 앞에 놓여진 백지 다발처럼
　　　　설레임도 희망도 모르는 新生으로
　　　　그냥 가는 것이다

　　　　어둠이 소리 없이 빛에 섞이듯
　　　　햇살이 불평 없이 어둠에 섞이듯
　　　　무거움도 가벼움도 모르고
　　　　가는 것이다

　　　　한때는 가장 따뜻한 집이었던 나의 몸이여
　　　　고통의 알들을 피부로 낳던 길의 기억이여
　　　　비와 허물을 가려주던 인연의 그늘이여
　　　　나무가 부르는 바람의 노래여
　　　　서늘함이여

「수렴동詩」

그러나 그러한 예배올림과도 같은 자신의 여정을 그녀는 '사람살이의 비명소리'라 한 바 있다. 어느 길이든 사람이 가는 길이기 때문이다. 곧 혹독한 곳이든 정감깃든 곳이든 '나'의 내면을 더 깊이 만날 수 있으며 울부짖음이든 허우적거림으로든 끊임없이 살아있음을 느낄 수 있기에 그러하다.

뿐만 아니라 그러한 그녀의 시선은 바로 '지금 여기'의 일상에서 뻗어 나가고 있다. 그녀의 시 가운데 「나뭇잎」은 그녀의 지향이 생겨나는 지점을 말해준다. "나,- 나뭇잎/ 나 있는 곳", 그곳은 '극장은 멀리 있으되', "정신 병원과 양로원은 가까운 곳"이며 "버려진 집들이 한쪽 어깨가 기울어/ 우두커니 햇볕을 쬐는 곳/ 버려진 사람들이 우두커니 저녁밥을 기다리는 곳", 곧 "그리움이 삭는 곳"이다. 그녀가 도시 한복판의 화려함과 북적기림으로부터 눈을 돌렸을 때 그녀는 세상의 가장자리에 있는 삶의 신산함을 보았던 것이다.

그 신산함의 자락, 그 변두리의 끝에서 만난 것이 산이다. 결론부터 이야기하면 그녀의 산행은 사람살이로부터 멀지 않은 곳에 있다는 것이다. 삶과 죽음의 경계를 넘어선 곳이자 넘고넘음을 되풀이한 곳이되 그 아득한 곳은 '나'의 '이곳'에서의 시선으로부터 시작된 것이라는 점이다. 이것은 가히 경이롭다고까지 느껴지는 이향지 시인이 우리에게 보여주는 지극히 인간적인 면모가 아닐 수 없다.

그러나 남한의 거의 대부분의 산을 두루 망라하며 나아가 한라산에서 지리산, 태백산, 설악산, 금강산, 두류산, 아무산, 백두산까지, 우리 국토의 백두대간을 이어야 한다고 소리 높게 외치는 시인의 기개에 주눅들어 외경스러움만을 느낀다면 그녀를 옳게 이해한 것이 아닐 것이다. 그녀의 산행은 위대하지만 그녀가 우리에게 들려주는 목소리는 오히려 그 위대함의 위용을 볼 수 없는 근경에서 전해지는 것들이다. 꽃잎이 떨어지는 소리, 바람소리, 물소리, 죽순이 자라는 소리 등 시인은 이들 미세한 자연의 숨결에 귀를 기울인다. 이런 섬세한 자세야말로 시인의 인간다움일 것이다. 작고 미약한 것의 생명 있는 소리를 들으려면 한없이 낮고 조용한 태도라야 한다.

> 봄은 봄. 1997년 3월 3일의 태양이, 대지의 털인 나뭇가지마다 봄을 파종하는 소리 들어보라! 버들강아지 솜털이 반짝반짝 난다. 오리나무 수꽃들이 허공을 징검거리고, 황금억새들은 꽃 없는 머리로 바람을 저어가며 새순의 때를 가늠한다. 쯔비!쯔비! 우는 쑥새가 파아란 하늘을 끌고 소나무 가지로 날아든다. 쯔비! 쯔비! 꽁지깃을 들어올릴 때마다, 기억의 진달래가 화들짝! 화들짝! 솔잎 사이에서 핀다. 꽃 지고 꽃피는 소리 사이로, 자갈들 두런거리는 길이 하나 돌아 나온다. 얼어붙었던 물방울들이 가뭇가뭇한 말문을 트며 등산화를 붙들고, 절개지의 흙 알갱이들이 사태진 길섶에 작은 가지산을 쌓고 있다.
>
> 「쌀바위 가는 길」

　시인은 아주 작은 손길로 대지의 육체를 더듬고 있다. 미미한 것들과 대화를 나누는 자세는 산 한가운데에 자기를 던짐으로써 가능하다. 소위 내면의 고요함 찾기일 터인데, 이것은 희생에 가까운 자기 소거이자 비움의 행위에 해당된다. 돌이켜보면 세상의 변두리를 연민의 시선으로 바라보던 시인과 숲 한가운데 놓인 생명의 작은 소리를 듣는 시인은 결국 동일한 인간의 모습이며 또한 산을 오르면서 나를 지우는 행위는 道를 구하는 일일 것이다. 시인이 산행을 포기하지 못하는 힘도 여기에 있다. 작은 생명들의 큰 목소리들이 그에게 들려오기 때문이다.

　그러면 그들이 열어보이는 생명의 소리는 그 무엇에서 비롯되는 것일까? 서로를 향한 부름과 그에 대한 응답의 근거는 믿음이 아니고서는 안된다. "사람을 보아도 날아가지 않는 산새"는 그에게 신뢰를 가르쳐준다. 완전한 믿음이 있지 않고는 그 미세한 것들은 시인에게 아무런 생명도 열어주지 않았을 터, 그녀는 산을 걸으며 그것을 보았고 추상적이기만 하면서 실재의 힘이 된 그 믿음이 있었기에 한 발자국 더 계속해서 나아갈 수가 있었다. 그녀가 "보이는 것을 넘어서-!// 들리는 것을 넘어서-!"라고 외치는 것은 그야말로 "두근거리는 신뢰를 발견할 때까지"(「속리산」)였던 것이다. 그리하여 그는 선문답과도 같이 이렇게 말한다. "바위를 믿지 않고 어찌 바위를 넘으랴"(「운악산」)라고.

2.

이향지의 山의 여정에 비하면 최성민의 『아나키를 꿈꾸며』는 아주 가깝게 일상과 마주하고 있다. 어찌보면 두 시집은 지극히 대조적이다. 『산시집』의 시인이 끝없이 자신을 지우며 내면의 빈 여백을 구하고 있다면 『아나키를 꿈꾸며』의 작가는 온갖 색채로 일상의 번잡스러움과 그로 인한 내면의 굴곡들을 무늬지우고 때문이다. 그래서 두 시인의 시선에 포착되는 사물은 서로 다른 모양, 다른 빛깔을 띠고 있다. 가령 이향지에게 햇살은 여린 생명들을 안아주는 따뜻하고도 넓은 품이라면 최성민에게 햇살은 '죽창처럼 쏟아지는' 것으로서 예리한 역사의식이 스민 것이다. 또한 그에게 아카시아 나무 향기는 '피비린내'를 풍기며 다가오기도 하는가 하면(「아나키를 꿈꾸며」), "산에 가면 (야성이 고개를 들어) 미치기"까지 한다. 짐작컨대 그는 일상의 한복판에서 삶의 부대낌과 그 내막을 속속들이 말하고 싶은 것이며 숲에 이르러서는 곧 길을 잃어버리는("길이 끊어져 막막한 길 숲에서/ 이름 잃은 들꽃과 잡풀 사이/ 세상 길에서 흐려진 눈빛으로/ 울울창창한 숲 길 찾기 힘들어/ 발걸음이 엉긴다"(「오월 용궁사」)) 아주 평범한 사람이다.

그러나 최성민의 평범함 이면에는 무어라고 말할 수 없는 회한과 안타까움이 제 말을 찾지 못해 서성이고 있는 모습을 볼 수가 있다. 그가 담아내는 일상의 모습들은 아내와 아이들 이야기, 초라한 행색의 자화상, 실팍한 서민들의 삶들인데 그들은 설움에 북받쳐 있으면서 옳게 그것들을 풀어가지 못하고 있어 안타까움을 준다. 시인 또한 오욕의 역사에 분노하는가 하면 소시민적인 자신의 태도를 자책하기도 하고 무엇하나 올곧게 바로 선 것 없는 세상을 조소하면서 또 한편으로는 힘없는 자들의 작은 꿈들을 연민하는 자로서 사랑으로 세상을 보듬으려 하지만 그러기에는 힘이 미약한 존재이다.

이러한 시인의 근거를 무엇으로 볼 수 있을까? 시인은 그것에 적절한 표현을 주고 있는데, '낀세대'가 바로 그것이다. 소위 386세대로서의 자의식 섞인 이 발언은 시인의 불안정하고 복잡한 처지와 심경을 잘 드러내준다. "혼돈의 스무 살, 늘 맵고 날카롭던 좁은 길 지나서/ 눈치보며 간신히 컴맹은 면피하고/ 테크노피아 시민답게 전문용어 몇 개를 주절거리지만/ IMF 난간 위에서 쓰리고에 피박 쓴 세대"인 386세대는 사회의 비판 세력으로 20대를 보냈지만 30대엔 무엇 하나 제대로 이루어 놓은 것도 없고 시대에 맞는 취향도 뚜렷하게 가진 것 없이 '죄책감'만 길러온 사람들이다. 한 마디로 정체성을 상실한 가장 불행한 세대인 셈이다. 이들에게 삶을 추스리게 하는 뜻이나 꿈은 몽상 만큼이나 아련하다. 희망은 관념이고 꿈이란 단지 유년 시절의 유치한 그것으로 추억할 수 있을 따름이다. 그렇다고 삶으로부터의 도피나 일상의 외면을 주문하는 것 또한 이들에게는 무의미하다. 이들에게는 세상에 대한 역사적 인식이 체질화되어 있고 또 경제적 토대의 미숙함으로 일상으로부터의 벗어남 그 자체가 불가능하기 때문이다.

사정이 이러하기에 시인이 채색하는 세상은 우울하고 부정적일 수밖에 없다. 패배하여 쓰러진 자의 고단함과 쓰라림이 그의 시의 주조를 이루는 것이 자연스러 보이는 것은 이 때문일 것이다.

잔인한 바람에게 패배한 자 쓰러져 낙엽이 되고
이슬 맞아 소리 없이 지는 앉은뱅이 꽃

쪼개진 달빛도 피해, 그늘 아래서
밤새워 발목에다 못을 박는 귀뚜라미 아우성은
웃음? 울음?

「백로」

결론도 없는 몇 가닥 긴 사유 끝에
문득 만나게 되는 겨울나무
낡은 외투에 매달린 실밥 같은
내 꿈들을 모두 털어 버리라 한다

「忍冬일기」

말하자면 시인은 절망의 한가운데에 있는 셈이다. 그의 치밀어오르는 화, 분노, 슬픔, 혼돈, 무기력, 그리움, 연민의 정서들은 그가 절망이라는 두꺼운 숲 속에 갇혀 있음을 말해준다. 그가 말하는 꿈이나 사랑, 웃음같은 긍정적 사항들이 그토록 관념적이고 힘에 겹게 느껴지는 이유가 그 때문이며 또 필사적으로 그러한 것들을 되뇌어야 했던 것도 그 절망 탓이다. 즉 연약한 것이라도 잡으려 허우적대고 있는 모습을 시인은 은연중에 드러내 보이고 있는 것이다. 이렇게 되면 시인의 담론은 무질서하고 좌충우돌하며 변덕스럽게 된다. 어찌보면 다채롭다 할 것이다. 그러하므로 그의 시편들을 가벼운 이야깃거리로 읽을지언정 삶에 대한 이상이나 극복을 담고 있는 담론으로 읽어내는 것은 성급한 일이 될 것이다. 다만 시인은 인간다운 삶의 얼굴을 배우고 있는 과정에 놓여 있으며 모가 나고 성급한 자신을 견디며 또 다듬고 있는 중이리라.

결 고운 햇살 부서지는 날
뿌리 째 흔들리며 이별연습을 한다
신의 소유가 아닌 이별이 인간의 몫이라면

일상의 지점, 그리고 넘어서는 길 혹은 꿈 | 129

초라한 손바닥 흔드는 방법부터 배워야 하리

동상 앓은 발목 사이로
떠나가는 먼 길
더러는 눈을 파먹히고 귀조차 잘려나가는
고단한 행로이어도
그리움이 넝쿨장미처럼 번지는 여름 강가에서
잠시 부끄러운 잔가지는 꺾어야 하리

「돌 이야기」

시인은 지금 자신이 지나온 삶을 돌이켜 성찰하고 있을 뿐 아니라 근거 없는 낙관이나 허망한 꿈들을 버리는 연습을 하고 있다. 시인의 인내와 기다림의 시간은 겨울나무가 겨울을 참고 이겨나가는 것처럼 지루하고도 매우 길 것이나 그것이 인간에게 속하는 일이라는 것을 알고 있기에 시인은 비껴가지 않을 것이다. 또한 그것이 우리가 시인에게 거는 기대이기도 하다.

진정한 가치를 위한 탐색들

천양희, 권경인, 문정희의 시

인간이 존재 완성을 이루어 나가는 길은 여러 가지가 있을 수 있을 것이다. 그것이 물질적인 것이든, 아니면 정신적인 것이든 간에 인간은 끊임없이 그 가치를 탐색하여 자기화하려고 한다. 비록 그 탐색의 결과가 타인의 눈에는 부정적인 것으로 비춰진다고 하더라도 그 자신이 만족하면 그만인 것, 그것이 스스로가 존재해나가는 이유가 될 것이다.

언어를 매개로 존재를 탐색해 나가는 시인들의 경우는 이러한 과정이 한층 다층적이다. 시인들은 언어 너머의 세계에 존재하는 자신들의 가치관을 언어로 풀어내기에 그 너머의 세계를 알기 위해서는 다시 언어를 통해서 들어가야 하기 때문이다. 결국 시인들의 내면 세계, 그들이 추구하는 가치는 언어 끝에 걸릴 듯 말듯한 그 실타래를 붙들어내야 하는 것이다.

1. 평등과 무등(無等)의 정신

천양희의 『오래된 골목』은 삶에 대한 무게와 그에 대한 의문 및 탐색의 과정이 짙게 무늬져 있는 시집이다. 이러한 탐색들은 이순에 가까운 나이의 무게에서 울리는 음성이기도 하지만 누구에게나 있을 수 있는, 존재에 대한 근원적인 탐색이라는 점에서 보편성을 갖는 것이기도 하다.

흔히 존재에 관한 문제들을 다룬 시들이 철학적이거나 사변적인 경향을 보이는 것이 사실이긴 하지만 천양희 시에서는 전혀 그런 느낌을 받지 않는다. 그것은 시인의 시들이 그러한 중량감 있는 내용들을 지극히 서정적으로 풀어내고 있기 때문에 그러하다. 그런만큼 이번 시집에서 보여주는 시적 성취들은 가볍게 읽혀질 수 없는 성격을 가지고 있는 것이라 할 수 있다.

우선, 『오래된 골목』에서 보이는 존재의 흔들림에 대한 시인의 물음들은 정주(定住)할 공간의 상실에서 시작된다.

> 바람 불다 비가 와 햇빛이 솔밭 사이로
> 지나가버려
> 나무 뒤에 나무처럼 서서 새들은 어디 갔나
> 네 이름 묻고 싶구나 바람 불 때마다 천지에 나를 놓을?
> 나를 놓을 어디?
>
> 「한자리」

또한 시인은 "바람 불 때마다 천지에 내 마음 뿌릴?/마음 뿌릴 어디?"라고 하면서 육체와 정신의 뿌리에 대해 계속 고민하고 있다. 이는 자아가 대상과 분리되어 자아 스스로가 유리된 존재라는 소외의식에서 비롯된다. 이러한 판단의 밑바탕에는 자아가 세상에 내던져진 존재라는 것, 그리하여 그것이 대상과 합일하지 못한 존재라는 인식이 깔려 있다.

그러나 이런 부조화는 시인 내면만의 문제로 국한되지 않는다. 시인은 자신 이외의 다른 국면에서도 이런 부조화를 탁월히 읽어낸다. 가령 "바퀴벌레에 바퀴가 없고 나팔꽃에 나팔이 없고"(「귀뚜라미 보일러」), "강변역이 강변에 있지 않고"(「왜요?」)가 그것이다. 얼핏보면 언어유희 같긴 하지만, 그것은 논리가 빚어낸 부조화의 세계이며, 더나아가서는 위선과 허위의 세계일 수가 있다. 시인이 보는 부조화라든가 허위의식은 그만큼 개인뿐 아니라 현실에 이르기까지 폭넓게 퍼져 있는 것이다.

「물에게 길을 묻다」

「물에게 길을 묻다」는 '물과 같은 삶'을 직정적으로 읊고 있는 시이다. 시인은 이미 자신과 현실 속에서 자아상실, 위선과 허위의 세계와 같은 비극적 인식을 해 온 터였다. 그러면서 다른 한편으로는 희망을 확신하기도 하는 바, 그것은 인용시에서 보듯 자연의 세계이다. 좀더 구체적으로 말하자면, 물과 산인데, 이 이미지들은 시인이 비극적 인식 속에서 오래동안 꿈꾸어 왔던 유토피아에 가까운 것이라 할 수 있을 것이다. 『오래된 골목』에서 이 이미지들에 관련된 시의 제목과 시어들이 주로 제시되는 것도 이와 무관하지 않는데, "자연처럼 자연스런 세상에서 살고 싶습니다"(「추월산」)과 같은 직접적인 진술이나 「물에게 길을 묻다」, 「추월산」, 「나는 강변에 있다」, 「뒷산」 등과 같은 시의 제목이 그러하다.

일반적으로 자연은 순리이자 이법, 우주로 표상된다. 그곳은 아무런 가식이나 허위가 존재하지 않고 '있는 그대로의 세계'가 자연스럽게 펼쳐지는 곳이다. 물과 같이 산다는 것은 자연스럽게 산다는 것인데, 시적 자아는 그러한 삶에 대해 수동적인 자세로만 일관하지 않음으로써 자연에 대한 가열찬 의지를 보여준다. 그리하여 시인은 이러한 세계를 인위적으로 '당기고'(「풀베는 날」), '비켜가지 않으려'(「오래된 골목」)하는 등 능동적으로 다가가려 한다. "강은 강을 거슬러 올라가지 않는"(「돌을 던지다」) 자연의 순리야말고 시인이 탐색해 온 존재의 완성 뿐 아니라 허위와 가식이 없는 세계임을 알고 있는 까닭이다.

　시인이 이번 시집에서 구사하는 전략적 이미지 가운데 또다른 하나는 산이다. 물이 흐름과 정지를 반복하고 있긴 하지만 어떻든 흐르는 속성을 가지고 있다. 반면 산은 고정적이고 정체된 성격을 가지고 있긴 하지만, 그럼에도 시인에게 산은 물의 유동적 성격과 마찬가지로 순리에 따르는 삶의 이미지로 다가온다.

> 산 아래 良才川이 낮은 데로 내려간다 그 끝에 버티고 선 재개발지구
> 집들이 낮다 무얼 다시 개발한다는 것일까 고층산업개발 팻말이 우뚝
> 하다 높은 것이 뭐길래 발 아래 잡풀들 불쑥 고갤 내민다 하늘 아래
> 모든 건 無等하다며 쪽박새 쪽박 깨듯 우짖는다 그래도 난 속수무책이
> 다 어느새 하늘을 보아버렸으니--
>
> 　　　　　　　　　　　　　　　　　　　　　　　　「산이 낮다고?」

　「산이 낮다고?」는 문명에 대한 자연의 우위, 소위 원시적 풍요를 노래한 시이다. 높은 것, 소위 상승적 욕구가 가질 수 있는 욕망의 무절제한 남발, 그로부터 오는 생의 무한한 긴장 등을 효과적으로 묘사하고 있는 작품으로, 그러한 긴장에 완충 작용을 주고 있는 것이 '산'의 이미지이다. 하늘 밑 산아래 있는 모든 것은 무등(無等)한 것, 다시 말해 위계와 구분이 없다는 인식이다. 산의 관점에서 보면, 하나의 지평선처럼 모두가 똑같이 조망되는 까닭에 지상의 모든 것들은 평등한 존재라는 것이다.

　실상 시인이 탐색해 온 존재론적 완성도 어쩌면 이 작품의 경우처럼

무등(無等)의 정신, 공평(「공평리」)의 정신에 있지 않은가 한다. 그리고 이 정신이야말로 시인에게 대사회적인 의미망을 획득하는 통로 역할을 해 주는 것이고, 그의 시가 개인성을 벗어나 사회성을 띄는 지점이기도 할 것이다.

2. 비움, 그 영원한 마력

권경인의 『변명은 슬프다』는 시인의 첫 시집이다. 등단 이후 시인의 시력에 비춰 볼 때 시집의 출간이 상당히 늦은 편이다. 약간은 의외로 비춰지는 이러한 사정은 그의 시집을 천천히 읽어내려가면 금방 이해된다. 쉽게 말하자면 시인은 욕심이 없었던 것이다. 이는 그의 시가 지향하는 목표가 무엇인지를 보면 알 수 있는 일이다. 그렇다고 그의 시에서 시의 긴장이나 시인의 시에 대한 열정이 없다는 뜻은 아니다. 누구보다도 시인은 대상에 대한 치밀한 탐색과 그것을 언어로 빚어내는 능력은 남다른 면을 보이고 있는 까닭이다.

『변명은 슬프다』에서 가장 쉽게 마주치는 이미지는 '길'이다. 길이란 일정한 목적지로 인도하는 도정이나 중간자의 역할을 하는 것으로, 주체의 선택에 따라 많은 가변성을 가지고 있는 대상이다. 그러므로 선택이 달라지게 되면, 그 길의 방향 역시 달라질 수밖에 없다.

> 가서 오랜 금욕의 날들은 탑이 되리라
> 나 여기 있어 비로소 지상에 가득한 길이여
> 홀로 늦은 저녁을 붙들고 떨며 서성이던 세월 속
> 몇번의 황혼을 더 견디어야
> 네게 입문할 것이냐 길이여
>
> 「솟대를 찾아서」

길은 이처럼 시적 자아에게 다양한 선택적 택일을 요구하는 대상으로 다가온다. 즉 오랜 금욕의 과정에서 표나게 드러난 결과가 없기에 그가 나아갈 수 있는 길이란 지상에 가득할 수밖에 없는 길로 주어지는 것이다. 그것이 하나의 길로 선택되기 위해서는 "홀로 늦은 저녁을 붙들고 서성" 거려야 하며, 또한 "몇번의 황혼을 더 견디어야" 하는 고뇌의 과정을 거쳐야 한다. 그래야만 입문의 길, 통과의 길이 열리는 까닭이다. 길은 이 외에도 "눈 멀어 가는 길"(「삶의 형식」)이나 "숲은 걸으면 다 길이 된다"(「깨어있는 시간」), "더 오를 수 없는 곳에서/문득 길을 만난다"(「할미꽃무덤」)에서 보듯 다양하게 변주되어 들려온다. 이렇게 본다면 이 시집에서 길은 시인에게 시적 탐색의 도정이나 목표 혹은 유토피아에 해당된다.

그러나 그러한 길이 쉽게 찾아지는 것은 아니다. "얼마나 그리우면 마음이 재가 되느냐", "얼마나 그리우면 육신이 흙이 되느냐"에서 보듯 그것은 정신과 육신의 끊임없는 소모를 통해서나 가능한 일이 될 것이다.

웃으며 떠들며 그리도 외로웠던 삶
다 버리고
너는 너를 버리면서 자유롭고
나는 나를 채우면서 불안했다
비어 있는 너를 통해
나를 채워가는 고통 끝 없어도
지금 보이지 않는 것은 영원히 보일 것이니
너의 빈손에 숨어 타오르는 불을
나는 지나칠 수 없다
(—)
그리고 나는 알고 있다
목숨걸고 내가 사랑하는 이
한낱 욕망은 아닐 것이나
세상의 온갖 길을 다 뒤져도
모두 비우지 않고는 만나지지 않을 것을

「킬리만자로의 표범」

육신과 정신의 소모를 통해 시인이 도달한 것은 이 시에서 보듯 "나를 비우는 행위"에 대한 인식에서 비롯된다. 버리는 것은 자유롭고, 채우는 것은 불안하다. 채움이 있다면 곧 비워야 한다는 인식이 뒤따르기 때문이다. 그리하여 시인은 "모두 비우지 않고는 만나지지 않을 것"이라는 존재론적인 성찰에 이르게 된다.

권경인이 『변명은 슬프다』에서 탐색한 비움의 미학은 두가지 방향을 가지고 있다. 하나는 죽음 친화현상이고 다른 하나는 자연 친화현상이다. "삶에서 온전한 것은 죽음 뿐"(「정작 외로운 사람은 말이 없고」)이라는 인식이 전자의 경우라면, "아직 들판은 살아 있으리 가진 것 하나 없이도 갈 수 있는 유일한 땅"(「물의 고백」)과 같은 인식은 후자의 경우다. 죽음이나 사연은 모두 비욕망적인 현상이나 실체들로써 분열된 자아를 통합하는 모성적인 상상력을 가진, 비움과 관련을 맺고 있기 때문이다.

시인이 이렇듯 스스로를 비울 줄 아는 인식에 이른 것은 집착과 소유에 대해 일정한 거리를 두었기 때문에 가능한 것이다. 그러므로 이것을 세상과의 거리감이나 그에 따른 허무의식의 결과라고는 볼 수 없을 것이다. 오히려 "참으로 소중한 것은 비우는 것 속에 있나니"(「허수아비」) 처럼 세상에 일정한 거리를 두려고 하는 적극적 허무주의에 가까운 것이다.

산을 오르면서 누구는 영원을 보고 누구는 순간을 보지만
애써 기다리지 않아도 갈 것은 가고 올 것은 온다
사람이 평생을 쏟아부어도 이루지 못한 평화를
온몸으로 말하는 나무와 풀꽃같이
그리운 것이 많아도 병들지 않은
무욕의 정신이여

「슬픈 힘」

시인에게 적극적 허무주의는 욕망의 갈증을 적시는 비움의 정신에 있

다. 이 정신은 자아에게 기다리는 애탐과 떠나보내지 않으려는 집착으로
부터 자유롭게 해준다. 그리워하면 집착하게 되고 그러면 마음은 병이
들고 결국 자아를 구속시키게 된다는 것이다. 그러나 비움의 정신은 이를
비껴가게 한다. "애써 기다리지 않아도 갈 것은 가고 올 것은 온다"는
지극히 평범한 인식, 이 인식이야말로 시인이 말한 무욕의 정신이 될
것이다.

　결국 권경인이 이번 시집에서 추구한 것은 이 무욕의 정신에 있다고
하겠다. 시인이 "잃을 것 다 잃고 난 마음의 이 고요한 평화"(「정작 외로운
사람은 말이 없고」)라든가 "완전히 나를 잊는 것/비로소 너를 버리는 것"
(「나무」)은 이 정신에 따른 자기 성찰의 결과이다.

3. 사랑의 진정한 의미

　문정희의 『이 세상 모든 사랑은 무죄이다』는 사랑에 관한 시편들을
모은 시선집이다. 사랑은 대상에 대한 일방적 지향성을 그 특징으로 하고
있는 것이어서, 그리움이나 갈망 혹은 애절함의 정서를 띄는 것이 보통이
다. 그러한 정서 때문에 사랑은 미래지향적인 성격을 갖는다. 그러나 문정
희에게 있어서 사랑은 미래지향적이기보다는 현재지향적이라는 점에서
약간의 차이를 갖는 경우이다.

>   날 흔들지 마세요
>   사랑은 노동 중에서도 중노동
>   생각만 해도 숨이 막히는
>   그 참혹한 소모를 아시잖아요
>   나도 이제 세상 사람들처럼
>   공기를 마시며 살고 싶어요
>   그대 만난 이후

시인의 사랑은 현재 진행중에 있다. 따라서 사랑하는 대상을 그리워하거나 즐겁게 기다릴 수 없고, 오히려 중노동처럼 힘이 들고 숨이 막히며 답답할 뿐이다. 그리움 때문에 고통이 있기도 하지만 좌절에 따른 몰락의 과정 역시 수반된다. 즉 "사랑하는 동안 우는날이 많은"(「찔레」) 것이 시인의 사랑인 것이다.

감미로워야 할 사랑에 고통이 따른다면 누가 사랑할 것인가. 그런데도 시인은 사랑의 고통올 어찌면 즐길 정도로 계속 그것을 한다. 시인은 왜 고통스러운 사랑을 끊임없이 하는 것일까. 이 의문이야말로 문정희가 이번 시집에서 던진 근본 화두가 아닌가 한다.

일단 시인은 사랑을 인생의 한 과정, 혹은 그 본질이라고 생각하는 것 같다. "우린 비로소 한 생애의/일기를 쓰기 시작했다"(「네가 내가 온 후」)에서 보듯 시인은 사랑을 삶의 근본 과정으로 인식하고 있는 것이다. 그러나 이런 논리를 너무 내세우게 되면 사랑 만능주의, 더 나아가서는 통속적인 사랑에 빠질 위험이 있는 것도 사실이다. 시집의 제목처럼 "이 세상 모든 사랑은 무죄이다"처럼 사랑이라는 이름으로 모든 부정적인 현상들마저 합리화하려 할지도 모르는 것이다. 그러나 이러한 사랑이야말로 의미가 없는 것이고, 문학마저 저속한 낭만주의로 추락시킬 가능성이 있다.

매어 살다가
많은 것을 잃어버리고
하얗게 센 이 머리칼을 보아요
「연극대사조로」

끝까지 가리라, 혁명도 이념도
봄이면 흔적없이 사라질
한낱 적설 같은 것이었지.
그대 어깨에 마지막 외로움을 파 묻으며
포탄 같은 달이 밤새 감시의 눈을 뜨고 따라온
모스크바의 새벽 공항
참혹한 입맞춤으로 석상이 되어 가는
아름다운 러시아의 슬픔을 보았네.
「새벽 공항에서」

문정희는 사랑을 삶의 한 과정으로 인식하면서도 그것을 제도나 관습, 그리고 이념의 딱딱한 틀을 무너뜨리는 힘으로 인식한다는 점에서 저속한 낭만주의를 비껴가고 있다. 도덕으로 표현되는 제도는 경우에 따라서는 억압이 될 수가 있고, 억압은 자유를 제한하고 경우에 따라서는 사회의 모든 생명력을 질식시키는 메카니즘으로 기능할 수가 있다. 억압은 의식이나 이성의 영역인반면, 사랑은 무의식적인 본능의 영역이다. 억압은 본능의 자유로운 발산에 의해 해소될 수 있는 것이기에 시인은 그러한 억압의 해소를 본연의 감성인 사랑을 통해서 극복될 수 있다고 판단하는 듯하다.

게다가 시인은 이념과 혁명과 같은 견고한 틀도 사랑에 의해 극복이 가능하다고 본다. 이념과 혁명이란 의식의 논리에 의해 지배되는, 이성에 의해 구분된 딱딱한 틀이다. 그러한 까닭에 그것을 또다른 이성으로 극복하려 들면, 마찰과 파열이 생시고 충돌이 일어난다. 동일한 차원의 이성에 의해서는 그틀을 극복하는 것이 불가능하기 때문에 그러한 것인데, 시인은 사랑의 힘만이 그틀을 넘을 수 있다고 보는 것이다. 문정희의 사랑시가 통속적인 연애시의 차원으로 전락하지 않는 것도 여기서 찾을 수 있을 것이다. 이렇듯 『이 세상 모든 사랑은 무죄이다』에서 보여준 시인의 사랑은 제도를 무너뜨리는 비관습적인 힘으로, 이념을 초월하는 무의식의 힘으로 인식하고 있다는 점에서 그 의미가 있다.

최후의 그리움 – 사랑

양승준의 시

　양승준의 시는 편안하고 쉽게 읽힌다. 그렇다고 그의 시가 시적 의장이 단순하다거나 담고 있는 내용들이 깊이가 없다는 뜻에서 그런 것은 아니다. 오히려 그의 시는 시적 의장과 내용들이 교묘히 결합됨으로써 시의 구조적 탄력감이 다른 어느 시인들보다 뛰어난 것이 특색이라 할 수 있다. 가령, 「세월간다」의 시의 경우를 보면,

> 간다 간다
> 세월 간다 무턱대고
> 간다 무턱대고 가는 세월이
> 나를 조금씩 풍화시킨다
> 간다 세월
> 간다 따라가기 싫다고

　에서 보듯 '가는 세월'의 속도감이 적절한 행의 배치를 통해서 아주 효과적으로 그려지고 있는 것이 그 본보기이다. "무턱대고/간다"라든가 "세월/간다"에서 보듯 '간다'라는 동사를 한 행으로 처리하지 않고 행구분을 함으로써 시간의 진행성, 지속성을 탄력적으로 빚어내고 있는 것이다.

게다가 마침표를 찍지 않고 휴지(休止) 공간을 없앰으로써 그러한 효과를 더욱 극대화시키고 있다.

이렇듯 양승준의 시는 만만치 않은 시적 성과를 보인다. 그런데도 그의 시가 쉽고 재미있게 읽히는 이유는 무엇일까. 양승준의 시에는 무엇보다도 모든 인간이 공유할 수 있고 또 공유하고 있는 인생의 짙은 우수가 배어있다는 점에서 찾을 수 있지 않을까. 그리고 그러한 우수가 우수 그 자체에서 그치지 않고 미래에 대한 가열찬 탐색의지로 발전되고 있음도 독자들로 하여금 많은 공감을 주고 있기 때문은 아닐까.

시집을 꼼꼼히 읽어 보면 금방 알 수 있는 일이지만, 양승준 시인에게 인생에 대한 탐색은 현재와 과거, 현재와 미래의 출렁임 속에서 다양하게 변용을 이루며 전개된다. 우선 그의 시적 울림은 지나온 길로 지칭되는 과거와 갈 길로 지칭되는 미래 사이, 곧 현재의 자신의 처지에서 시작된다. 시인은 현재의 시점에서 지나온 과거와 미래를 냉철하게 그리고 정확하게 응시한다. 그것이 세상, 세월에 대한 반추와 판단인 바, '개같은 세월'이라든가 '막막한 세월' 따위가 바로 그것이다.

> ① 벼랑 같은 세월에 떠밀려
> 　나 어디까지 흘러왔을까
> 　후 후, 거친 숨 고르며
> 　추억의 바람 부는 난간에 홀로 앉아
> 　잠시 뒤돌아보면
> 　내가 지나온 길은 어느새
> 　나도 모르게 지워져 버렸고
> 　갈 길 바쁜 세월만
> 　점점 더 내 모가지를 잡아 죄는데
> 　이제 또 얼마를 더 떠밀려야
> 　저 개 같은 세월의 깜깜한 막장 끝에다
> 　이 힘겨운 육신을 쑤셔 박을 수 있을까

「타령조」 전문

② 먹여 주고, 입혀 주고,
　　재워 주고, 안아 주고,
　　심지어는 술까지 따라 주면서
　　행여 아프지나 않을까
　　힘들어하지나 않을까, 또는
　　괜히 까탈이나 부리지 않을까
　　조심조심, 너와 함께
　　막막한 세월의 강을 건너가고 있는데
「몸이 말을 듣지 않는다」2연

「타령조」는 지향성 없는, 보이지 않는 힘에 의해 맹목적으로 이끌려 온 시적 자아가 그러한 그물로부터 해방되었을 때, 자신의 현 존재를 되돌아 본 시이다. 즉 시인은 "거친 숨 고르며/추억의 바람부는 난간에 홀로 앉아/잠시 되돌아 본"다. 그러나 시인에게 자신의 삶이었던 지나온 길은 '벼랑같은 세월', '개같은 세월' 등의 인식에서 알 수 있는 것처럼, 세월의 무게와 일상의 흔적이 주는 버거움으로 "내가 지나온 길은 어느새 /나도 모르게 지워져 버린" 허무한 결론에 이르게 된다.

　이러한 시적 발언의 뒤안길에는 자신의 과거에 대한 회한과 반성이 내재되어 있는데, 그것이 곧 '개같은 세월'인 것이다. 실상 양승준의 시에서 과거라든가 자신의 인생에 대한 평가는 그리 긍정적이지 못하다. "벼랑같은 세월"(「몸을 위하여」), "너절한 생"(「몸이 무겁다」), "죄많은 육신"(「티베트를 꿈꾸다」) 등에서 보듯, 지나온 삶에 대한 긍정과 애착은 어디에서도 찾아볼 수가 없는 것이다.

　이러한 부정적인 평가에서 보듯 시인에게 남아있는 지나온 흔적이란 아무 것도 없다. 그러하기에 회한과 오욕만이 밀려들 뿐이다. 그렇다고 그러한 반성적 토대를 바탕으로 한 현재와 다가올 미래가 긍정적 시선으로 비춰지는 것도 아니다. 다가올 미래 역시 보이거나 감촉할 수 없는 막연한 것이어서, 시 ②의 경우처럼 그가 맞아야 할 미래란 '막막한' 세월로 각인

되기 때문이다. 그런데 주목해야 할 점은 시인의 시에서 '막막한 세월의 강'이나 '막막한 세월'의 경우처럼, 미래가 불투명한 불확실성으로 인식될 때, 과거라든가 미래라는 시간 감각은 사라지게 된다는 사실이다.

> 그래, 넌 좋겠다
> 먹고 싶은 밥 실컷 먹고
> 자고 싶은 잠 실컷 자며
> 마음껏 섹스도 즐기면서
> 이렇게 술까지 얻어먹으니
> 넌 참 좋겠다
>
> 살맛 나는
> 이 세상의 중심인
> 몸아!

「몸」 전문

'먹는 것', '자는 것', '섹스하는 것', '술마시는 것' 등은 '지금, 여기'의 현재 시간감각이다. 그것은 이성이 지배하는 세계가 아니라 본능이 지배하는 세계이다. 이러한 세계에 이르게 되면 이성적 감각이라든가 건전한 정신 등은 의미가 없게 된다. 따라서 시인이 세상의 중심을 "몸"으로 인식하게 되는 것은 당연한 결론이라 할 수 있다. 육체야말로 가장 감각적인 것이며, 그러한 감각은 현재의 시간에 의해서만 지각 가능하기 때문이다.

> 그날 우리는 모두
> 밀레니엄 베이비를 꿈꾸며
> 서둘러 집으로 향하였다 비록
> 아내에게 선물할 속옷 한 장, 아니
> 장미꽃 한 송이 없이 들어가는
> 막막한 퇴근길이었지만 더 이상
> 부끄러워 할 것도, 망설일 것도
> 없었다 이 흉흉한 세기말에

우리가 믿을 거라곤
제 몸뚱어리밖에 없다고,
그것만이 우리를 무사히
세월의 깊은 강을 건너게 해 줄 것이라고,
「밀레니엄 베이비를 꿈꾸며」부분

　인용시에서 시인의 습관적 행동은 거의 본능적인 것과 맞닿아 있다. 시인은 자신의 건강한 육신만 믿는 까닭에 '부끄러움'이나 '망설임' 같은, 이성에서 촉발되는 감정들은 의미가 없다고 생각하고 있는 듯하다. 오직 육신을 만족시키는 현재의 순간만이 중요하고 그 순간의 쾌락이 '흉흉한 세기말'의 알 수 없는 '세월의 강'을 무사히 건널 수 있을 것이라고 인식하고 있는 것이다.

　이러한 현재의식에 몰입하게 되면, 도덕, 관습, 법 등 이성의 영역은 사라지게 된다. 그리하여 "성인나이트클럽 용궁에서 흐느적거리거나"(「성인나이트 <龍宮>에서」), "애욕의 물결 출렁이는/세월의 강을 건너/오늘밤 나는 또다시/세상 밖으로 추락하"는 쾌감원칙에 충실한 자아를 발견하게 되는 것이다.

　양승준 시인이 이번 시집에서 가장 유효하게 사용하는 전략적 이미지가 바로 이 '몸'이다. 그만큼 몸(육신)은 시인에게 세상을 보는 매개이자 자기인식의 중요한 기준이 된다. 육신이 세상에 대한 기본 축이면서 자신의 생존방식이 되는 까닭이다.

　이렇듯 시인에게 육신은 세상을 딛고서는 수단, 곧 막막한 세월의 강을 함께하는 중요한 매개가 된다. 그러나 다른 한편으로 시인은 육신을 삶의 버거운 짐으로 인식함으로써 극단적인 대조의식을 보이기도 한다. 그것은 쾌감원칙에 충실한 육신이야말로 가장 근원적인 죄의 하나가 되기 때문이다. 이런 면에서 본다면, 몸(육신)은 시인에게 있어 대단히 이중적인 것이라 할 수 있다.

내 영혼 가야할 곳
십 리 가시밭 구렁이라 할지라도
죄 많은 육신 그 곳에 내던져
허망한 목숨의 죄 값을 치르고
영험하신 부처께 다다를 수 있다면
나 기꺼이
저 五體投地의 광야,
티베트로 떠나가리
그리하여 내 마지막 날
空腹의 독수리 뱃속에
세속에 찌든 내 한 몸
한 점 남김 없이 布施한다 하더라도
나 진정 행복할 수 있으리, 그 때
독수리여 독수리여
커다란 날개 접고 내려앉아
바위 위에 내던져진 나를 뜯어먹어라
내 영혼이 네 깃털만큼 가벼워질 때까지
(중략)
마음껏 하늘을 날으는 영혼을 가질 수만 있다면
나 지금 저 元始의 티베트로 떠나가
누더기 같은 내 靈肉의 환생을 위하여
밤마다 별과 바람과 광야를 노래하다
죽어도 좋으리

「티베트를 꿈꾸다」부분

현재의식과 쾌감원칙에 충실했던 자아에게 남는 것은 인용시에서 보듯 "죄많은 육신"일 것이다. 죄를 사면받기 위해서는, 혹은 일상의 무게와 흔적, 욕망을 벗어버리기 위해서는 육신으로부터 해방되어야 할 것이다. 이제 육신은 시인에게 막막한 세월의 강을 무사히 건너게 해주는 수단이 아니다. 오히려 몸은 세월의 강을 넘지 못하게 방해하는 장애물일 뿐이다.

시인이 시집 곳곳에서 육신에 대해 과감한 공격을 감행하는 것은 바로 이 때문이라 할 수 있다. 그리하여 육신을 "날아가는 화살촉에다 매달아

죽이거나"(「몸이 말을 듣지 않는다」), "갈수록 무거워지는 내 몸"을 "냄새 나는 양말을 벗어던지 듯"(「몸이 무겁다」) 육신으로부터 탈출하려고 한다. 혹은 「티베트를 꿈꾸다」에서 보듯 자신의 육체에 대해 피학적 의식을 보이기까지 한다.

결국 시인에게 정신의 영역이 육신으로 스며들어 올 때, 육신은 현실을 헤쳐나가는 매개가 되지만, 인용시의 경우처럼, 정신이 육신으로부터 떨어져 나갈 때, 시인에게 육신은 방해물이자 극복의 대상으로 바뀐다. 따라서 시인이 육신을 제어하고 성찰할 때 쾌감원칙에 충실했던 현재의식은 사라지고 과거에 대한 반성과 성찰이 틈입하게 된다. 시인의 자유로운 영혼의 비상에 대한 욕망은 바로 이 반성적 토대 위에서 비롯된다.

양승준 시인이 육체의 구속으로부터 벗어나 영혼의 자유를 추구할 때, 그의 시는 현재의식을 벗어나 미래로 향하는 시간감각의 변화를 가져오게 된다. 이는 육신의 죄의식을 벗어나 이성적, 도덕적 감각을 회복하는 것이면서 다른 한편으로는 그의 시가 새로운 단계로 나아가는 계기이기도 하다. 그것이 곧 사랑의식이다. 양승준 시인이 이번 시집에서 보여준 마지막 여정은 이 사랑의식에 있다고 할 수 있을 것이다.

사랑은 현재진행형이면서 미래진행형이다. 만약 진행성이 없는 것이라면 그것은 사랑이 아니라 한갓 추억에 불과할 것이다. 따라서 사랑은 전향적인 것이라 할 수 있으며, 이 의식에 충만될 때, 양승준의 시는 건강한 현재와 미래를 확보하게 된다. 이런 측면에서 보면 시인이 시집 2부에서 지속적으로 탐색하고 있는 '사랑에의 의지'는 영혼에의 자유와 밀접한 상관관계를 갖는 것이라 할 수 있다.

사랑은, 그렇게 왔다
우쭐대며, 내리는 봄비 사이로
두근거리는 가슴과, 이따금
허공에 초저을 두는 눈동자와,

좀처럼 젖지 않는 그만큼의 슬픔들을 데리고
툭툭, 터지기 시작한 天恩寺 산목련처럼
그렇게, 사랑은 왔다
내 안에 터 잡은 사랑아, 부디
한 발짝도 나오지 말아라
너와 함께 천년을
이 벼랑 끝에서 버티고 싶다

「사랑은 그렇게,」전문

시인이 사랑의식을 획득할 때 과거와 현재, 현재와 미래를 어둡게 무늬지게 했던 '막막한 세월'의 벼랑은 사라지게 된다. 막막한 세월의 자리를 육신 대신에 사랑이 들어오면서 그의 시는 '개같은 세월'이나 '막막한 세월'을 뛰어넘게 되고 '죄많은 육신'에서 벗어나게 되는 것이다.

시인이 지나온 여정에 대한 성찰과 갈 길로 대표되는 미래에 대한 기대가 이 사랑의식에서 완성된 것은 아닌가. 막막하고 힘겨운 '벼랑의 끝'에서 '자아의 흔들림'과 '육신에의 구속'을 붙들어매주고 벗어날 수 있게 해 주는 것이 이 사랑이며, 이것이야말로 시인이 탐색해 온 최후의 여정일 것이다.

상실을 통한 자아의 회복

나태주의 시

　여느 때와 같이 차분하고 정갈한 음성으로 서정을 말하고 있는 나태주 시인의 근작 시편들에서 두드러지는 것은 '하늘'의 은유가 돋보인다는 점이다. 그에게 '하늘'은 새나 나무, 바람과 열매 등 자연과의 동화감을 표현하기 위해 등장하는 사물들과는 다른 위치에 있다. 요즈음의 서정시들이 '사물에게 말걸기'라는 주제를 통해 인간중심적인 시선을 해체하려는 시도를 보이고 있다면 나태주 시인은 그보다 더 깊은 의미에서 사물과의 일치를 보이고 있다. 그것은 곧 인간의 죽음을 사유함으로써, 그리고 죽음을 '하늘'이라는 우주적 상상물로 표상함으로써 이루어내고 있다.

　　우리가 과연 만난 적이나 있었던 걸까
　　나무에게 말을 걸어본다

　　서로가 사랑한다고
　　믿었던 때가 있었다
　　서로가 서로를 아주 잘
　　알고 있다고 믿었던 때가 있었다
　　가진 것을 모두 주어도
　　아깝지 않다고 생각하던 시절도 있었다

과연 우리가 만난 적이나 있었던 걸까
바람도 없는데 보일 듯 말 듯
나무가 몸을 비튼다.

「나무에게 말을 걸다」

　우리는 위의 시에서 시인이 사물과의 완전한 조화와 일치의 시기가 있었으며, 그것은 오래전 믿음의 차원에서 그러한 것이었음을 읽을 수 있다. 또한 지금은 그 사물과 그저 담담히 말을 주고받는 시인의 근황 역시 탐색해 낼 수가 있다. 「나무에게 말을 걸다」에 의하면 시인에게 과거와 현재는 분명히 질적 차별성을 지닌 채 다가온다. 물론 그 사이의 변화에 대해 우리가 완전히 이해하는 것은 불가능하다. 그러나 과거의 심경이 고향에서의 유년 시절에 가능했을 것이라는 점은 쉽게 유추해볼 수 있다. 시인은 「아버지의 집」에 이르러 "파리 두어 마리쯤은/잡지 말고 그냥 두라"고, "오래 묵은 나무 기둥에/구멍을 파서 집을 짓고 알을 낳는/나나니벌은 더더욱 잡지 말라"고 말하고 있는데, 그래야 "비로소 아버지의 집에/어머니의 집에 내가 돌아왔구나/분명하게 느낄 수 있"으며 또 "그래야만 더욱 깊고도 편안한/낮잠의 골짜기로 빠져들 수 있"겠기 때문이라고　말하고 있기 때문이다.

　시인은 유년시절 자연의 존재들과 뒤엉켜 자랐고 그 속에서 무구하게 행복했던 기억을 가지고 있다. 그런데 현재는 불가능한 그때의 행복이 지금은 몹시 그립고 소중한 것으로 자리잡는다. 이렇듯 오늘의 시인에게 자연은 인간의 손에 의해 훼손되지 않아야 할 것으로서 영원한 신비와 평화로움의 정서를 불러일으키는 대상이다.

　그런데 지금 그가 「아버지의 집」에서 느끼는 안식과 평화가 과거와 이미 다른 시공에 있는 그에게 단순히 그전의 것과 동질적인 것이라곤 할 수 없을 것이다. 유사한 배경이 조성되었다 하더래도 말이다. 그것은 너무 많은 시간이 흘러 매우 다른 인식의 지점에 시인이 놓여 있기 때문이다. 「나무에게 말을 걸다」에서와 같이 "우리가 만난 적이나 있었던 걸까" 하는 낯섦과 의심은 그로부터 말미암은 것이다. 자연물과의 이물없는 일체감은 엄연히 과거에 속하는 것이며 그것과 유사함을 느낀다면 그것은 인위적인 상황 조성에 따른 것이라는 점, 그리고 그러한 설정에 의해 경험하는 안온함이란 '골짜기처럼 깊디 깊은 잠'의 지경과 흡사할 것이라는 점을 우리는 눈여겨 보아야 할 것이다.

의식이 홀연 단절되듯이 빠져드는 잠이 마치 순간적으로 육체에서 영혼이 빠져나갈 때의 경험과 비슷하리라는 상상을 우리는 간혹 한다. 짤막한 낮잠에서 길고 짙은 휴식을 느끼는 이유도 이와 같은 맥락에 놓인다. 마찬가지로 시인이 현재 겪고 있는 고향에서의 평화로움은 유년의 순진 무구한 것과 유사하면서 사실은 죽음의 순간에 가까이 닿아있는 '낮잠'의 내포를 지니고 있는 것이다. 말하자면 시인이 완전한 서정을 추구하면 할수록 그 자리에는 인간의 폭을 넘어서는, 무한의 세계로 빠져드는 문(門)이 형성된다. 나아가 이 모든 세계를 아우르는 것으로서 하늘이라는 우주적 공간이 표상된다. 하늘은 모든 사물이 궁극적으로 지향하는 대상이며, 따라서 인간이 죽음에 이를 때 사물들은 하늘의 뜻에 따라 움직여 인간에게 조사(弔詞)를 보낸다.

요컨대 시인에게 추구되는 새로운 서정의 세계가 있다면 그것은 죽음의 강을 본 인간의 시선에 의한 것일 것이다. 그 점이 여타 다른 서정시인들과 차별되는 부분이며 나태주 시인이 우주적 상상력을 구축하는 계기에 해당된다. 가령 「지상의 나뭇잎」이나 「초록별」, 「괴산(槐山)가서」에 나타나는 상상력은 인간이 죽음을 통해 사물과 하나가 되고 또 그러한 밀접한 관계를 하늘이 매개해주고 있음에 모아지고 있다.

시인이 죽었다
지상에 살던 한 시인이

하늘나라로 주소를 옮겼다
시인의 이름과 주소가
지상에서 지워짐은 물론이다

그가 키우던 새들도 노래를 멈췄고
그가 흘러보내던 개울물도 사라졌고
그와 함께 나뭇잎의 겨드랑이를 간지르던
바람의 손도 떠나갔다
이미 지상의 나뭇잎은 지상의
나뭇잎이 아니었다

오늘밤 별 하나
새롭게 반짝이는 걸
나는 바라본다.

「지상의 나뭇잎」

시인이 죽자 그를 받아 안아간 것은 하늘이고 하늘은 그를 '별'로 만들어 놓았다. '별'은 밤과 더불어 존재하게 되는데 시인의 이러한 존재 전환에 대해 사물들은 "새들도 노래를 멈췄고/ 개울물도 사라졌으며", "바람의 손도 떠나갔다"에서 알 수 있는 것처럼 기꺼이 동정(同情)을 표한다. 인간으로서 느꼈을 정서에 대해 사물이 공감의 몸짓을 보낸다는 것은 사물이 인간을 그들 세상의 일부로 받아들였음을 의미하는 것이다. 사물은 한 인간의 죽음을 슬퍼하는 것이 아니고 죽음에 대해 슬퍼하는 인간을 느낀다. 이러한 사물의 자세는 인간에게 종속되거나 인간을 지배하거나 인간을 배척하는 것이 아닌, 인간을 포용하는 마음의 세계를 지님으로써 가능하다. 그리고 이러한 태도는 하늘의 생리와 닮아 있다. 하늘은 모든 존재를 말없이, 그리고 한없이 품는다. 시인이 예찬하는 우리의 '한산 세모시 모시옷'에는 이러한 하늘의 이미지가 고스란히 담겨 있다.

무더운 여름날 한낮

한산 세모시 모시옷
단정히 차려입은 남정네
길거리에서 만나게 되면
그 남정네 뒤에
한 여인네가 어려 보인다
풀먹여 새하얀 모시옷 뒤에
조용히 웃고 있는 조선의
한 여인네
할 말이 있어도 조근조근
참아가면서 하고
급한 일 있어도 망설이면서
될 수록 천천히 하는
우리의 어머니이기도 하고
고모님이거나 할머님이기도 했던
그 여인네 젊었을 적
고우신 모습이 어려보인다.

「모시옷」

하늘이 죽은 이를 안아 '별'로 반짝이게 하는 품넓은 공간이듯이 고운 '모시옷'과 겹치는 우리 조선의 여인들의 마음은 차분함과 조용함을 지닌 것이 마치 '하늘'의 넉넉함과 같다. 여기에서 모든 존재의 궁극인 하늘은 격하게 요동치거나 변화무쌍한 이미지와는 거리가 멀다. 언제나 '조근조근'하게, '천천히' 움직이는 이미지가 하늘의 것이 된다. 그러하기 때문에 시인은 점차 하늘을 믿고 의지하며 하늘과 친근해지고 하늘의 생리에 익숙해질 수 있게 되는 것이다.

텃밭에 아무 것도 심지 않기로 했다
텃밭에 나가 땀흘려 수고하는 대신
낮잠이나 자 두기로 하고
흰 구름이나 보고 새소리나 듣기로 했다

내가 텃밭을 돌보지 않는 사이

이런 저런 풀들이 찾아와 살았다
각시풀, 쇠비름, 참비름, 강아지풀,
더러는 채송화 꽃 두어 송이
잡풀들 사이에 끼어 얼굴을 내밀었다
흥, 꽃들이 오히려 잡풀들 사이에 끼어
잡풀 행세를 하러드는군

어느 날 보니 텃밭에
통통통 뛰어노는 놈들이 있었다
메뚜기였다 연초록 빛
방아깨비, 콩메뚜기, 풀무치 어린 새끼들도 보였다
하, 이 녀석들은 어디서부터 찾아온 진객(珍客)들일까

내가 텃밭을 돌보지 않는 사이
하늘의 식솔들이 내려와
내 대신 이들을 돌보아 주신 모양이다
해와 달과 별들이 번갈아 이들을 받들어
가꾸어 주신 모양이다

아예 나는 텃밭을 하늘의
식솔들에게 빌려주기로 했다
그 대신 가끔 가야금이든
바이올린이든 함께 듣기로 했다.

「텃밭」

　　이 시에서 화자는 예의 '낮잠'을 즐기는 시인이다. 철저하게 인공적인
것을 배제함으로써 시인이 만난 것은 자연의 극치이다. 인간이 개입해 들
어가지 않을수록 자연은 그들 스스로 피어나 자신의 존재를 만개시킨다.
　　그런데 시인이 생각하기에 이러한 자연의 만상이 이루어질 수 있었던
것은 하늘의 존재 때문이다. 하늘의 조바심치지 않는 느긋하고 지속적인
보살핌이 있었기에 텃밭이 지극한 자연으로 태어날 수 있었으리라 보는
것이다. '내'가 낮잠 속으로 잠겨들어가는 동안 하늘은 땅을 가꾸어 온갖

자연의 물상을 품어내고 있었고 결국 '나'에게 그로 인한 만족감을 주는 것이 아닌가. '나'는 소위 '멋대로' 자란 잡풀들과 벌레들이 결코 싫지 않다. 오히려 그것들은 앙증스러운 드라마로 여겨지고 또 그들을 통해 하늘의 존재가 느껴지기 때문이다. 따라서 시인은 아예 텃밭에 인간의 손길을 보태지 않기로 결심한다. 바로 하늘에 모든 것을 위임하고자 하는데, 시인은 그렇게 함으로써 더 큰 만족과 평온을 얻으리라고 생각한다. 시인의 이러한 행위를 통해 우리는 시인이 하늘을 의지하게 되었음을, 또 하늘을 매개로 자연의 만물과 하나가 되고자 하는 것임을 어렵지 않게 알 수 있다.

여기서 볼 수 있는 것처럼 나태주 시인의 서정 세계는 단순히 사물과의 동화감을 구하는 것과는 다른 상상력으로 발현되고 있다. 시인은 지극한 자연스러움을 지닌 사물을 만나고자 한다. 그것이 유년의 추억이면서 시적 자아에게는 완전한 행복이다. 그러나 그것을 옛날의 것 그대로 경험하는 일이 가능한 일이 아니라는 것을 알고 있으며 그 사실 앞에서 몹시 당황하고 슬픔의 정서를 느낀다. 지금의 내가 그것을 느끼고자 하면 할수록 점점 더 죽음과 가까워지고 있음을 발견하기 때문이다. 사물과의 완전한 일체감은, 사물이 나를 받아주고 내가 사물 속으로 들어가는 길은 곧 죽음을 통해서만 가능한 일이다. 그런 의미에서 시인에게 '낮잠'은 양가적인 의미를 갖는 것이라 했다. 즉 잠 혹은 죽음은 나의 상실이면서 또한 나의 회복인 것이다. 시인이 이러한 사물과 인간과 시간의 구조 앞에서 얼마 동안 머뭇거렸으리라고는 쉽게 상상할 수 있다. 그리고 이러한 인식이 가져다주는 혼돈이 과연 극복될 수 있겠는가 하는 인간적인 질문도 가능하다.

그러나 시인은 하늘의 넓은 우주적 공간을 역시 믿음으로 받아들이는 듯하다. 그것이 또한 지금에 그치는 찰나적인 관념일 수 있다. 그러나 인간의 유한함을 하늘의 무한함이 안아주리라 하는 믿음은 우리에게는 큰 위안이 아닐 수 없다.

　시인이 전해주는 사물에 대한, 그리고 인간과 우주에 대한 이러한 인식이 새로운 서정 세계를 기다리는 우리에게 매우 소중한 것이라 할 수 있다. 요컨대 나태주 시인의 서정 세계는 사물에게 말걸기, 자연과 대화하기라는 친화 욕망 자체의 범주에 있지 않다. 그는 그것들과 인간의 운명을 포괄하는 보다 확대된 상상력을 하늘이라는 우주적 공간을 통해 구현하고 있다. 시인이 보이고 있는 하늘의 이미지는 인간과 사물과의 동질감을 보다 공고히 해주는 역할을 한다. 하늘은 곧 인간이 사물이 되어서 도달하는 곳이기 때문이다. 그러한 점에서 그의 서정의 세계는 자연을 회복하되 그것이 보다 인간적인 깊이에 의해 이루어지는 지점에 놓여있는 것이라 할 수 있다.

시조의 느림과 현대적 의미

강현덕의 시

　시조시인 강현덕의 작품들은 단정하다. 시조의 율격에 잘 맞추어진 탓일까. 그의 작품에서는 넘쳐나는 감정의 분출을 찾을 수 없다. 무감한 듯 이루어지는 노랫말, 그리고 잔잔한 서정이 물 흐르듯이 조용히 흐르고 있을 뿐이다. 그는 가만히 발길을 옮겨 다니며 시선이 멈추는 곳에서 잠시잠시 쉬곤 한다. 그러할 때 슬며시 고개를 들고 사물은 그에게 응답하는데, 그들의 대화는 시간이 정지하는 곳에서 새어나온다.

> 허옇게 배를 뒤집고 쥐 한 마리 죽어있었다
> 동네 누렁이 오줌으로 돌담은 늘 젖었고
> 한켠엔 개망초 꽃이 멋모르고 피곤했다
> 검은 굴뚝 위로 초저녁 별 뜰 때면
> 바람은 차례로 은빛 연기를 몰고갔다
> 개망초 철 없는 꽃잎도 휩쓸렸다가 돌아왔다
>
> 　　　　　　　　　　　　　　　　　　(「그리운 골목」중)

　특별하게 의미를 받고 있는 대상이 그의 시에서는 눈에 띄지 않는다. 마당의 작은 꽃잎들, 볕 잘드는 담벼락, 바람, 구름, 잡초, 가족 그런 범위

들이다. 그럼에도 불구하고 그의 작품들은 '일정함'이라는 강한 특징을
드러낸다. 시인의 시각에 포착되는 사물들은 모두 의미의 관심으로부터
비껴나 있는 예사로운 것들이라는 점, 그것들이 시인이 지닌 한결의 목소
리에서만 율동하고 있다는 점, 시인은 결코 그러한 사물들에 더 가까이
가지도 너무 멀리 벗어나 있지도 않다는 점들을 우리는 볼 수 있다.
  이런 일정함 때문인지 그의 작품들을 읽으면서 우리는 대상의 드라마
를 연상하기보다는 은연중 노랫가락에 우리 몸 전체를 싣고 있다는 것을
깨닫게 된다. 일반적으로 시에서 구하게 되는 시인의 정서나 의미보다는
시인의 음성을 들으려 귀기울이게 되는 것이다. 단지 사물들은 시인이
부르는 낮은 음에 실려 조용히 우리에게 전해질 뿐이다.

　　　　옥수수 붉은 수염
　　　　칙칙 늘어졌다
　　　　갉아먹은 잡초 위로
　　　　어린 염소 빙빙 돌고
　　　　바람도 비껴만 가네
　　　　여름 한낮 저 햇빛

(「가뭄」전문)

　　　　젖은 흙 위에
　　　　달팽이 한 마리 나왔다

　　　　치자꽃 머리 감고
　　　　뒤따라 나왔다

　　　　먼 길을 걸어 왔는데
　　　　아무 흔적이 없다

(「비 온 뒤」전문)

　「외감리」, 「장마」, 「오전 10時」, 「하얀 티티새」 등의 시는 가벼운 소재

를 다루고 있다는 점에서 쉽게 지나칠 수 있겠으나 바로 그 점이 그의 시의 특징을 엄격하게 드러내는 요소가 된다. 우연히 시인의 시선을 받은 사물들은 속 내를 드러내는 대신 한 편의 풍경이 되어 응한다. '먼 데서 하얀 티티새/ 나 몰래 날아와서/ 꽃인양/ 눈웃음 치며/ 꽃 가지에 앉아 있겠다'에서 우리는 사물의 작은 움직임을 만나게 된다.

한편 시인의 시선의 흐름을 따라가다 보면 문득 시간이 저만치 따로 존재하고 있음을 알게 된다. 시간이 잠시 멈춘듯한 착각, 이것은 강현덕의 시가 우리에게 가져다 주는 선물이 아닐 수 없다. 그의 시집 첫 시에 해당하는 「낙동강」의 '한 점/ 수묵화처럼/ 낙동강에 밤이 왔다/ 늘어진 강줄기로/ 달빛은 풀려있고'에서 한 음절 한 음절을 좇다 보면 어느새 우리의 정서는 차분해지고 절로 여유로와진다. 일정한 가락이 되어 급히 걷던 걸음을 무심결에 늦추는 표현이 '늘어진 강줄기', '풀린 달빛' 등에 있는 것이다.

여기에서 시조의 현대적 의미에 대해서 논의를 확대해 볼 수 있을 것이 다. 주지하다시피 시조의 정형률은 정서의 자유로운 표현을 억압한다 하 여 외면된 지 오래다. 가람 이병기를 비롯한 몇몇 시조시인에 의해 현대시 조가 시도되었으나 현대적 감각과 감수성을 시조가 담아내기에는 어느 정도 한계가 있었다. 시조의 의미를 전통의 계승이라는 시각에서 살펴 보면 문학 장르의 양적인 증가는 될지언정 계승을 위한 계승, 전통을 위한 전통의 차원을 벗어나지 못한 것이다. 지금까지 현대시조를 향한 노력이 폄하되었던 까닭도 여기에 있다. 또한 시조를 즐기는 것을 고아미 를 추구하는 특수한 것이라 하여 특정 부류의 제한된 취미로 여겨졌던 것도 사실이다.

강현덕의 경우 분명 시의 율격은 시조의 그것에 맞추어져 있지만 그는 상고취미와는 거리가 멀다. 의도적으로 자수를 세어보지 않는다면 이것 이 시조인가 하는 의식을 갖게 되지 않을 만큼 기존 시조가 지닌 관습이 여러 면에서 탈각되어 있다. 우선 소재의 자유로운 선택은 그 범위가 자연물, 역사물로부터 영화, 시사적인 것에까지 이르고 있으며, 어조 또한 무거움이나 엄숙함으로 채워지는 것이 아니다. 「모짜르트 베이커리」의 '쉿,/ 누가/ 배고팠던 음악가를 위하여/ 조그만 빵 하나를 남몰래 굽고 있어/ 잘 부푼 그의 음악처럼/ 결 고운 이스트로// 저것 봐/ 그의 빵이야/ 플룻 속으로 들어갔어/ 은빛 관을 간질거리는 저 하얀 식빵 조각/ 내 굽은 식도를 비웃듯/ 저 만치서 날 보기만 해'에서 볼 수 있는 것처럼 그의 시적 어조는 경쾌하고 가볍다. 또한 낙동강을 굽어보며 우륵을 회고하는 상고적 감각의 작품도 있는 반면 IMF의 고통을 호소하는 현실적 감각의 작품도 우리는 접할 수 있다.

강현덕 시조가 현대에 의미있는 시조로 자리잡게 하는 것은 그것이 전통적인 것과 관계하고 있기 때문이라기보다 보다 직접적으로 현대인과 호흡하기 때문이라 할 수 있다. 단순히 관심의 대상이나 소재의 측면에서 현대적인 것을 수용했기 때문이 아니고 그의 시조 자체가 우리의 호흡을 다스려준다는 점에 주목해야 하겠다. '한 그루/ 오동나무로/ 이 강을 건너 와서/ 하늘을/ 강물을/ 풀잎을 잠재우고/ 저 혼자/ 바람도 없이/ 울고있는 악사어'(「낙동강」중)에서처럼 우리는 그의 시의 정연한 호흡에 우리의 호흡을 맞추면서 그것을 곱게 다듬게 된다. 바쁜 호흡을 늦춰주고 정돈시켜 주는 요소가 그의 시조에는 있다.

이것을 현대를 느리게 살아가는 지혜라고 부를 수는 없을까. 일반적으로 우리는 현대시에서 우리가 현재 지니고 있는 호흡과 보다 더 일치시키는 방향을 추구하지는 않았을까. 그럴수록 시의 표면은 매끄러워지고 숨은 가빠졌던 것이다. 「이상과 모짜르트가 내 안에」의 '그들은 어둠까지 나누어 먹은 거야/ 몸통이/ 툭/ 떨어진/ 젊은 날/ 동백/ 두 송이'는 현재를 살고 있는 우리들 호흡의 빠른 속도를 그야말로 '툭, 툭' 끊는다. 그의 시조는 가속도 붙은 우리의 생활 리듬을 단절시켜 한 템포씩 더디게 걷는 연습을 시킨다.

길이 새로 나면서 옛집도 길이 되었다
햇살 잘 들던 내 방으로 버스가 지나가고
채송화 붙어 피던 담 신호등이 기대 서 있다

옛집에 살던 나도 덩달아 길이 되었다
내 위로 아이들이 자전거를 끌며 가고
시간도 그 뒤를 따라 힘찬 페달을 돌린다
                                    (「길」 전문)

　문명이 앗아간 것, 그리고 현대의 시간에 대한 인식은 시 「길」에 상징적으로 나타나 있다. 여기에서 나아가 문명화로 잃은 것들에 대한 그리움과 현대문명에 대한 안티테제기 그의 시의 여러 부분을 이루고 있다고 할 수 있는 것이다. 그는 언급했다시피 현대인의 속도 빠른 호흡을 그의 것에 맞춤으로써 우리에게 느리게 사는 법을 제시하는데, 이러한 그의 의도는 행가르기 및 언어의 반복적 사용, 말늘임 등에서뿐만 아니라 대상을 조우하는 그의 방식에서 보다 더 본격적으로 드러난다.

길은 어느 틈엔가 원시로 접어 들었다
거미줄같은 햇살이 나를 빨아 들이고
한 번도 본적이 없는 풀들이 밟혀 온다
여름 내내 피다 질 저 하얀 옥잠꽃
오늘은 발이 빠져 역사 속에 갇히고
시간을 감고 있던 물뱀 그 위를 지나 간다
                                    (「우포 늪에서」 전문)

　'원시'의 상태로 들어서야 사물을 발견할 수 있게 된 시인에게 사물들은 낯설고 신비롭기만 하다. 또아리를 튼 '물뱀'은 시인이 지나간 것들, 사라진 것들을 기억하는 순간에 비로소 몸을 풀어 시간을 받아들인다.

자연을 살고 있는 사물을 만날 때 시인에게 현재와 과거의 시간의 역리관계가 형성된다. 말하자면 시인이 시조의 가락을 통해 구하고자 했던 것은 느린 것, 그리고 잊혀진 채 정지해 있는 것을 위해 한껏 빈 공간을 열어젖히는 것이었다. 문명이 휩쓸고 간 흔적에 대한 회상과 기억은 그가 빈번히 사사로운 사물들을 시 속에 담는 것에서 이루어지는 바, 이들은 작은 움직임을 통해 느림의 시간과 공간을 형상한다.

구름이
달을 삼키고

달은
날 삼키고

……
어느 새
만삭되어

구름을 뚫고 나온
달

동그란
내 어깨 위에 내려와

노랗게
날 적시네

(「비오는 보름밤」전문)

다시 처음의 논의로 돌아갈 수 있을 것이다. 필자는 강현덕 시조의 특징을 '일정함'이라 보았거니와 주되게 시인의 시선과 사물과의 거리에 이러한 일정함이 느껴진다. 사물에 더 가까이도 멀리도 가지 않는 시인은 사물을 가만히 응시하면서도 표나게 그의 감정을 싣지 않는다는 것을 알 수

있다. 시인은 넘치는 감정을 드러내는 대신 그의 열정을 일정하게 정돈된
가락에 담고 있다. 그의 시가 서늘하게 여겨지는 것도 이 때문이다.

　　어제는 바람불어 배도 뜨지 않았다
　　흙먼지 날려서 마른풀도 눈감았고
　　아무도 이 겨울의 섬은 기억하지 않았다

　　휑한 선착장이 오히려 낯익어서
　　그렁그렁 맺힌 눈물 저 파도에 건네 주고
　　아래로 더 아래로만 긴 뿌리를 심는다

　　내 몫으로 돌아와 길게 누운 그림자에
　　방황으로 찢긴 닻 슬그머니 걸어두고
　　드러난 하얀 두 어깨 말없이 보듬는다

(「겨울섬」전문)

　시인이 시조를 택한 것은 무엇 때문이었을까? 일차적으로는 시조의
형식이 그에게 매력으로 다가왔기 때문일 것이다. 시조의 형식은 현대인
이 잃어버린 중요한 어떤 것을 상기시킨다. 시간의 여유를 갖는 차분함,
시조의 율격을 따르면서 우리는 부지불식간 이것을 얻게 된다. 반드시
고풍스런 것을 찾아다니며 대상에서 멋스러움을 떠올리지 않더래도 시조
의 가락엔 우리를 이끄는 힘이 있다. 시인은 이러한 힘을 십분 끌어내고
있는데, 그의 단정하고 일　관된 목소리, 사물을 대하는 방식, 그리고
그것들을 끌고가는 어휘의 사용이 이를 뒷받침하고 있다. 강현덕의 작품
들을 통해 우리는 문명을 살아가면서 무심하게 여겼던 것을 다시금 생각
하게 된다.

죽음과 삶의 변증법

오정국, 문정희, 홍신선의 시

삶과 죽음의 문제는 일반적인 철학적 주제이지만 일상 속에서는 그저 잊고 지내고 마는 관념 저편의 것이다. 문학 작품의 경우에서는 주로 죽은 이에 대한 추모의 정을 표현함으로써 죽음을 간접적으로 형상화하는 정도이다. 그러나 느끼기에 따라 죽음은 삶의 결 속속에 저의 자리를 차지하고 있는, 삶과 맞먹는 비중으로 우리를 짓누르는 실체이다. 게다가 문명의 부조리함은 현대인들에게 죽음의 가능성에 대해 더욱 민감하게 교시(教示)할 뿐만 아니라 인간의 수명을 연장시키는 과정에서 죽음의 모습을 선명하게 체험하게 해준다. 요컨대 우리의 삶이란 죽음과 맞물려 있는 것인데, 이것을 어떻게 느끼고 그와 관련하여 어떤 삶의 방식을 만들어가는가 하는 문제는 진부한 듯하면서 현대인이 외면하기 쉬운 주제라 할 수 있을 것이다.

오정국의 『내가 밀어낸 물결』이나 홍신선의 『자화상을 위하여』는 죽음과 삶이 얽힌 감각들을 본격적으로 다루고 있다. 시인들은 죽음의 의미에 관한 관념적인 사유보다 삶 속에 묻혀 그의 고개를 쳐드는 죽음 그 자체의 느낌을 번역하려 고군분투한다. 문정희의 『오라, 거짓 사랑아』 역시 이러한 주제망 속에서 삶의 현상을 섬세하게 읽어내고 있다.

1. 생과 사에 닿아있는 은유들

오정국의 『내가 밀어낸 물결』의 시편들에서 가장 지배적인 이미지는 '물'이다. 물은 곧 울음이고 죽은 이의 억울한 침묵과 닿아있다. 고정되지 않고 흐르는 물, 물방울이 되어 후두둑 떨어지는 물은 시인의 가슴에 죽은 이에 대한 추억의 자리를 만드는 동시에 그를 울음 속으로 잠겨들게 한다. 그리고 시인은 그 슬픔의 감각들을 집요하게 구한다.

내가 밀어낸 물결, 또 내게로 온다 아버지 돌아가신 뒤 눈물 한 방울 흘리지 못했다 올 여름휴가 이 강가에서 이렇게 끝나고, 아내가 느리게 느리게 아이들의 몸을 씻는다 입에 물을 머금고 달리던 생의 빛나던 순간들도 한잎한잎 어둠 속으로 떨어지고, 누군가 자꾸 내 등 뒤를 다녀 간다 지상의 괴로움 끝없어 바람불고,

날이 저물기 전에 마음이 먼저 어두워진다 어디선가 꽃잎들이 물방울 처럼 후두둑 떨어진다 지난밤에도 누군가 나를 다녀갔다 아버지인지도 모른다 몇 년 동안 눈물 한방울 흘리지 못한 눈동자가 강물에 젖는다 지상의 괴로움 끝없이 물결치고, 내가 밀어낸 물결 또 내게로 온다
「내가 밀어낸 물결」

'누군가 나를 다녀간다'는 느낌은 섬찟하지만 진실에 가까울 것이다. 온 몸을 오싹하게 휘감고 흐르는 전율같은 것, 그것은 설명하기에 난처하 면서 부정하기도 힘든 감각이다. 죽은 자에 대한 죄의식을 가지고 있는 자라면 그 감각은 더욱 우울하고 선명할 것이다("내가 잠이 들면, 누가 자꾸 내 곁에 눕는다/ 그걸 아버지라고 말하기는/ 아직 두려워," 「누가 자꾸 내곁에」). 시인은 아버지의 죽음에 대해 애써 외면하며 살아왔지만 죽은 자는 그를 평안하게 살도록 하지 않는다. '생의 빛나던 순간들은 한잎한잎 떨어지고', '지상의 괴로움은 끝이 없이 불어대'는 것이다.

시인이 호흡하는 공기, 스치는 바람, 구름이 지우는 그림자, 흐르는

물은 시인에게 예사의 사물이 아니다. 그것들은 바로 죽은 이의 흔적이다. 시편들 도처에서 발견되는 슬픔과 괴로움의 정서는 시인 스스로 죽음의 자장 속에 침윤되어 있기 때문인데 그것은 그가 죽은 이와 깊게 연루되어 있기 때문이다. 그는 울음을 삼킨 자가 갖게 되는 슬픔의 감정을 이해하고 있을 뿐만 아니라 그것을 '물밑을 헤엄치는' 감각으로 풀어내고 있다.

> 슬픔이란 저런 것인가, 강물위에
> 보자기처럼 떠 있는 치마들
> 그 아래
> 속옷 입은 채
> 헤엄치는 여자들
> (중략)
> 여름휴가
> 이렇게 저물고
> 슬픔이란 저런 것인가,
> 밝은 여름날 다 흘러보내고
> 울음 삼킨 듯
> 자맥질하여
> 물밑을 헤엄치는 여자들
>
> 「물위의 치마들」

인용시에서 '물밑'이란 '생의 밑으로 밑으로 떠내려가 무덤처럼 가라앉는 곳'(「물밑의 여름」)을 의미한다. 시인은 그곳에 잠겨 '물 밖의 사람들'과 자신과의 거리를 인식한다. '물 밖의 사람들'이 희희낙락하는 일상의 인간들이라면 자신은 '물살에 떠내려와' 그들과는 다른 시공간을 살아가는 자이다. 요컨대 그곳은 죽음의 공간이다.

시인은 여기서 그치지 않고 물의 존재론을 자기 삶의 긍정적 자세로 설정한다. 그것은 경쟁과 다툼의 일상에서 지친 자들이 비로소 휴식할 수 있는 공간이자 삶의 방법론으로 자리매김된다.

저 가파른 길 끝에 호수가 있어
차량들 앞다투어
커브길 오른다
한번은 왼쪽, 한번은 오른쪽
그렇게 몸 기울이며 살아온 사내들
여기 와서
아, 하고 허리를 편다

이 높은 산 위에서도 물은 저토록 평평하게 누워 있다
나무는 비탈에서도 수직으로 서 있고

누군들 물처럼 몸 눕히고 싶지 않으랴
사람의 평생이란
직립의 쓸쓸한 발걸음을 견디는 것,
물결은 제 몸을 낮춰 수평을 얻고
우리는 꼿꼿하게 몸 세워야 한다

여름 땡볕 아래 숨을 죽인
높은 산의 넓은 물
저녁이 오자 이윽고 숨을 고른다
기슭으로 밀려오는 물살이
크고 작은 발자국을 허물어
제 몸에 감추고

휴게소 건물의 모퉁이를 지우며
모서리도 없이 다가오는 일몰
우리 몸도 이렇게 모서리가 없는데
벽돌을 쌓듯
척추를 세워가야 한다
마침내 저 물처럼 몸 눕힐 때까지

「산정호수」

물의 존재론이 휴식의 긍정적 가치로 자리하고 있음은 「물위의 一泊」

에서도 잘 드러나고 있다. 시인은 저수지에서의 일박(一泊)을 '하룻밤의 유배'라 하고 있다. 그 때 시인에게 물결은 단순한 죽음 혹은 휴식을 의미하는 것이 아니고 '몇 겹의 생을 뒤척이는 것', '오래 참고 견뎌' '온몸으로 울음에 잠겨야'(「강화 밤낚시」) 만날 수 있는 것이다. 즉 '울음덩어리 인간'(「울음덩어리 인간」)이 되어야 하는 것인데 '울음덩어리'야말로 죽음의 감각이 아니고 무엇일까?

그 연장선에서 '물살'의 이미지는 곧 '먼지'(「먼지들」)나 '모래바람'(「이 끝없는 모래 속을 헤엄쳐」)으로 변용된다. 시인은 이들을 통해서 수많은 시간을 침묵하고 몇 겹의 생을 지나야 하는 울음의 감각, 즉 죽음의 감각을 형상화하고자 하는 것이다.

2. 살아있음의 감각

사랑에는 이면의 복잡한 감정이 도사리고 있고 행복에는 불행의 가능성이 전제되어 있듯이 생 또한 죽음을 배경으로 하고 있음이 주지의 사실이라면 문정희의 시편들은 그것을 일반적 사실로 환원시켜 애써 삶의 부면(浮面)들을 조명하고자 하고 있다. 그녀는 될 수 있는 대로 배경에 놓인 것들, 이면에 도사리고 있는 것들을 지우고 '지금', '이곳'의 순간적인 현상에 충실하고자 한다. 그러한 그의 노력이 얼마나 절실한가를 아는 것이 그의 시의 미학을 이해하는 요체이며 그녀의 삶에 대한 강한 애정을 확인하는 길이 될 것이다. 실제로 그녀는 삶의 현상이 어떻게 빚어지는가에 대해 분명하게 말하고 있다.

> 내가 만난 모든 장미에는
> 가시가 있었다
> 먹이를 물고 보면 거기에는 또

어김없이 낚싯바늘이 들어 있었다
안락하고 즐거운 나의 집 속에
무덤이 또한 들어 있었다
가족들과 나눠 먹은 음식 속에도
하루하루가 조용히 사라지는
두려운 사악이 섞여 있었다
사랑도 깊이 들어가 보면
짐승이 날뛰고 있었다
가시에 찔리며
낚싯바늘 입에 물고 파득거리며
내가 가는 길
그래도 나는 시 몇 편을
통행세로 바치고 싶다

「통행세」

사과가 내게 말을 걸었네
반쯤 깍다 둔 사과가
도르르 껍질을 감은 채
꽃병 속 장미가
갓 구운 빵과
잘 익은 생선이 내게 말을 걸었네
모든 것은 이와 같다고
이제 곧 사라질 거라고
삶은 반쯤 깍다 둔 사과이며
꽃병 속의 장미며 빵이며 생선이라고
당신이 이 여름의 햇살이며
서늘한 가을의 어느 날이라고
지금이 가장 아름다운 순간
여기가 가장 완벽한 구도라고
그리고 그것은 이제 곧 사라질 거라고
사과가 네게 말을 걸었네
정물화 속에서
당신이 지금 여기 있다고

「정물화 속에서」

시인이 쓰고자 하는 시는, 그가 보고자 하는 삶은 얼키설키 엉겨 있는 그 양상에 놓여 있지 않다. 다양한 관념으로 의미부여하는 것도 무의미하다고 시인은 생각한다. 이 시인의 시편들 대부분이 어쩌면 시를 위한 시, 단순한 사물을 위한 응시로 보일 수 있는 것도 시인의 이러한 관점으로 말미암은 것이리라. 사실상 「평화로운 풍경」, 「분수」, 「첫눈 온 날」, 「가을산」, 「민들레」 등등 일련의 시편들에서 무게있는 관념이나 의미를 찾아내기는 힘들다. 다소 고약하게 말하자면 그저 시간의 무료함이 묻어나는 시편들이 아닌가하고 질문할 수도 있을 것 같다.

그러나 바로 그러한 시를 구성하는 시인의 방법론이란 '지금 여기', 곧 현재의 시간, 현상의 실재에 충실하는 것이다. 그러한 시인의 관점이 그의 삶의 방식을 결정하는데 작은 것을 소중히 여기는 자세도 바로 그러한 관점에서 비롯되는 것이다.

고승을 만나러
높은 산에 가지 마라
절에도 가지 마라
세상에서 가장 낮은 산그늘 아래
새로 눈뜨는 햇살을 들추면
거기 은빛 머리 부드러운
고승들 무더기로 살고 있다
조그만 바위 암자처럼 곁에 두고
얼었던 상처 맑은 물로 풀어 편안한 뿌리
살랑살랑 마음으로 흔들며
솜털이 즐거운 고승들
거기 무더기로 살고 있다

「버들강아지」

시인이 '버들강아지'를 '고승들'이라 부를 수 있는 상상력은 시인의 예의 방법론으로 말미암은 것이다. 먼 곳에서 복잡한 의미를 구할 것이

아니라 작고 가까이 접할 수 있는 것에서 가치를 찾아내는 것이다. 문정희
는 여기에서 그치지 않고 '버들강아지'가 보이는 현상을 아름다운 묘사로
풀어낸다. 시인의 이러한 시선이 인간의 시간에 대한 절대적인 긍정과
애정에 의해 가능했음은 두말할 나위가 없다. 또한 이와 같은 현재 긍정의
자세는 그녀의 소망과 꿈에 닿아있다.

> 가령 사과를 먹듯이
> 시간을 그렇게 먹다 보면
> 1년 내내 땅이 보호하고
> 햇살이 길러낸
> 한 알의 붉은 사과를 먹듯이
> 그렇게 조금씩 향기를 먹다 보면
>
> 그 향기로 사랑을 시작하고
> 그 빛깔로 사랑을 껴안다 보면
> 아름다운 자연처럼
> 푸르게 다시 태어날 수도 있으리
>
> 또한 그 힘으로
> 지상의 우울을 조금씩 치유하고
> 고즈넉한 웃음들을 만들기도 하리
>
> 「사과를 먹듯이」

　작은 사물과 하찮은 존재와 사소한 시간에 대한 따뜻한 애정으로 부정
적 삶이 회복되는 과정을 시인은 꿈꾸고 있는 것이다. 이러한 그녀의
소망은 결코 주제를 피해가는 것이 아닐 것이다. 확실히 문정희의 시들은
밝고 가벼움으로 채색되지만 그러한 것들은 삶의 부조리에 대한 분노와
고통이 없이는 형상화되기 어려운 것들이다.
　「어떤 선물」에서의 능청스러움과 익살이 돋보이는 것도 이 때문이다.
이 시에서 시인은 현재를 절대 긍정하는 듯하면서 현재 그 자체가 모순과

부조리에 다름 아니라고 말한다. 역으로 말하자면 현재가 부조리함에도 불구하고 그것을 있는 그대로 받아들일 수 있다는 것이다. 이러한 넉넉함은 흔히 보기 힘든 그녀만의 여유라 할 수 있을 것이다.

　시인이 현재의 시간 앞에서 이와 같은 여유를 보일 수 있는 힘은 무엇일까? 설령 그것이 '감옥'일지라도 '축하의 선물'로 바칠 수 있는 역설의 근원은 무엇일까? 요컨대 그녀의 현재에 대한 절대적인 긍정은 곧 생에 대한 무한한 사랑에서 비롯되는 것이다. 그것이 그녀의 시선을 지금, 이곳의 모든 사물에 귀기울이게 하는 원동력이며 그것들을 유쾌하게 받아안도록 하는 것이다. 시인은 어둠, 불행, 죽음 이면의 생 그 자체를 온 감각으로 만끽하고자 한다. 그러한 시인에게 생의 이면의 것들은 배경으로만 존재하는 것들, 다시 말하자면 생의 다채로움을 온전하게 드러내기 위한 바탕 화면에 해당된다.

3. 삶과 죽음의 함수

홍신선의 「마음경(經)」 연작시는 죽음을 내포하는 삶의 모습을 주로 담고 있다. 살아가는 이들에게 죽음은 남의 일이나 관념이 결코 아니다. 아들을 앞서 보낸 뒤 절에 다니기 시작한 어머니나 부음을 알리는 새벽의 전화 소리는 죽음을 직접적이고 민감하게 느끼도록 하는 것들이다. 죽음은 그것을 접한 이의 내면을 공동처럼 텅 비게 만든다. '텅 빈 내부'(「마음경13」), '투명한 적막'(「마음경14」), '고막 터진 귓속처럼 먹먹함'(「마음경16」) 등이 죽음을 접한 순간 느끼는 감각이다.

그러한 내면의 감각을 느꼈던 자가 그 적막을 견디지 못해 '먼 독경' 소리를 찾게 되는 일은 어렵지 않게 볼 수 있는 것이다. 종교가 우리에게 가장 절실한 실체로 다가오는 것도 죽음 즈음의 일이고 보면 소위 수도(修道)는 죽음의 자장(磁場)을 다스리기 위한 행위에 다름 아니다.

홍신선이 「마음경」에서 구하는 것 역시 죽음 앞에 놓인 인간의 내면의 모습이다. 그런데 그것이 다만 추상적인 죽음을 대상으로 한 것만이 아닌 다분히 문명비판적 함의를 띤다는 데에 그의 시의 특징이 있다. 예컨대 시인은 20세기의 인간의 삶을 '폐허'라 진단하고, 그로부터 구도의 행위가 비롯됨을("아이엠에프 홈리스도 스모그도 개인파산도/ 몸 열어 아프게 받아들이는/ 늙은 작부인/ 지상/ 오늘은 이 폐허가 화엄이구나"「마음경15」), 그러나 바로 그 폐허와 같은 문명 탓에 구도의 마음이 온전할 수 없음을 역설한다.

> 정신을 선에
> 때때로 푹 절였다 꺼내놓는다
> 햇볕 속 한나절
> 간국은 흘러서 빠지고
> 비로소 후줄근히
> 본래의 바탕대로 비실비실 펴지는

꾸겨 던진 호적등본처럼 펴지는
내다 넌
적막
한 벌.

벗어든 생각들이 사물의 팔에서
제각각 20세기 빨래처럼 삭아가고 있다
「마음경18」

장좌불와(長坐不臥)로 왜 낮밤을 새는가
왜 폐품 대형냉장고처럼 온몸 휑뎅그레 비워놓고
마음은 몸 밖 어디를 나가 싸도는가
왜 생각 다 꺼내 짐 지고 주야로 떠도는가

밤새도록 귀머거리 물소리들만이 앞다투어 고함치는
똘마니로 인상 쓰고 쏘 다니는
절집 경내
우리는 묵언수행중이었다
「마음경21」

　　오늘날 우리의 구도(求道)는 20세기적 특수성으로부터 벗어날 수 없다. 죽음의 자장(磁場)이 종교로 나아가게 한다면 현대 문명은 죽음 그것이므로 구도의 내용은 문명적인 삶과 밀접하게 관련된다.

　　그런데 그렇게 시작된 구도는 엄숙함과 권위를 보장받지 못한다. '선(禪)을 행한 정신'은 기껏해야 '꾸겨던진 호적등본처럼 비실비실 퍼지는 것'에 불과하며 '낮밤을 새워가며 묵언 수행하'지만 마음은 '폐품 대형냉장고처럼 몸을 비워놓고' 방향없이 '나가 싸돌아 다닌다'. 또한 20세기 문명의 삶은 그 자체가 죽음이라는 인식을 반영하듯 그의 시적 은유 역시 삶과 죽음, 생물과 비생물의 구분을 넘어들며 제시된다. 따라서 자연의 잠언에 대한 외경심 대신 그에 대한 조롱이 있으며 구도의 행위는 역설로 풀이된다.

> 쏟아놓고 보면 삶도 죽음도 한 깡통 속에 담겨 있었다
>
> 잠든 고요 속으로
> 겁탈하듯 슬그머니
> 손 집어넣다
> 물컹하고 쥐이는
> 숨어 있는 사물의 팅팅한 육감에
> 소스라치게 놀란
>
> 어느 소리의 굳어 있는 얼굴이
> 온밤내 골목 안
> 방범등이 효수 대가리처럼 짓궂게 걸려 있다
>
> 인근 갓난풀들의 목구멍 속에는
> 삼키다 만
> 잔광 몇 도막
> 생선가시처럼 아프지 않게 박혀 있다
> 무심히 반짝거린다.

그의 시 어느 곳에서도 신성불가침의 영역은 발견되지 않는다. 삶도 죽음도 아니고 생물도 자연도 아니다. 사물은 짓궂게 왜곡되고 냉소적으로 묘사된다.

삶이 지닌 생명성을 부정하고 또한 죽음을 공포로 인식하지 않는 시인의 관점은 문명에 대한 환멸에서 비롯된다. 그에게 도시 문명은 피폐해질 대로 피폐해진 천민자본주의이고 '아이엠에프'와 환경오염과 같이 구체적인 것이다("…신흥문명의 폐허들// 시멘트 고층 아파트 단지와 고속도로, 프로야구 끝내고는 비디오,/ 혹은 마이카 뒤 트렁크에 윤락과 권태들 싣고 달리다…"「세기말을 오르다가」). 이후 「시골에 살리」, 「한강 둔치에서」, 「치매의 노래」, 「이사」 등 시편들에서의 '떠남' 모티브가 문명화된

삶에 대한 부정을 말하는 것은 물론이다.

　그렇다면 그 후에 그가 만나고자 하는 것은 무엇일까? 그것은 '비로소 환히 내부를 드러내놓은 텅 빈 아파트'(「이사」), '폐정(廢井) 속 깊은 밑바닥에서 울렁이는 관능을 길을 수 있는 곳'(「시골에 살리」), '묘지 앞 텅 빈 주차장'(「치매의 노래」)과 같은 '빈 공간'이다.

> 내 어느날 가출하리
> 새벽은 숨죽여 소신공양하는 늙은 비구처럼 고요하고
> 여든 살 치매 앓던 내 아버지같이 마른 통북어같이
> 아무도 모르게 집 나가리 잠적하리
> 흉가처럼
> 먼 옛날부터 오래 비워둔 기억세포에 가서 놀리
> 때 이른 황사바람을 헌 목도리처럼 두른 개자리꽃이
> 식발한 맨머리로 숨어서 떨던
> 동학사 오르는 초봄의 추운 길이나
> 말없이 서로 마음 바꾸어 앉은 채
> 나머지 취기마저 깨기를 기다리던
> 국립묘지 앞 텅 빈 주차장에서
> 내 한나절을 놀리 다시 넋 빼놓고 그대 설움과 정신 없이 놀리
> 아니다, 색깔 몇 벌씩 누렇게 벗은
> 열한 칸 흑백사진 속 생가에 들러
> 길로 자란 그리움을 베어서 엮은
> 망각이 바삭바삭하는 그대의 묵은 편지들 다시 펴서 읽으리
> 죽음 위에 걸터앉아 애를 낳는
> 협착한 자궁에서 난산으로 늑장부리는 흐린 희망들을 낳는
> 산통중인 별들을 산국 끓이는 홀아비처럼 바라보리
>
> 「치매의 노래」

　페허가 된 문명을 거부하고 그가 찾아가는 곳은 단순히 '시골'과 같은 훼손되지 않은 자연은 아니다. 그는 시간과 공간이 무화된 '텅 빈 곳'을 찾고자 한다. 그곳은 세속과의 모든 인연이 단절된 절대적 공간으로, 가령 '묘지 앞 텅 빈 주차장'과 같이 '넋을 빼놓을' 수 있는 곳이다. 그것은

죽음과 같은 것이다. 요컨대 시인은 죽음인 삶을 부정하고 삶인 죽음을 찾아나서는 형국을 보이고 있는 것이다.

그가 찾을 수 있는 절대공간이 매우 협소하고 특수한 것이 아닌가 하는 문제도 있을 수 있다. 하지만 시인은 우리 현대인들에게 있어서, 그리고 유한한 삶을 사는 인간에게 삶과 죽음이 어떻게 밀착되어 있는가에 대한 하나의 모델을 제시하는 성실한 시도를 보이고 있다고 할 수 있다.

대립적 사유의 수평적, 포괄적 통일

김지하의 시

　민중의 삶에 대해 깊이 통찰하는 자라면 인생의 야누스와도 같은 성격
에 익숙할 것이다. 쉽게 안식할 수 있게 하지 않는 삶, 불만족하면 할수록
더욱 괴롭게 들러붙는 삶의 패턴들, 모순으로 가득찬 인생의 내용들, 시인
이 살고 있는 삶의 조건 역시 누구나 그러하듯 비슷할 것이다.

　따라서 시인의 시선이 향하는 곳은 그 자체로 생명을 느끼게 하는 존재
들이다. 보리밭이 피어나는 고향, 봄으로 무르익는 하늘, 보름달 그득한
높디높은 산 같은 것들. 그러한 존재들은 시인의 울적한 마음을 뒤흔들고
그리움에 보채게 한다. 삶의 부조리함 가운데서 지칠 때 마다 시인은
그러한 대상들을 떠올린다. 그러나 그러한 존재는 그야말로 먼산바라기
하듯이 대면하는 것들로서 생의 측면에서 보면 추상적이기만 한 것도
부인할 수 없을 것이다.

　『화개』를 읽다보면 생명적 존재들이 구체적인 인간의 삶 속에 어떻게
자리를 잡아가는가, 그에 따라 그들의 추상성이 어떻게 사라지는가를 살
펴볼 수 있다. 또한 그러한 과정은 시인의 인생관을 엿볼 수 있는 계기도
될 것이다.

김지하의 새시집 『화개(花開)』의 세계는 생의 양면성이 이루는 변주로 들린다. 고통과 안식, 삶과 초월, 인공과 자연, 열림과 폐쇄, 운동과 정지 등의 대립적인 것들이 같은 무게로 대등하게 병렬된다. 각각의 두 국면은 그것들 자체로 존재하며 각자의 방식을 드러낼 뿐 서로 섞이거나 화해하는 일은 없다. 따라서 시인은 이들 사이에서 혼란과 무질서를 느낀다. 그는 당황스러워 할지라도 평화와 이해를 얻기는 어려워 보인다. 또한 사정이 그러할수록 시인은 삶의 저편에 놓인 것들을 망연히 바라보게 된다.

<blockquote>

한식청명
낼모렌데

눈이 내린다 내려
영동산간에 내 마음에

절기 뒤틀린 세월이
꽃 속에도 몰아쳐

수상한 꽃샘 닥치고
이상한 내 삶 덮치고

아파트에 오는 봄
봄 같지 않아

먼 하늘 너머
고향 보리밭 그리움

문득 봄비 소리에 놀라며
'봄은 봄인가?'

</blockquote>

「한식청명」

<blockquote>

원보가 싫어하는 초생달 뜨고

</blockquote>

그 밑 한 뼘쯤 아래
원보가 좋아하는 별도 떴다

봄은 익어 둥둥둥
내 가슴에 떨어지고

나는
내 아들들 속에서
둘로 넷으로
혹은 다섯으로
좋거니 싫거니 찢어진 채로
집으로 집으로 향해 걸어간다

이렇게 살아 있음이
희한쿠나

하늘에서는 이미 아우러진 걸
내 아들들 속에서만 내가 찢어져

나는 찢어져
찢어진 그대로 비틀비틀
이렇게 걷는다

희한쿠나

봄은 익어 둥둥둥
내 가슴에 떨어지는데.

「밤 산책」

　‘절기 뒤틀린 세월이 꽃 속에도 몰아’치고 ‘이상한 내 삶 덮친다’라든가 ‘하늘에서는 이미 아우러진 걸 내 아들들 속에서만 내가 찢어진다’는 식의 대상에 대한 병렬적이고도 대립적인 인식이 이번 시집의 주조음을 이루는 특징이자 낯설게 느껴지는 요소들이다. ‘생명사상가’쯤으로 단순히 자연시를 읊조린다거나 구체적 삶의 국면들을 생략한 '심오한' 우주론을 기대한 독자들에게 시인의 이러한 접근은 다소 도발적이다. 더군다나 특정한 대상에 대해 '뒤틀리'고 '찢어짐'과 같은 부정적 인식을 가지고 있는 것은 새시집을 접하는 이들의 마음을 불편하게도 한다. 그것은 시인에게 해결되지 않은, 해결해야 할 무엇인가가 있음을 드러내는 것이기 때문이다.

문제는 부정적 대상들이 긍정적 국면과 어떻게 함께하는가, 그것들이 과연 시인의 인식론적 깊이 속에서 융합될 수 있는가, 그리고 각 국면들의 성격은 고정적인가 하는 것들이다.

> 지옥에 청정한
> 나무 한 그루만
> 잎새 하나만 있다면
> 그것은 하늘
> 생명의 기억,
> 나무처럼 잎새처럼
> 팔을 벌리고
> 창세기를
> 창세기를
> 다시 시작하리라.
>
> 「지옥에」

위의 시는 시인의, 대상들에 대한 이중적 사유를 그 어느 시보다도 분명하게, 어찌 보면 도식적으로 드러내고 있다. 결론부터 말하면 시인에게 부정적으로 인식되는 것은 바로 그가 살고 있는 삶의 터이다. 그것은 '지옥'이라는 말에서 알 수 있다. 반면 그에 대응하는 대립적인 대상은 훼손되지 않은 자연물이다. 그것이야말로 시인이 말하는 '생명'의 근거인 것이다. 시인은 그러한 것으로 '나무', 더 작게는 '잎새'를 지시하고 있는데 이들 생명의 존재는 아무리 사소한 것일지라도 부정적 삶 속에서 전경화되어 생을 주도하는 힘이 된다. 아무리 하찮고 작은 것일지라도 그것이 '생명의 기억'을 지닌 한 '하늘'이 되기 때문이다.

사실 이러한 사고 방식은 전혀 새롭지 않은 것이다. 작은 희망이 절망적인 삶을 살아가는 동력이 된다는 생각은 매우 일반적인 것이다. 그러나 『화개』의 시편들은 우리에게 강한 인상을 남기는데 그것은 시인 스스로 대립적인 것을 아우르면서 우주적 지평으로 상상의 장면들을 이동시키고자 하는 집요한 노력을 보이기 때문이다. 시인은 '생명의 기억'만 존재한다면 '지옥'이 곧 '하늘'이 된다고, 그렇다면 그는 그 속에서 '창세기'를 시작하겠다고 '선언한다'. 또한 "내 가슴에 달이 들어/내 가난한 가슴에/보름달이 들어"(「短詩 둘」)라든가 "내일 새벽/ 나의 죽음 뒤에/ 아마도/ 별이 뜰 것이다// 불쌍한 우리 네 식구처럼/ 네 개의/ 푸른 별 뜰 것이다// 우주의 비밀이다/ 살아서는/ 내 몸 속에 빛나던,/ 아름답던,// 나를 이제껏/ 살게 했던// 그 별이 처음으로/ 우주에 뜰 것이다"(「별」)와 같은 시들을 통해 상상력의 특징을 드러낸다.

이와 같은 시인의 상상력은 사물에 대한 변증법적 인식을 바탕으로 세계를 총체적으로 아우르고자 하는 사유를 반영하고 있다. 곧 우주적인 얽힘이 번뇌의 삶을 생명으로 피워낸다는 것이다. 그리고 시인이 확보한 우주적인 통찰 속에서 비로소 "늙고 병드는 건/ 다시 태어나는 것"(「늙음」), "天刑이여/ 天刑이여/ 모질도록 아름답네라"(「天刑」), "죽고 싶어도/ 죽기 어려운 것// 우주가 날 이끌고 있어/ 튕기고 이끌고 또 튕기고// 살고 또 살아/ 갚아야 하리니/ 이 은혜를 갚아야"(「되먹임」)와 같은 진술들이 가능해진다. 이것들은 모두 고난의 삶이라도 그것을 우주적 지평에서 받아들였을 때 긍정으로 이끌어진다는 인식을 보여준다. 요컨대 우주적 통찰의 관점에 서면 모든 대상은 대립과 화해라는 변증법적 관계망 속에 놓이는 것이다. 시인의 시에 그토록 역설적 진술이 많은 이유가 여기에 있다.

대립하는 대상들을 융합의 경지에서 바라볼 수 있게 될 때 그러한 시선
을 가진 자의 마음은 매우 섬세하고 깊어진다.

> 가랑잎 한 잎
> 마루 끝에 굴러들어도
> 님 오신다 하소서
>
> 개미 한 마리
> 마루 밑에 기어와도
> 님 오신다 하소서
>
> 넓은 세상 드넓은 우주
> 사람 짐승 풀 벌레
> 흙 물 공기 바람 태양과 달과 별이
> 다 함께 지어놓은 밥
>
> 아침저녁
> 밥그릇 앞에
> 모든 님 내게 오신다 하소서
>
> 손님 오시거든
> 마루 끝에서 문간까지
> 마음에 능라 비단도
> 널찍이 펼치소서.

「님」

그는 세상을 우주적인 큰 품으로 감싸안고 있기 때문에 아주 작은 존재
를 통해서도 마음의 평정을 얻을 수 있다. '가랑잎', '개미', '흙', '물' 등
모두를 '님'이라 한 것도 이와 같은 이유에서이다. 시인에게 '님'은 일상의
삶을 사는 자신의 마음을 우주적인 평화의 경지에 이르도록 하는 존재를
일컫는다. 또한 이러한 경지에 놓이면 사람이나 벌레, 짐승과 태양 등
모든 대상은 각각의 개별적인 존재치를 지니기에 앞서 모두가 동등하게

다가온다. 긍정이나 부정과 같은 편가르기의 차원을 벗어나는 것이다. 그것들은 균등하게 '나에게 오'는 것이며 와서 '님'이 되는 것, 곧 생명의 근원이 되는 것이다. 이러한 시인의 세계는 인식이 확대될수록 보다 더 공고해진다.

> 병으로
> 오래 외롭다 보니
>
> 사람이 사람에게
> 한울님인 걸 알겠다
>
> 메마른 겨울 나무
> 한 오리 바람에도 마저
> 반가움이 앞서는데
>
> 전화벨 소리에 가슴 뛰는 소리
> 손님 맞는 마음에
> 비단 깔리는 소리
>
> 기이할 것 없다
>
> 본디 세상은 한울이었던 것
> 이제껏 내가 잊고 있었던 것
>
> 외롭다 보니
> 외롭다 보니
> 병이 스승인 걸
> 이제야 알겠구나.

「한울」

사람이 작은 미물조차를 두고 생명의 근원이라 볼 수 있는 것, 사물과 사람 모든 대상을 동등한 우주적 가치로 보는 것은 오히려 관념적인 일에 속할 수 있다. 모든 사물은 일정한 거리에 놓인 관조의 대상이 되기 때문이다. 그것들은 삶에 지친 인간들의 쉼터가 되어 위무해주는 곧 생명의 존재이다. 그러나 사람이 같은 사람에게서 안식을 얻기는 쉬운 일이 아니다. 사람이란 나의 삶을 구성하는 직접적인 요소로서 서로 접하고 부대끼는, 따라서 부정적인 삶을 형성하는 요인이 될 소지가 크기 때문이다. 말하자면 그것은 관념의 차원에서 논할 수 있는 존재가 아니다.

그러한 사람에게 시인은 '한울님'이라는 최대의 경의를 표하고 있다. '전화벨 소리에 가슴이 뛰며' 그를 가장 귀한 '손님' 맞듯이 공경하게 되었다. 사람이 나에게 생명의 근원이 되리라는 것은 공기와도 같이 의식하기 힘들었던 일이다. 그러나 사실 사람은 나무나 달이나 별, 하늘 등 우리에게 우주적 세계를 연상케 하는 것들보다 더욱 소중한 존재가 아닌가. 그러므로 그러한 깨달음이 '기이할 것'도 없는 것이다. 그럼에도 불구하고 비로소 사람이 관념의 차원에서가 아닌 마음으로부터 반가운 존재로 시인의 삶 속에 들어왔다는 사실은 중요한 의미를 지닌다. 사람은 더 이상 서로가 서로에게 상처입히고 상처입는, 서로에 대해 지배와 피지배의 관계 속에 놓이는 존재가 아니기 때문이다. 따라서 시인에게 부정적으로 인식되던 삶의 국면들은 많은 정도 해소될 것이다.

이제 시인의 마음이 닿지 않는 대상은 없다. 하늘에서부터 땅에 이르기까지, 그리고 사물, 벌레에서부터 사람에 이르기까지 시인은 모든 것이 한 세상 안에 품어지는 생명의 존재들임을 마음으로 받아들이게 된다. 모든 것이 '한울' 안에 드는 '님'들이기 때문이다.

긍정적 대상과 부정적 대상을 엄격히 구별하던 시인의 시선은 뫼비우스의 띠처럼 안과 밖을 구별하지 않는다. 생의 부정적 국면들이 힘에 겨워 '찢어지고', '뒤틀림'을 경계하던 시인의 마음 속에서 생명의 근원이라는 긍정적 대상들의 폭이 점점 넓어지더니 결국 자신을 '뒤틀리고 찢어지게' 하는 대상조차 끌어안는 결과가 된 것이다. 부정적 국면과 긍정적 대상 사이의 대립적인 관계는 이제 흔적도 없이 사라져 모든 것은 동등한 위치와 동등한 가치로 우주 안에 드는 존재들이 되었다. 따라서 이제는 어느 것이 생명이고 어느 것은 비생명이라는 구분도 의미가 없다. 모든 것이 우주적 세상 속의 생명의 근원이기 때문이다. 시인의 신작시집『화개』의 의의가 바로 여기에 있다.

사물을 향한 새로운 실험들

1.

새로운 세기에의 기대와 더불어 시작된 신서정의 경향은 이제 단단한 결실을 보는 것 같다. 최근 시인들의 시선에서 미지의 시대에 대한 불안과 동요는 쉽게 찾아볼 수가 없다. 내면의 깊고도 긴 방황 대신 시인들은 작지만 평화로움이 넘치는 세계에로 자신을 몰입시키고 있기 때문이다. 『시와시학』(2001, 가을)의 구재기와 김진하의 「꽃」, 「솔(松)」이나 「눈꽃」, 「석양과 저울」, 『현대시학』(2001, 9월)의 오규원의 「아침과 저녁」, 「강과 사내」, 서정춘의 「覆面」, 「거미」, 유재영의 「소행성」, 「안식」, 「세한도」, 『시와사상』(2001, 가을)의 권택명의 「여름 단시(短詩) 수제(數題)」, 김완하의 「어둠에 들다」 등은 새로운 서정시가 정착된 양상을 충분히 보여주고 있는 시편들이라 할 수 있다.

이들 시편들에 담겨 있는 시인의 시선들은 먼 곳을 향해 있지 않다. 시인의 주변, 사람들과 이웃한 곳, 작지만 분명한 숨소리를 지니고 있는 것들을 향해 있기 때문이다. 지난 세기 거대담론의 추상화 경향 속에 잊혀져 왔던 존재들이 이제 시인들의 시선을 통해 우리 삶의 일부로 다가 오기 시작한 것이다. 사실상 도시화와 산업화의 바퀴에 치여 파괴되던

이들 존재는 시인들에 의해 더이상 인간의 타자가 아닌 인간과 더불어
호흡하는 생명체에 속하게 되었다.

어둠에 바람 지나는 소리를 들었는가
소나기 후둑이던 소리를 들었는가

갓밝이에 새소리 요란함을 들었는가
비로소 아침이 오는 소리를 들었는가

곱디고운 이웃집 새댁
처음으로 몸을 푸는 소리를 들었는가

이슬 가득 달고 있는
아침 햇살 속 붉은꽃 한 송이

「꽃」

구재기가 「꽃」에서 구현하고 있는 것은 미세한 움직임과 소리를 지니
고 있는 세계이다. 그러나 실은 우리 인간에게 미세하다 할 뿐이지 어둠과
밝음, 바람과 물, 새와 꽃들이 중심이 된 세계에서라면 그들이 내는 소리
와 움직임은 결코 작은 것이 아닐 것이다. 사물들의 세상에서 빗소리는
인간 세상의 공사장의 크나큰 소리와 같을 것이며 아침과 밤은 광명과
암흑의 절대적 대비일 것이며 새와 꽃은 그들 세상의 요란한 주체일 것이
겠기에 말이다. 다만 기계문명에 길들여진 인간의 삶에서 이들은 철저히
배타시 되었으므로 이들 생명의 흔적들은 우리에게 극히 미약한 것이
되었다.

시인이 회복하고자 한 것도 바로 여기에 있을 것이다. 생명성의 근원은
어디에 실재하고 있는가 하는 것, 요컨대 인간의 삶이 아무리 대단하다
하여도 인간의 모든 것들이 과연 생명의 모습을 하고 있는가에 대한 근본
적인 회의가 있었기에 시인은 인간 중심의 시각에서 벗어날 수가 있었을

것이다. 그렇다면 인간과 자연이 공존하는 세계를 찾아가는 것이 시인의
바램이었을 터, 그러한 노력을 경주하는 인간이라야 자연과 생명의 나눔
이라는 공통분모로 묶일 수가 있을 것이다.

지금까지 아주 작게 들렸던 소리와 보이지 않던 움직임들은 생명의
시각을 회복한 시인에게 비로소 커다란 기쁨과 관심으로 환기된다. 그렇
다면 사물들의 생명에 귀기울이기 위해서 시인은 점점 더 작아져야 하는
것일까? 점점 더 침묵해야 하는 것일까? 그렇지 않을 것이다. 대신 시인은
점점 더 확고한 내면의 고요를 지닐 것이다. 마음의 물과 같은 맑음과
평온이 있지 않고서는 사물들의 존재는 들리지도 보이지도 않을 것이기
에 말이다. 이를 자연과의 동화라 하여도 크게 무리가 없을 것인데, 즉
이들 시인은 자연을 이용하고 압도하려는 인간 중심의 세계에서 벗어나
자연과 나누려는 서정성 미학의 세계에로 나아가고 있는 것이다.

대상과 주체의 합일의 경지를 우리는 흔히 서정시의 세계라 하거니와
시인의 이러한 시각의 회복은 새로운 서정시의 정착으로 귀결되지 않을
수 없다. 유재영의 시들도 구재기의 이러한 시선 회복과 다르지 않아
우리에게 반가움을 준다.

> 지상엔 며칠째 바람이 불고
> 비가 옵니다
>
> 나무 의자 하나를
> 하늘 가까이 놓아둡니다
>
> 왠지 오늘은 절뚝발이 아기별이
> 나들이 올 것 같아
>
> 「안식」

시인에게 바람과 비, 하늘과 별 이러한 사물들은 이제 더 이상 멀리

떨어져 있는 물상들이 아니다. 이들은 생명의 징후를 모두 드러낼 뿐만 아니라 시인의 시선으로 말미암아 물활론적 상상력 속으로 밀려들어오고 있다. 더군다나 시인은 이들 사물에게 동화(童話)적 친근감마저 느끼고 있다. '아기별의 나들이'가 시인의 이러한 심정을 잘 드러내 주고 있다. '아기별'이 앉도록 '하늘 가까이에 둔' '나무 의자'는 시인의 자연과의 동화의지를 보여주고 있는 것이다. 인간에 의해 만들어진 인공물인 '의자'를 하늘 가까이에 두고자 하는 시인의 마음은 자연과의 친화를 추구하는 천진스런 심경의 표현이라 할 수 있다. 그리고 그 '의자'는 다름아닌 '나무'로 만들어져야 하는 것이라는 점에서 시인의 조심스러움이 느껴진다.

매우 미세한 세계와 대화할 수 있는 시인의 시선은 어떻게 형성될 수 있을까? 그러한 시선은 그림으로 치자면 희디 흰 여백에 단조롭다 싶을 만큼의 대상이 놓여져 있는 우리의 동양화를 연상시킬 것이다. 다른 나머지들은 과감히 지우고 가장 섬세하고 가장 온화한 것을 선택하여 담은 우리의 동양화는 자연과의 친화 사상을 매우 세련되게 표현하고 있는 것이라 할 수 있다. 유재영의 시 가운데 특히 「세한도」는 이같은 동양화의 기법을 그대로 취하고 있음을 알 수 있다. 시인은 지극한 정밀(靜謐)함으로 소나무 한 그루가 심겨져 있는 집 한 채를 묘사한다.

어깨 높은
조선 소나무랑

남향은 사치로워
문패도 없는
북향집

홀로
댓돌 위엔
흰 고무신

가랑잎
한 장
「세한도」

　한정된 소재와 절제된 표현, 행과 연의 배열에서 오는 여운감, 색채 이미지의 활용은 이 시의 여백의 미를 돋우어 주는 것들이다. 그러나 이 시를 더욱 한폭의 동양화로 보이게끔 하는 것은 이 시에 담긴 시인의 시선, 곧 작고 사소한 것을 무심히 넘기지 않는 시인의 눈길이다. '북향집' 을 두고 '사치스러워' '남향을 피한 것'으로 보는 것이나 '고무신'으로 사람 사는 흔적을 찾되 그것이 '홀로' 있음을 놓치지 않은 것, 그리고 '한 장'의 '가랑잎'과 소나무를 '어깨 높다'고 한 것들은 시인의 독특한 시선으로 가능한 것이다.

　「세한도」 속에서 자연의 사물들은 더 이상 인간이 함부로 훼손할 수 있는 대상도, 무관심으로 소외되는 대상도 아니다. 그것들은 인간과 닮아 있으며 인간과 함께 공존한다. 또한 이 시 속의 사람 역시 물질지향적 삶의 방식과는 거리를 두고 있는 자이다. 시인이 포착한 세계가 바로 이것이며 이들을 그의 시각에 따라 묘사함으로써 시인은 전형적인 동양 화 기법을 재현해 낼 수가 있었던 것이다.

　사물들은 인간과는 별도로 나름의 생명성, 나름의 살아감의 방식을 취하며 존재해 왔다. 인간이 이성이라는 미명하에 맹목적으로 물질문명 을 확대시키고 있을 때 이들은 그 밑에서 패배하고 파멸하면서도 그들만 의 생명성을 보존할 수 있었던 것이다. 그렇다면 이들의 존재 방식으로부 터 위대한 잠언을 배울 수 있는 방법은 무엇이 있을까? 우선은 자연과의 동화를 통해 서정시를 복원하고자 하는 시인들의 시선을 통하는 길이 있을 것이다. 『현대시학』(2001,9월)의 이문지의 「귀가 막히니 몸이 막힌 다」 연작시는 자연물의 존재 방식을 우리에게 번역해주고 있는 듯하다.

가끔 들리는 만의사에 오랜 감나무 한 그루
등걸은 터지고 터져 애낳이 많이 한 어미 뱃살 같고
꽃은 어느 틈에 피었다 지는지
그 소리 한번 들어 본 적 없다
그래도 가을이면 어김없이 빨간 열매로 세상을 비춘다
가물다고 날씨 탓을 하는 법도
비가 잦다고 투덜대는 법도
열매가 너무 겨워 제 가지가 꺽인다 싶으면
이듬해엔 조금 덜 맺으면 그만
세상이 아무리 시끄러워도 의연한 삶은 늘 그 자리에 섰다
제 몸이 저를 버렸다고
세상이 저를 버린 듯 떠벌리고
제 둥지를 옮긴 몸
올 가을엔 만의사 감나무 어찌 보려나
몸 속 깊은 곳 심지 밝혀 주던 빛깔
목탁 소리보다 더 잘 울려 주던 다정한 빛깔
살갗 터짐은 비슷도 한데
속살 터짐은 영 아닌 듯
열매는커녕 속잎 한 장 터트리지 못하는 몸
꽉 막힌 몸

「귀가 막히니 몸이 막힌다 · 2-감나무」

　‘열매가 너무 겨워 제 가지가 꺽인다 싶으면 이듬해엔 조금 덜 맺으면 그만’이듯이 자연물의 존재 방식은 의연함 바로 그것이다. 그에 비하면 인간이란 얼마나 성마르고 경박한가? ‘제 몸이 저를 버렸다고 세상이 저를 버린 듯 떠벌리고 제 둥지를 옮기’는 시적 화자는 ‘감나무’ 앞에서 부끄럽기만 하다. 이문지의 시선은 이와 마찬가지로 ‘패랭이 꽃’(「귀가 막히니 몸이 막힌다 · 1」)이나 ‘장미’(「귀가 막히니 몸이 막힌다 · 3」) 등 자연물을 해바라기처럼 향하고 있다. 시인은 열성을 다해 자연물의 살아감의 방식을 읽으려 한다. 그들은 분명 현대를 살아가는 사람들의 삶의 방식과는 다르게 존재하며, 시인은 그러한 그들의 존재 방식으로부터 지

혜를 배우고자 한다. "흙 마르는 소리 미리 알아 듣고/ 목마르게 가문 땅위에 그래도 더부룩히 자라/ 바람 살랑 살랑 몸에 감아/ 내일을 또 준비하는 몸 터짐/ 꽃은 비록 덜 고와도 아픔을 참아내는 패랭이꽃/ 패랭이꽃이 되고 싶다/ 패랭이꽃이 되고 싶다"(「귀가 막히니 몸이 막힌다·1-패랭이꽃」)과 같은 외침은 그러한 시인의 원망(願望)으로부터 비롯된 것이다.

2.

한동안 우리 문단에서는 서정시는 현실과의 긴장관계를 담아낼 수 없다 하여 많은 이들로부터 외면당한 것이 사실이다. 그러한 환경 속에서도 꿋꿋하게 시의 서정성을 탐색해 왔던 시인들도 있었지민 이들은 몹시 심한 외로움을 달래야 하기도 했다. 서정시보다는 서사시가, 운문보다는 산문이 주목받고 독려되던 때, 그 때는 나치 학살의 역사를 지닌 인류가 서정시를 쓰는 것은 힘들다고 했던 아도르노의 말이 유행처럼 번져나갔다. 민주화를 위해 수많은 목숨이 버려지던 시대였으므로 그러한 말들은 안타까움 속에서 묵인되었던 것이다.

그에 비하면 오늘은 세기의 출발에 있다는 점에서 사뭇 다른 의미를 부여할 수 있을 것이다. 모든 문제와 갈등이 해결되었다라기보다는 인간 삶의 새로운 지형을 그릴 수 있다는 가능성의 견지에서 그러하다.

이러할 때 우리가 최근에 만날 수 있는 서정시의 경향들은 오늘의 우리 시각의 정당한 회복이라는 점에서 소중한 것이라 생각된다. 그런데 다른 한편으로 서사시의 새로운 경향도 보인다. 영웅의 일대기를 담는다는 고전적 의미의 서사시가 우리 문학사 속에서 다소 변형된 내포의 장시로 전개되었음은 주지의 사실이다. 한편 최근 발간된 주근옥의 『바퀴 위에서…』는 장시의 형태를 지니되 서사의 진행 과정이 기존의 문법과 다르다는 점에서 주목을 요한다. 시집은 「바퀴 위에서」와 「다리 위에서」의 두 편의 장시로 구성된 것으로서 시인은 이를 스스로 '소극시집'이라 하여 연극 무대의 상황 설정을 암시하고 있다. 하지만 주근옥의 이 시편들에서 더욱 본질적인 것은 시인의 시각 자체가 모종의 경계를 무너뜨리고 있다는 점에 있다.

아내와 내가
연극 관람을 위하여
극장 문을 열고 들어서니까
어둠 속에서
안내 방송 소리만 들린다

시민 여러분
지금 흉악범 셋이
시내로 잠입하였습니다
이들은 양심 강탈범으로서
사형 선고를 받고 복역 중
오늘 정오 형무소 담을 넘어
탈주하였습니다
시민 여러분은 즉시 귀사하여
문을 꼭 잠그고

「바퀴 위에서」 가운데

장시 「바퀴 위에서」의 첫부분은 이렇게 시작됨으로써 현실과 무대상황과의 경계를 모호하게 처리하고 있다. 또한 이야기 전개 과정에서 인물은 '마가', '우가', '구가' 셋이 등장하는데 이들은 범인이기도 하고 범인을 잡으러 가는 복합적인 존재들이다. 이들은 현실의 인물들처럼 등장하지만 무대 속의 주인공들이기도 하다.

그런데 이러한 모호함은 시인의 의도된 장치라기보다는 시인의 시선으로부터 녹아나온 것이라 할 수 있다. 시인에게 '달리는 기차'는 '상행도 하행도 아닌', '그저 가는 것'으로서의 의미만 있을 뿐이며 '아침해'는 '산 위에도', '바다 밑에도', '유리창에도', '접시 물에도', '아무 데고' 다 있는 것이다. 그러므로 결국 '아침해'는 '어둠의 끝'에 있는 것이라는 사실로 귀결된다. 또한 이야기 속의 인물들은 '고향'을 찾아가지만 '고향'은 단지 간이역이라고 할 뿐 그들이 탄 기차가 정차하는 곳인지의 여부는 아무도 알지 못하고 그 간이역이 분명한 정체로 존재하는 곳인지도 모른다. 그럼에도 고향은 이들의 종착지이고 '제 정신을 찾는 곳'이며 영원한 정착지이다. 그러나 그들이 고향에 다다를 수 있는 길은 없다. 고향 자체가 모호할 뿐만 아니라 그들은 쫓기는 자이기 때문이다. 그렇다면 중요한 것은 이들이 다만 꿈꾸고 있다는 사실이고 영원히 꿈꾸리라는 것만이 분명하다는 점이다.

요컨대 시인은 더 이상 이성이나 완성된 미래를 구하지 않는다. 모든 사물은 그저 그 순간에 존재할 뿐이며 모든 대상 속에 그 이면이 진리로서 존재한다는 인식을 시인은 가지고 있다. 이러한 인식은 헤겔적 관점에서 볼 때의 서사의 의미와 정반대의 지점에 위치하는 것이다. 따라서 시인이 그러한 시선을 장시를 통해 펼쳐보였음은 서사시에 관한 또다른 실험이라고 할 수 있을 것이다.

시를 빚어내는 시선들

1. 시쓰기의 자의식

글쓰기는 무슨 의미가 있을까? 상당히 오랜 시간 동안 우리는 이 질문을 둘러싸고 회의와 방황과 논쟁을 거듭해왔다. 그리고 그러한 우리의 묻는 행위는 명쾌한 답을 얻지 못하고 그렇다고 끝나지도 않은 엉거주춤한 상태에서 계속될 것이다. 시인들의 내면을 들여다보면 근거를 알 수 없는 시쓰기 행위의 정체 찾기에 어느 정도로든 부심하고 있다는 것을 알 수 있다. 더 이상 미적 창조자라는 칭호가 어색하기만 하며 생산자라든가 사회의 지원자라는 말들이 빌려입은 옷처럼 겉돌기만 하는 시인들에게 그들의 열정이나 자의식을 드러낼 수 있는이름은 무엇일까?

시인으로서의, 시쓰기에 관한 자신의 정체성 찾기는 생산 현장에서 노동에 종사하는 일 만큼의 무게를 지니는 것이기에 혹은 그러한 것이어야 하기에 집요하게 추구된다. 그들의 정체성에 대해 누군가 권위있는 명명을 해줄 수 있는 자도 사실상 이 시대에는 존재하지 않으므로 시인들은 더욱 외롭고 치열할 수밖에 없을 것이다. 그러나 적어도, 가장 최소한의 의미에서 말하건대 아무런 그럴듯한 근거가 찾아지지 않을지라도 글쓰기의 행위는 사라지지 않을 것이며 글쓰는 주체는 계속해서 존재할 것이라는 점이다. 곧 글쓰기는 글을 쓰는 주체의 욕망 그 자체일 것이다.

진은영의 「일곱 개의 단어로 된 사전」, 「오랜만에 씌여진 시」, 「무신론자」(『문학과사회』 2001년 여름)들은 글쓰기의 가냘플지언정 지울 수 없는 의미와 그것을 추구하고 즐기는 주체의 욕망을 묘사하고 있는 시편들이다. 그는 시와 문학과 시인을 이렇게 말한다.

> 문학
> 길을 잃고 흉가에서 잠들 때
> 멀리서 백열전구처럼 반짝이는 개구리 울음
>
> 시인의 독백
> "어둠 속에 이 소리마저 없다면"
> 부러진 피리로 벽을 탕탕 치면서
> 눈감을 때만 보이는 별들의 회오리
> 가로등 밑에서는 투명하게 보이는 잎맥의 길
>
> 시, 일부러 뜯어본 주소 불명의 아름다운 편지
> 너는 그곳에 살지 않는다
>
> 「일곱 개의 단어로 된 사전」

욕망은 무엇인가? 많은 서양의 철학자들이 이를 통해 나름의 세계관을 매우 의욕적으로 피력한 바 있지만, 욕망은 어린아이의 떼쓰기처럼 달래지지 않는 것, 맹목적인 행복지향성을 힘의 요인으로 지니고 있다. 욕망을 힘이라 했거니와 그것은 일시적이고 일차원적인 쾌락에 머무는 것과는 거리가 멀다. 시인들은 미와 진리와 정당한 덕목들을 자신의 행복에의 욕망 속에 지속적으로 녹여낸다. 알 수 없는 어떤 때, 어떤 곳에서 그것이 찰나의 순간이었을지라도 그가 조우했던 행복의 기억은 시인들에게 운동성의 방향이 된다. 그들은 그것을 길어내어 그러한 이미지들을 반복해서 재생해내야 할 것이다. 그러하되 그것은 단순히 과거적 시간 속에 닫힌

추억의 그것이 아니라 현재의 시간 속에 회오리치며 놓여있는 것을 융해
해 가면서 이루어져야 한다.

많은 중견 시인들의 글들은 시쓰기 행위의 의문으로부터 한발자욱 떨
어져 시쓰기와 삶을 하나로 엮어가고 있다는 점에서 믿음과 안정감을
준다. 사소하지만 눈길을 끄는 주변의 사물들을 그들은 시인 고유의 시선
으로 읽어낸다. 그 속에서 시인은 삶의 잠언을 찾아내고 성찰의 기회를
갖는다.

『문학동네』 올해 여름호에 발표되었던 천양희의 「삶에게 길을 묻다」,
「이상난동」, 김형영의 「아멘」, 「님이여 자비를 베푸소서」, 「고해」, 차창
룡의 「선암사 목어」 등과 『문학사상』 8월호에 실린 신달자의 「서울 강남
구 강변 사하라 사막」, 문정희의 「물을 만드는 여자」, 남진우의 「오후
세 시의 추억」 등은 이러한 시석 지점들을 보여준다. 이들 시들은 시로써
살아가고 살면서 시를 구하는, 곧 시쓰기의 메카니즘에 안정적으로 맞물
려 있는 양상을 대표한다. 이러한 양상 속에 있는 시인들에게 모든 사물은
곧 은유화된 진리가 된다.

가령 신달자의 「서울 강남구 강변 사하라 사막」은 우연히 마주하는
황사를 통해 실존의 황량함을 섬세하게 응시하는 시인의 예민한 감각을
보여주고 있다.

> 퉁퉁 부은 황사바람 떼로 몰려
> 누우런 구렁이처럼
> 머리맡에 똬리를 트는
> 서울 강남구 강변 사하라 사막
>
> 토양이 비슷한 곳으로 모여든다
> 사막들도 서로
> 피로 이끌려 안아 들일 줄 아는가

유독 내 집 현관 안으로 밀려와
도무지 알 수 없는
이 세상사의 쟁점을
우물거리며 풀어놓는
사막의 손

나의 사막이 꿈틀꿈틀
자리를 비켜 주며
낯선 사막을 받아들이는 것이
서로 몸 비비며
같이 뭉개지고 싶은 것인가
「서울 강남구 강변 사하라 사막」

　　사물과 삶의 유비적 인식은 시적 표현에도 직접적으로 반영된다. "사막들도 서로/ 피로 이끌려 안아 들일 줄 아는가"에서처럼 황사가 불어닥치는 곳이 곧 나의 내면이요 그 둘은 똑같이 '사막'이라 지칭된다. 여기에서 "나의 사막"(나의 내면)과 "낯선 사막"(황사)이 "서로 몸 비비며 같이 뭉개지고 싶은" 욕망으로 보는 것이 시인의 시적 인식의 특징이자 시쓰기의 방법론인데 이러한 인식소와 방법이 바로 이들 중견 시인들에게 시쓰기의 힘이 되는 것이다. "유독 내 집 현관 안으로 밀려와/ 도무지 알 수 없는/ 이 세상사의 쟁점을/ 우물거리며 풀어놓는/ 사막의 손"과 같은 생생한 상상력은 안정된 시쓰기라는 기반에서 표출될 수 있는 살아있는 표현이라 할 수 있다.

　　천양희의 위의 시들 역시 사물과 삶에 대한 유비적 인식을 아주 잘 보여준다.

때도 아닌데
개나리가 피었다
철없이
웬 개, 나리가

때도 아닌 때에

제때에도 꽃 한 번 못 피운 무화나무 우두커니 서 있어

마음이 꽃잎 몇, 피워올린다 나를 웃게 하는 건
피어나는 꽃잎들 움트는 초록들. 세상에는 피우고 싶은
것들이 너무 많다 불이나 바람, 구름까지도 때도 아닌
때에 피어버린다 피고 싶은 몸에 바람이 차오른다
피고 또 피워도 바람뿐이다
(후략)

「이상난동」

시인의 시선 속에는 사물에 대한 놀라움과 연민과 동시에 세상에 대한 안타까움이 한데 뒤섞여 있다. 사물로부터 받은 자극에 답하는 가운데 그는 세상 한복판에 서게 되며 그러한 과정을 통해 삶다운 삶, 인간다운 인간으로서의 모랄을 찾게 된다. 이는 시인이 지니고 있는 아름다움에 대한 갈망 때문에 가능해지는 것인데, 요컨대 그는 감각적 반응에서 촉발되어 더 윤리적이고 더 정신적인 미의 가치를 솎아내고자 한다. '피어나는 모든 것들은 나를 웃게 하지만 적절한 때아닌 때 피는 것은 바람일 뿐'이라는 냉정한 인식은 그의 모랄을 향한, 아름다운 삶에 대한 집요한 방향성을 보여주는 것이다.

2. 자연과 사람, 이면적 사람들

천양희나 신달자등의 경우 시인의 사물읽기가 삶을 들여다보기 위한 렌즈와도 같아 이 둘이 구분되기 힘들 만큼 뒤엉켜 있는 것이라면 「쥐좆」, 「개뿔」(『문학동네』, 2001년 여름)에서 보인 김용범의 사물에 대한 인식은 사뭇 다른 것이다. 철저히 자연적인, 더더욱 자연적인 것에 대한 배타적

숭배가 그의 시선을 채우고 있기 때문이다. 그에게 인간은 자연으로부터 분리된 불신의 대상으로 다가온다. 이 둘의 대비는 매우 분명한데 자연의 미를 묘사하기 위한 청각적 리듬의 추구가 인간사를 지시하는 어조와 극단적으로 대조되는 데에서 잘 드러난다.

> 소쇄원은 아름다운 곳이다. 가끔 바람에 서걱이는 대나무 잎들의 살쓸림과 공교한 계곡의 물소리가 어우러져 사람을 그윽하게 만든다. 조선조 어느 시절 처사 하나가 대숲속에 별서정원 하나를 가꾸고 名利를 버리고 은거하던 그곳은 더러 나같이 市井이나 官邊에서 戶口의 끼니를 구하던 잡새들이 찾아가 내 자신을 냉정하게 돌아보며 심히 부끄러워하던 곳이다.
> 헌데 최근 아는 만큼 보인다는 어떤 사람 글 하나가 세인에게 그곳의 그윽한 비경을 널리 알리자 전국 각도에서 쥐좆도 모르는 놈들이 떼거리로 몰려와 여기저기 사진을 찍거나 대숲의 왕대나무에 제 이름을 새기지 않나 연락처를 남기고 언제 깨질지도 모르는 것들이 누구는 누구를 사랑한다 몇년 몇월 며칠. 아니면 여름방학 끝 무렵엔 한 달 내내 팽팽 놀던 자식새끼들의 방학 숙제를 대신 해주러 나타난 쥐좆도 모르는 여편네들이 아수라장을 만들고 있다.
>
> 「쥐좆」

시인이 '소쇄원'의 아름다움을 형상화하기 위한 노력에 얼마나 치중했는가 하는 것은 그가 사용한 단어를 통해 소쇄원의 이미지를 연상할 수 있는 정도를 보더래도 알 수 있다. 소쇄원에서 들리는 깊은 자연의 소리와 그것이 주는 휴식의 감각이 그의 시어 사용에 고스란히 배어 있는 것이다. 반면 인간사에 대한 묘사 부분에 이르면 바쁘고 무미하고 속되기 그지없다고 하는 인식이 여지없이 드러난다. 그 둘은 지극히 서로 배타적인 것이다. 한쪽이 한쪽을 일방적으로 파괴하거나 혹은 인간이 완전히 자신을 포기할 때라야 융합할 수 있는 관계이다. 이처럼 서로 유비되기에는 너무도 이질적인 자연의 미와 세상의 추를 천착하는 데에 김용범의 시적 특징이 있으며 이러한 시적 경향이 극단적으로 추구될 때 산수시, 자연시의 흐름에 닿을 수 있을 것이다.

김용범의 위의 시들에서처럼 자연 및 자연스러움에 대한 극도의 예찬 이면에는 인간의 삶이 훼손되었다는 강한 인식이 전제된다. 따라서 보존된 자연은 곧 잃어버린 삶의 존엄성을 회복할 수 있는 통로가 된다.

김용범의 시적 방법과는 다르지만 그 기반에 있어서 동일한 인식을 지니고 있는 시들로 허혜정의 「세월」, 조용미의 「붉은 검」, 「맹점」, 연왕모의 「내 가슴의 집시」, 「매끈한 변기」(『문학과 사회』 여름호) 등을 꼽을 수 있을 것이다. 이들 시의 전면에 등장하는 알 수 없는 요설들은 무엇을 뜻하는가? 아마도 그것들은 온갖 이성적인 것에 대한 혐오에서 비롯되는 것이리라. 맨정신이 세상을 만들었고 그 세상이 나를 억눌렀다면 나 또한 그 세상을 비틀어서 보겠다는 의지의 소산이 괴이한 요설들을 만들어내는 것이다. 따라서 이 때의 시인이 보는 세상이란 질서가 부정된 비논리의 모습이 된다. 이들에게 인간이 사는 세상은 타락한, 회복될 가능성조차 요원한 불신의 대상이다.

> 세월이여 널 부수고 들어갔다
> 너는 사방팔방 안 보이는 덫들을 풀어놓았다
> 튼튼한 유치장에 나를 내동댕이쳤다
>
> (중략)
> 세월이여 네가 날 짓밟아버리기 전에
> 닥치는 대로 너를 뜯고 나갔다
> 문짝을 걷어차며 놀이터로 달려가는 아이의 발바닥처럼
> 기호가 쐐기덫에 발가락을 찢기며
> 아득한 바위 끝에 자일을 던지는 등반가처럼
> 친구여, 지금 나는 겨우 손가락 다섯 개로
> 뜨거운 벼랑에 악착같이 달라붙은 인간 거미다
> 이 더러운 대기권마저 찢고 나가

벼랑 끝에 불타는 횃불처럼 춤추는 풀잎
처음부터 내 것이라 믿었었던 삶 전체를 즐기기 위해
아직도 숨막히는 방에서, 뜨겁도록 불어오는 여름 바람 속에서
「세월」

달빛은 눈 위에 유리 조각처럼 잘게 부수어져 흩어졌다
그때 달빛은 위험했다
눈을 마구 도려내려 했다
짐승처럼 위태로운 생각을 불러일으켰다
잔인한 마음들이 송곳처럼 일어섰다
눈 내린 밤 폭우처럼 쏟아져 내리는 달빛을 받으며 서 있는 사람은
위험하다
달빛은 그의 근처에서 더 날카로와졌다
그는 달빛을 토막내어 잘게 잘게 부수었다 그가 부러뜨려놓은 빛의
부스러기들이
눈 위에서 꿈틀거렸다
그의 눈이 차갑게 빛났다
세상이 그믐보다 깊게 허물어지고 있었다
「맹점」

　사물과 세상에 대한 차분하고 논리적인 인식 대신 자유연상에 의한
빠른 시적 전개가 구사되고 있는 이들 시에는 일차적으로 자유로운 상상
력이 전면화되어 있다. 그러나 이들의 상상력의 자유 이면에는 극도로
폐쇄된 자아가 놓여있다. 사물 및 세상과 조화롭게, 자연을 닮게 융화할
수 없는 자아들의 고독이 있는 것이다. 즉 세상과 융합할 수 있으리라는
기대가 포기된 자리에서부터 이들의 시가 시작되고 있는 것이다. 자연은
기껏해야 본연의 모습이 왜곡된 그로테스크한 이미지로 묘사될 뿐이고
자아는 사물을 곧 죽음의 감각으로 바라볼 수 있다. 삶은 고통과 고독과
죽음 등 부정적인 것으로 가득 채워진다. 이들에게 삶이 부정적인 것으로
인식되면 될수록 시는 더욱 숨가쁘게 상상력의 전이를 향해 달려나갈

것이며 시어는 더욱 자극적인 요설로 가득차게 될 것이다.

결국 허혜정, 조용미 등의 시들은 김용범의 시각과 마찬가지로 인간의 삶에 대한 부정적 인식으로부터 출발한다. 그러나 김용범이 완전히 자연적인 것에 눈을 돌려 탈출을 감행한다면 전자의 시인들은 자신의 내면 속에 유폐된 채 자신의 처지를 끊임없이 고발한다. 내가 있는 곳은 '유치장'이며 '덫'이고 '숨막히는 방'이므로 나는 '거미'에 불과하다는 카프카적인 인식이 이들의 것이다. 부정적인 주변에 대한 집요한 묘사는 이들이 의도하는 현실에 대한 게릴라식 전투일 것이다.

3. 사람의, 사람에 대한 이야기

같은 책(『문학과사회』, 2001년 여름)에 실려 있지만 강연호의 시선은 다른 시인들에 비해 사뭇 다른 경우이다. 그 역시 현실을 비틀고자 하지만 그의 현실 인식은 가능성을 전제로 한 비판 행위로 이어진다. 모순된 현실에 대해 참견하고자 하는 소박한 시선이 그에게는 있다. 소박하다 했지만 오늘날처럼 '소박함'이라는 덕목이 소중하게 느껴지는 때가 있을까? 그는 주변에 대한 관심을 놓지 않으며 그 속에서 평범하지만 잊혀져 가고 있는 진리를 찾으려 한다. 따라서 그는 진지하다. 그의 시적 태도로부터 우리는 평범함이 없이는 깊이 또한 없다는 사실을 얻게 될 것이다.

어두운 시절의 조선팔도, 모든 명당은 초소라고
한 시인이 말했었지 이제 정정한다
도처의 네온 불빛들이 밤새 만들어내는 불야성
그래서 전혀 어둡자 않은 대명천지
대한민국의 명당은 이제 다 모텔이다
이곳은 웬 나그네들이 이렇게 많은가

저 원색의 불빛들
원초적 본능이니까 원색은 당연하다
가령 몸파는 여자들이 사는 집과 푸줏간의 불빛이
똑같다는 사실에 몸서리칠 필요는 없다
고기를 사고판다는 점에서는 같으니까 당연하다
(후략)

「25시 모텔」

　　시인은 오늘날의 세태를 비판적으로 보되 자기 나름의 어법을 사용하여 심각함을 수선스럽지 않게 드러내고 있다. 그의 어법은 '정정한다', '당연하다', '몸서리칠 필요는 없다' 등 이성적인 술어로 전언을 맺는 특징을 지닌다. 그 점이 차분함을 더해준다고 할 수 있겠는데, 사실상 이는 우리의 상투화된 인식을 낯설게하는 효과를 가져온다. 우리는 '당연하'게 여겼던 것에 분노하며 '몸서리치'게 되기 때문이다.

　　『이서국으로 들어가다』를 통해 우리 곁에 불쑥 다가왔던 서림은 최근에는 『시와사상』 가을호에 「박수근 12」를 발표하여 '박수근'에 관한 연작시를 계속 창작하고 있다. 주지하다시피 박수근은 시력 상실이라는 신체적 결함으로 말미암아 독특한 화법을 구사한 우리 근대 미술의 대표작가이다. 서림이 '박수근'에 주목하게 된 것은 아마도 그의 독특한 시선 때문일 것이다.

　　서림은 『이서국으로 들어가다』, 『유토피아 없이 사는 법』, 『세상의 가시를 더듬다』의 세 권의 시집을 내는 과정에서 그의 시각을 조율하는 데 전력을 기울였다. 그에게 '이서국'이 고향이면서 아픔의 근거였던 까닭에 그는 그 '이서국'에 대해 나름의 합리화된 '거리'가 필요했을 것이다. 더 멀리 갈 수도 없고 너무 가까이 가서도 안되는, 자신이 자신을 통제할 수 있을 적절한 거리, 즉 그에게 맞는 시선이 필요했던 것이다. '세상의 가시'는 그가 찾은 시선을 가질 때라야 '더듬어질' 수가 있었기 때문이다. '박수근'의 시선이 바로 그의 그러한 의도에 닿아있는 듯하다.

십 년 전 화진포에서도 보던 얼굴
보길도 어촌에서 만난다.
금방 꺼낸 다시마보다 더 춥게
젖어 살아온 인생,
힘들게 이 섬을 찾아온 것은
孤山이나 어부사시사가 아니라
내가 함부로 들여다볼 수도 없는
다시마보다 더 억세게 뒤틀린 검은 얼굴 때문이다.
한때 열병처럼 휩쓸고 간 '민중'이니 민중시도 모르고 살아온 노인은
파도처럼 묵묵히, 다시마를 말리고 있을 뿐.
(후략)

「박수근 12」

세상을 살아가는 사람들을 향한, 그 중에서도 화려하지도 유명하지도
부유하지도 유식하지두 않은, 소위 '민중'들에 대힌 연민과 애정 가득한
그의 시선은 「박수근」 연작시에서 보듯 쉽게 사라지지 않을 것으로 판단
된다. 그에게 민중들의 삶의 장면은 한없이 깊으면서 애처롭고도 아름답
게 보일 것이며, 따라서 그것을 바라보는 그의 시선은 박수근의 시력처럼
안개빛처럼 뿌옇게 느껴질 것이다.

그러나 다른 한편으로 그는 자신의 시에 대해 자꾸만 의심의 눈길을
보내기도 한다. 그것은 그가 더 이상 그들에게 가까이 갈 수 없다는 데에
대한 안타까움 때문은 아닐까. '그들의 다시마처럼 억세게 뒤틀린 얼굴'
은 '내가 함부로 들여다볼 수 없'다고 그는 생각한다. '버스에서 껌을
팔고 있는 오른팔이 잘려나간 사내'에게 '나의 시선'이 들어갈 수 있는
것인지, '나의 노래가 그 사내안에게서 울림이 될 수 있을지'(「둥둥 떠
다니는 세상들」, 『시와사상』, 2001년 가을)를 회의하는 것이다.

이러한 회의가 그의 지식인으로서의 민중에 대한 순수한 죄책감과 애
정에서 비롯되었을 것이다. 그러나 그러한 회의에도 불구하고 그는 계속
해서 그의 '노래'를 부를 것이다. 그것이 그가 세상을 살아가는 방식이며
세상과 공존하는 자신을 확인하는 길이 될 것이기 때문이다.

공동체와 순결한 여백, 희망으로서의 설

서울 간 누님이 새 신과 새 옷을 사 가지고 오는 날, 그 누나를 맞으려 동네 어귀에서 함박눈을 맞으면서 언 손을 녹이며 기다리던 날, 그렇게 설은 어린 시절 우리에게 꿈과 희망으로 다가 온다. 어디 어린아이 뿐이랴. 우리네 부모들도 가난을 딛고 경제적, 사회적 상승을 위해 부모의 손을 뿌리치고 무작정 상경한 자식들, 그들을 위해 정성껏 음식을 준비하며 기다렸던 것이 바로 설날이다.

> 푸른 바다 저 멀리서
> 가물거리며 다가오는 연락선
> 선물 보따리 양손에 들고
> 울며 떠났던 고향에 다시 찾는
> 가난으로 못 배워 객지 생활하는
> 우리의 아들딸들
>
> 리종기, 「고향의 설날(1)」 2연

우리의 설은 이렇듯 기다림의 날이기도 하지만 부모가 그리워, 고향을 차마 못잊어 부모가 있는 자신들의 뿌리를 찾아가는 회귀의 날이기도 하다. 혈연의, 지연(地緣)의 질긴 끈들에 이끌리어 대관령의 험난한 길을,

추풍령의 거친 숨결을, 눈 내리는 호남선을 뒤로 한채 고향으로 고향으로 발길을 재촉하는 것이 우리의 설 풍속인 것이다. 이런 관점에서 보면, 설은 부모와 자식, 형제와 자매, 너와 내가 서로 만나 하나가 되게 하는 공동체의 장을 마련하는 구실을 하며, 근원으로 회귀한다는 면에서는 대단히 모성적인 것이라 할 수 있다(우리의 설날은 어머니가 빚어주셨다/(--)/빨간 화롯가에서/내 꿈은 달아오르고/매화꽃이 눈 속으로 날리는/어머니의 나라(김종해, 「어머니와 설날」)).

설은 세시풍속적인 측면에서는 집합과 축제의 의미로 다가오지만 개인사나 사회사 등 시간의 축에서 보면 시작의 의미 역시 상당히 강하다고 할 수 있다. 출발은 과거와 밀접한 상관관계에 놓이는 인식행위이다. 따라서 새로운 시작을 위해서는 지나간 것들이 모두 부정적인 측면으로 비춰질 수밖에 없다. 새해에 특히나 과거에 대한 청산과 이에 대한 다짐이 그 어느 때보다도 강하게 고양되는 것도 이와 무관하지 않다고 하겠다.

저 웃는 해를 보아라
지난해 다투던 소리
눈 흘기던 마음/돼지 욕심
시샘하던
입

오동춘, 「새해 새삶 이루자」 2연

송년의 바람이
냉수에 목욕
얼음에 소독한 후
병원 회전의자에
몸을 맡긴다
진맥하여 처방을 줄
의사는
그러나 출타하여
의사의 의사이신 어른을

뵈옵고 있다
어른께서
의사를 고쳐 주시면
의사가 바람을 치유하고
바람이 나를
의자에 앉히리라
그런 다음
부디 새해가 오기를

김남조. 「새해」

여기서 송년의 바람은 지난 과거의 부정적인 흔적들이다. 새로움을
위해서는 그러한 흔적들(다투던 소리, 눈흘기던 마음, 욕심, 시샘의 입
등)은 냉수에 목욕을 시켜 세정(洗淨)시키고 얼음에 소독시켜야 하며 심지
어는 의사의 진단까지 받아야 한다. 그러한 여과과정을 거친 깨끗한 바람
속에서 서정적 자아가 노출되어야 한다는 것이다.

새해맞이는 이처럼 과거와 미래를 명확히 구분시킨다. 과거는 버려야
할 대상이고 오직 반성적인 것으로 다가올 경우에만 유효할 뿐이다. 새해
가 과거와 미래라는 인식론적 결단을 요구하는 것은 그것이 시간의 끝과
시작이라는 양 축에 걸려 있기 때문이다. 시간은 진행형이고 앞으로 계속
나아가야 한다. 새로운 출발선에는 1등도 없고 2등도 없다. 무(無), 곧
없음만이 있는 것이다.

새해 첫날은
빈 노트의 안 표지 같은 것
쓸 말은 많아도
아까워 소중히 접어 둔
여백이다

가장 순결한 한 음절의 모국어를 기다리며
홀로 견디는 그의 고독

백지는 순수한 까닭에 그 자체로 이미
충만하다.

오세영, 「설날」 1, 2연

  없음, 무 앞에서는 경건해진다. 십자로에 선 나그네와 같이 선택 또한 많아지는 것이 사실이다. 그러나 쉽게 나아갈 수가 없다. 정말 중요한 결정을 위해 그것은 미루어질 수밖에 없기 때문이다. 필요한 순결한 모국어가 떠오를 때까지 말이다. 따라서 새해 첫날은 '빈 노트의 안표지'나 '백지'에 가까운 것이 되는 것은 자연스럽다.

  '백지'는 다양성이 예비된 단일성의 공간이다. 또한 할 수 있다는 가능성의 공간이기도 하다. 설이 빈 노트와 같은 '없음'으로 인식되면서 그것이 희망으로 연결되는 것도 이러한 가능성에서 오는 것이라 할 수 있다.

새해 새날은
산으로부터 온다

긴 동면의 부리를 털고
그 완전한 정지 속에서 날개를 펴는 새
새들은 비상을 두려워하지
않는다

오세영, 「새해 새날은」 3, 4연

  비상은 정지속에서 이루어지며, 가능성을 전제로 한 행위이다. 가능성은 희망이고 두려움이 없다. 희망이라는 에너지가 날개에 충만되어 있는 까닭이다. 이처럼 설은 순백의 상태이면서 희망으로 다가온다.

[Ⅲ]

해체시-그 허무의 심연을 넘어서기

대중문화, 고급예술의 경계 해체와 매체의 시대

현대시에 나타난 시간의식

서사시의 요건과 「국경의 밤」

해체시–그 허무의 심연을 넘어서기

1. 들어가며

우리 시단에서 시의 해체적 경향은 80년대 밀부터 본격적으로 시도되어 지금까지도 계속 진행되고 있다. 시의 해체 경향은 권위 담론에 대한 부정이라는 측면에서 초기에는 어느 정도 긍정적인 평가를 받은 것이 사실이었다. 그러나 시의 발전과 새로운 시쓰기에 대한 모색이란 순기능에도 불구하고 현재에 이르러서는 해체시의 폐해라는 역기능 또한 일고 있다. 이는 해체시가 기계적으로 빠져들고 있는 일종의 습관성에 대한 염증에서 비롯된 것이라 할 수 있다. 최근의 해체시는 초기에 지향했던 목적의식으로부터 멀리 벗어나 있고, 또한 시를 경직시키며 시의 본질로부터도 벗어나 있는 것이 사실이다.

이러한 반성적 토대 위에서 시란 무엇이고 시는 인간에게 있어 어떠해야 하는가가 21세기를 앞둔 시점에서 시단의 당면 과제로 떠오르고 있는 것이다. 물론 우리 시단의 역사상 하나의 커다란 흐름으로 존재했던 해체시를 무조건 폄하하는 것은 우리 시의 발전에 아무런 도움이 되지 않을 것이다. 해체시의 파격적 모습이 보여준 실험적 국면들이 시의 형식적 발전과 내용적 깊이 등에 적지 않은 영향을 끼친 까닭이다.

본고는 해체시의 긍정적 영향을 염두에 두면서 해체시의 전개과정을 시기적으로 크게 두 영역으로 구분하여 살펴보고자 한다. 초기의 해체시와 80년대 말 이후, 즉 현재까지 진행되고 있는 해체시가 그것인 바, 전자의 경우는 시대와 시쓰기에 대해 건강한 긴장과 자의식을 수반하며 진행된 반면, 후자의 경우는 이러한 긍정성들이 퇴색하고 부정적인 측면을 많이 드러내고 있다는 점 때문이다. 아울러 해체의 기본 개념과 그것이 추구하는 근본정신 역시 함께 검토하여 해체시가 나아가야 할 방향을 진단해 보고자 한다.

2. 과정으로서의 글쓰기

'해체'라는 이름은 데리다의 '글쓰기(ecriture)' 개념으로부터 나온다. 텍스트에서 검은 글자로 선언되고 있는 것은 흰 여백에 의해 보충된다는 논리, 즉 명쾌한 선언은 시간과 공간에 의해 지연되어 이면의 다른 의미로 전달된다는 것이다. 따라서 양자택일을 강요하는 의기양양함은 불확실성과 불확정성에 자리를 내주어야 하며, 의미의 중심은 어디에서도 찾을 수 없게 된다. 따라서 '글쓰기'는 저자건 독자건 텍스트를 접한 주체가 그 속에서 빠져드는 미로 혹은 미궁과 같은 상태를 지시하는 것이다.

데리다의 이러한 텍스트성의 발견은 하나의 절대적 의미를 추구하던 인식 주체들에게는 혼돈이 아닐 수 없다. 사유하는 이성적 주체가 있는 한 모든 것은 처음과 끝이 있고 안과 바깥이 있으며 의미와 논리가 있어야 하기 때문이다. 나아가 텍스트의 열려있음을 충분히 받아들인다 하더래도 저자 스스로 창작의 개방성을 보이는 다음에야 아연실색하지 않을 수 없다.

이 때의 작가는 더 이상 명료하고 논리성을 갖춘 엘리트가 아니다.

하나의 말을 하면서 다른 소리를 하고 앞에서 했던 진술을 잊어버린 듯
모순을 범하기 일쑤다. 결국 가장 적절한 표현을 찾아 고민하다가 '잘
빚은 항아리'를 건져냈을 때의 그 창조적 쾌감은 작가로부터 사라지게
된다.

> (중략) 그래도 매일 편지를 쓴다 우체부가
> 가져가지 않는다 가져갈 때도 있다 한잔 먹다가
> 꺼내서 낭독한다 그리운 당신…… 빌어먹을,
> 오늘 나는 결정적으로 편지를 쓴다
>
> 안녕
> 오늘 안으로 당신을 만나야 해요 왜 그런지
> 알아요? 내가 뭘 할 수 있다고 믿기 때문이요
> 나는 선생이 될 거요 될 거라고 믿어요 사실, 나는
> 아무것도 가르칠 게 없소 내가 가르치면 세상이
> 속아요 창피하오 그리고 건강하지 못하오 결혼할 수 없소
> 결혼할 거라고 믿어요
>
> (중 략)
>
> 잘 있지 말아요
> 그리운……
>
> (이성복, 「편지」)

　성적 표현이나 비속어를 수도 없이 만날 수 있는 이성복의 시 가운데
한 편이다. '그리운 당신'에게 내뱉는 '빌어먹을'이란 욕설, '선생이 될
거요/될 거라고 믿어요'에서 보이는 불안정한 결어, '내가 뭘 할 수 있다고
믿어요/아무것도 가르칠 게 없소'와 '결혼할 수 없소/할 거라고 믿어요'에
서 나타나는 양자택일의 어려움 혹은 양면긍정의 논리, '잘 있지 말아요'
의 분열증적 담론은 저자의 완벽성에 대한 환상을 깨뜨린다. 주체에게

기호를 구성하는 압축 기능은 붕괴되고 순간적으로 다가오는 체감들만이 직접적인 의미화를 이루게 되는 것이다. 독자 역시 저자의 사고 과정에 함께 편입되어 기존의 선입견과 고정관념을 깨뜨린다. 아니 깨뜨려짐을 당한다. 글쓰기가 이러한 것이라면 독자와 작가 사이의 이질감은 희석되고 미완의 의미 한가운데에서 독자는 스스로 상상력의 확대를 경험하게 된다.

이러한 글쓰기에서 작가는 서서히 소멸된다. 시쓰는 과정은 단지 작가의 소멸을 확인하는 과정일 뿐이다. 남는 것은 언어의 바다이고 여기서 살아 남는 자가 있다면 텍스트의 교묘한 전략을 요령있게 헤쳐나온 자이다.

이렇게 본다면 해체적 사유는 시를 쓴다는 행위에 대한 반성으로 귀결된다. 말을 통한 말하기에 대해, 사유를 통한 사유하기에 대해, 시쓰기를 통한 시쓰기에 대해 반성을 촉구함으로써 어떠한 경계도 무너지게 되는 것이다. 이러한 전략은 해체적 글쓰기의 가장 일반적 기법 가운데 하나인 패러디에서도 찾아볼 수 있다.

패러디가 그 대상으로 삼고 있는 것은 모든 텍스트를 범위로 한다. 권위있는 고전에서부터 같은 장르인 시, 소설, 극, 영화, 만화, 광고 등 대중문화에 이르기까지, 일정한 작품으로부터 현실 속의 생활모습에 이르기까지 의미를 끌어낼 수 있는 모든 것, 즉 텍스트라 여겨지는 모든 대상을 패러디는 그의 재료로 선택한다. 그 선택은 대체로 일정한 거리를 가지고 이루어진다. 이를 허천은 '비평적 거리를 가진 반복'이라고 했던 바, 기성품을 무차별하게 편집하는 자유분방함 속에서 패러디는 또다른 시적 의미를 낳게 된다. 기존의 문학이 모방대상을 인생이나 자연에서 찾아 그것의 의미를 추구하고자 한다면 패러디는 이러한 문학적 전통을 부정하고 기존 텍스트를 시쓰는 행위의 중심으로 가져오는 것이다. 그리 하여 기존 텍스트들이 지녔던 의미들이 재고되는 동시에 시쓰는 행위 자체에 대한 질문이 시작된다. 이 장치를 통해 시쓰기는 더 이상 고립된 영역으로 존재하지 않으며 사회와 현실에 대해 열리게 된다. 시와 타예술 장르, 고급문화와 대중문화, 과거와 현재의 경계가 사라지고, 독자적이고 고유한 창작 주체가 남는 대신 시쓰는 과정 중에 있는 작가의 관계의식만 이 드러나게 된다.

(황지우, 「새들도 세상을 뜨는구나」)

이 시는 영화가 상영되기 전 연주되는 애국가를 패러디한 것이다. 이 시의 패러디는 특히 지배체제나 지배이데올로기에 대한 비판을 의도로 하고 있다. '삼천리 화려 강산'이 '우리'의 것이 아니라 '자기들'이라는 특정 집단의 것이라는 인식과 그들 집단이 '우리'와는 상관없이 '이 세상'

을 멋대로 '떼어 메고' 가므로 '우리'는 소외당하고 좌절한다는 인식이다. 패러디 대상이 애국가라는 점을 통해 국가라는 기호가 조롱되고 국가 이데올로기의 허위성이 폭로되는 바, 즉 國歌 텍스트는 영화관이라는 대중공간과 시라는 언술행위 속에 참여하여 새로운 문맥으로 재해석되는 것이다.

이처럼 텍스트의 다시쓰기는 기존 텍스트를 이질적 공간에 새로이 재문맥화시킴으로써 다른 관점에서 보게 한다. 경건한 권위를 부여받은 것이라 하더라도 풍자되고 희화화되기는 쉬운 일이다. 시는 이때 자연스럽게 정치적 위상을 부여받는다. 반드시 시가 정치적 담론으로 선전 선동되지 않더라도 기존 지배체제에 대한 부정의 기능을 충분히 발휘하는 것이다. 또한 정치적 맥락이외에도 시는 사용설명서가 되기도 하고 학술이론서가 되기도 하고 개그가 될 수도 있고 대본이 될 수도 있다. 이렇듯 패러디의 기능은 본질적으로 시쓰기의 동일화된 규범을 파괴하고 시를 다원적 복합성 속에 재위치시키는 기능을 한다.

시가 엘리트 작가의 고답적 사유 속에 갇히는 것에서 벗어나 삶의 다기한 복잡함과 대화한다는 사실은 매우 소중하다. 시쓰기의 과정에서 스스로 상투적 관습을 반성하고자 하는 행위는 근거없는 권위를 없앰으로써 어떠한 벽도 허물 수 있기 때문이다. 또한 이것은 글쓰기란 완성과 종결이 아니라 계속해서 다시 쓰여질 수 있는 과정중의 텍스트라는 점에서도 의미가 있는 것이라 할 수 있다.

3. 시대적 문맥에서 본 해체시

우리 시단에서 해체시의 양상은 어제 오늘의 일이 아니라 멀리 1930년대 李箱으로까지 거슬러 올라간다. 이상은 시의 기호를 문자언어를 넘어

숫자나 그림 등으로 종합적으로 사용함으로써 시쓰기에 대해 혁신적 의식을 불러일으켰다. 그의 시쓰기는 시에 대한 관념을 깨뜨리고 언어체계를 파괴하는 것에서 그치지 않고 새로운 사유의 실험과 시의 새로운 방향을 제시해 주었다.

시에 대한 새로운 사유가 주제가 되었던 시기가 또다시 있다면 그것은 시의 시대라 불리워졌던 80년대일 것이다. 80년대는 주지하다시피 사회주의 운동과 결합한 이데올로기 시와 도시적 일상에 근거한 모더니즘적 시가 두 축을 이루었던 시기이다. 전자가 현실에 대한 총체적 인식을 주장하며 거대 담론을 강화해 나갔다면 후자는 그것의 변두리에서 작고 사소한 일상에 관심을 갖는 상상적 담론을 펼쳐나갔다. 이 두 경향의 긴장과 갈등 속에서 후자는 전자와는 다른 방법으로 정치적 사유를 행하는 바, 그것이 다름 아닌 소위 해체의 형태, 곧 해체시로 등장한 것이다.

황지우의 "나는 말할 수 없음으로 양식을 파괴한다. 아니 파괴를 양식화한다"는 당시 시적 문법의 파괴가 지니는 의미를 웅변적으로 보여준다. 이 선언은 다분히 전체적 인식틀을 주장했던 이데올로기 시적 경향을 의식한 것이다. 현실에 대한 총체적 진리라 일컫는 담론이 더 이상 현실을 인식하지 못하는 상태에 이르렀음은 빠르게 변화한 시대적 정황에도 기인하지만 반성이 수반되지 않은 상투적 담론의 양산에서도 기인할 것이다. 이러한 상황에서 시인은 새로운 길찾기를 수행해야 했던 바 그것은 시쓰기에 대한 철저한 성찰을 통한 것이었다. 도대체 담론이 현실을 담지할 수 있다는 생각은 허구에 불과하다는 인식, 지배 이데올로기에 대항하는 담론이 도리어 지배체제의 규범체계와 일치한다는 인식은 시를 다시 씀으로써 현실과 시의 관계에 대한 날카로운 통찰을 이끌어내자는 의견에 다름 아니다. 이에 따라 시적 문법 체계의 파괴는 규범에 대한 부정인 동시에 시가 무엇을 할 수 있는가에 대한 의문제시다. 또한 인식론상 현실에 대해 확신할 수 없음, 담론의 미결정성, 의미와 논리의 모순, 이러한 것들은 의기양양하게 다가오는 지배적 이데올로기에 대한 대응 전략일 수 있었다. 언어가 현실이라 믿어지는 것들에 지배되지 않은 채 모호하다 여겨지는 것들, 불합리하다고 여겨지는 것들을 말함으로써 기성의 현실화된 힘들을 부정하고 전복시키고자 하는 것이다. 이는 곧 언어 예술에 있어서의 전위적 운동이다.

<blockquote>

내가 나를 구할 수 있을까
詩가 詩를 구할 수 있을까
왼손이 왼손을 부러뜨릴 수 있을까
돌이킬 수 없는 것도 돌이키고 내 아픈 마음은
잘 논다 놀아난다 얼싸
天國은 말 속에 갇힘
天國의 벽과 자물쇠는 말 속에 갇힘
말이 말 속에 갇힘, 갇힌 말이 가둔 말과 흘레 붙음, 얼싸

돌이킬 수 없는 것도 돌이키고 내 아픈 마음은
잘 논다 놀아난다 얼싸

(중략)
내 詩에는 終止符가 없다
당대의 廢品들을 열거하기 위하여?
나날의 횡설수설을 기록하기 위하여?

언젠가, 언젠가 나는 '부패에 대한 연구'를 완성 못 하리라
(이성복 「어째서 이런 일이 벌어졌을까」)

</blockquote>

　인용시는 '횡설수설'이고 모순되며 완전한 담론을 보이지 않는다. 언어는 곧 '말의 감옥'이다. 말은 '천국'과 생명있는 '말'을 가둔다. 그 속에서 시인은 시대의 허위들, 곧 '페품'들만을 수집할 수 있을 뿐이다. 그러하니 '나는 나를, 시는 시를' 구원할 수 있겠는가. 이 시는 시인의 언어에 대한 질문, 시에 대한 성찰을 반영한다.

　　기존 시의 규범에 대한 부정은 여러 양상으로 전개될 수 있을 것이다. 그러나 무엇보다도 인식론적 도구인 언어를 문제삼으며 언어를 존재론적 위상으로 옮겨놓을 때 언어예술로서의 시의 혁명이 시도될 수 있을 것이다. 이 때 언어에 대한 파괴는 상징적으로 규범에 대한 파괴일 뿐만 아니라 지배 이데올로기에 오염된 도구를 거부하겠다는 의지의 표현이다. 그 결과 언어는 사물로서 그리고 기호로서 자리잡고, 담론은 새로이 구성되어 기존에 가졌던 동질감을 떨어 뜨린다. 새로운 언어와 담론에 우리는 낯설 수 밖에 없다. 그러나 그 자리에서 새로운 질문과 사유를 하게 되는 것이다.

　　이제 우리의 질문은 그러한 시도가 80년대에 이루어졌던 것의 배경과 의미에 놓여야 할 것이다. 그것은 80년대 정치적 긴장이 고조되었을 당시, 시대적 정황이 그러함에도 불구하고 정치시라 자청한 담론이 그들의 습관적 현실인식으로 인해 지배체제에 적절히 대응하지 못했던 점, 다시 말해서 지배 전술이 더욱 유화적이고 복잡해졌던 반면 사회주의권은 붕괴하는 시점에 이르렀으므로 사회주의적 이데올로기를 배경으로 한 총체적 담론이 더 이상 정치적 힘을 발휘하지 못했던 점에 기인한다. 거대담론이 말해지는 것이 아무런 힘도 의미도 발휘하지 못한다는 인식에 이르렀을 때 해체적 시 운동은 따라서 적절한 것이었다고 할 수 있을 것이다.

　　이와 같이 해체시 운동에 언어 예술로서의 전위성을 부여하며 정치적 성격을 상정할 수 있지만 이러한 그들의 전략은 위에서 살펴 본 것처럼 패러디 기법에 의해 보다 직접적으로 드러난다. 패러디는 기존 담론을 비판적으로 반복함으로써 당대에 부과된 문제성을 부각시킨다. 여기서 패러디된 텍스트가 권위를 부여받아 지배적 기능을 하고 있는 것이라면 이것이 풍자되거나 희화화됨으로써 새로운 맥락, 비판적이고 보다 적극적인 맥락에 놓이게 됨은 이미 살펴 본 대로이다. 즉 패러디기법은 텍스트의 미완결성을 보여주는 해체의 한 전략인 것이다. 이들 운동은 시를 단순히 자율적이고 통일적인 미학적 테두리 내에 한계짓지 않고 끊임없이 삶과 사회와 정치적 관계 속에 위치시키고자 한 것이다.

그러나 초기의 적극적이고 긍정적인 의미에서의 해체시 운동은 이후 시적 정신에 대한 치열한 자의식을 상실한 채 기법 자체를 추구하는 해체시가 됨으로써 시적 매너리즘에 빠지고 마는 한계를 드러내고 있는 것 또한 부정할 수 없는 현실이다.

4. 해체시의 욕망과 그 허무의 심연

80년대 초의 정치적 공간에서 해체시 운동이 오규원, 황지우, 이성복 등에 의해 자의식적으로 등장한 성격이 짙은 반면 80년대 후반, 90년대에 걸쳐 전개된 해체시의 양상은 그 성격을 달리한다. 후기산업사회, 대중문화, 대중매체가 지배하는 복제의 시대, 정보와 소비가 중심을 이루는 사회는 이미 중심의 복수화와 상호 이질적이고 다양한 것들의 복합체를 대량 생산하고 있다. 주체의 이성적 사유라든가 정치적 권위 같은 것들은 이제 억압을 느끼게 하는 요소들이 아니다. 홍수처럼 밀려드는 문화의 다양하고 풍부한 흐름 속에 너나할 것 없이 즐거운 비명을 지르며 쾌락과 소유를 향해 달려가는 시대가 도래한 것이다. 이러한 시대를 살아가는 시는 무엇을 해야 하고 할 수 있을까?

그러나 이와 같은 시적 자의식이 과연 아직도 문단에 살아있을까 의심하지 않을 수 없을 정도로 시라는 매체는 그 고유한 성격을 상실하고 있다. 시와 영화, 시와 광고, 시와 허접스러운 것들 이들 사이에 경계는 의도적이든 무의식적이든 너무도 자연스럽게 사라지고 있기 때문이다. 더욱 당당하게 기성품을 복제하는 문단의 현실은 막혀있던 벽을 허물자는 해체적 정신을 무색하게 한다.

푸르딩딩한 달빛 아래
고성을 연상케하는 교회의 실루엣
스멀스멀 날아가는 박쥐 떼
(흡혈박쥐가 아니라 아쉽긴 하지만)
세트장으론 여기만큼 안성맞춤이 없어
카메라 좋고 조명 좋고,
레디 고우!

(유하 「고성의 드라큘라」)

시인은 영화의 내용을 낱말 풀이까지 하며 상세하고 친절하게 설명해 준다. 하지만 시를 읽으며 기대하게 되는 어떠한 긴장도 느낄 수 없다는 것은 혼란이 아닐 수 없다. 꼭 봐야 할 추천 비디오 목록처럼 「전함포템킨」, 「13일의 금요일」, 「마지막황제」, 「파리애마」, 「로보캅」 등의 시리즈를 시인의 시집에서 만날 수 있다. 그렇다면 시집 『무림일기』의 4분의 1에 해당되는 부분을 비디오 안내서쯤으로 보면 되겠는가?

사실 해체시가 중심을 다원화시키고 명료한 이성적 사유를 부정하는 양상으로 전개되는 것은 욕망의 틈입을 허용하기 때문이다. 중심과 주변, 언어와 비언어적 기호, 문법과 모순 사이 등 규준화된 것의 경계를 넘어서려는 욕망의 힘 없이 전위적 예술 운동은 발생하지 않는다. 욕망은 바이러스처럼 떠돌아 다님으로써 텍스트에 생산적이고 창조적인 속성을 부여한다. 그것은 기계와도 같은 에너지이다.

문제는 무의식적 운동력으로서의 욕망을 생산적인 힘으로 이끌어낼 수 있어야 한다는 점이다. 단지 대중적 소비문화에 길들여진 값싸고 쉬운 욕망으로 이해해선 곤란하다는 것이다. 그러나 최근에 쓰여지는 키치적 일상시들이 보여주는 것은 유희를 위한 유희, 퇴폐를 향한 욕망의 편집증적 집중, 그것의 차원을 넘어서지 못하고 있다. 이들 시에서 보여지는 욕망은 운동에너지로서의 힘이 아니라 단일한 코드의 통속성이다. 즉 만화나 포르노물, 영화 등 대중오락예술에의 탐닉과 시 스스로 오락물이 되고자 하는 현상은 상업주의의 산물이 아닐 수 없다. 키치적 현상이야말로 정신적 허무에 허덕이는 근대인들이 보여주는 가장 직접적인 반응이라 할 수 있다. 또한 비평적 거리를 상실한 가장된 패러디, 긴장성 없는 텍스트들의 단편적 조합들인 패스티쉬 등은 복제시대에 함몰된 시의 우울한 초상을 보여주고 있다.

이외에도 장정일의, 김춘수의 「꽃」을 패러디한 「라디오같이 사랑을 끄고 켤 수 있다면」, 영화 「301, 302」를 패러디한「요리사와 단식가」, 「햄버거 먹는 남자」 등은 아쉽게도 이전 세대가 지향했던 글쓰기 자체에 대한 자의식이나 지적 상상력들이 보이는 대신 현대 소비 사회에 길들여진 통속적 욕망이 보일 뿐이다.

전위 운동으로서의 해체시는 본질적으로 매체에 대한 각성과 자의식을 바탕으로 인간 사이의, 사회 속에서의 관계를 고민한다. 이 속에는 인생과 시에 대한 깊이 있는 통찰이 담기기 마련이다. 이러한 운동과 진지성이 결여된 추수적 해체는 분명히 구별되어야 한다. 90년대에 전개되고 있는 해체시의 경향은 더 이상 문학의 새로움과 풍요로움으로 귀결되지 않는다. 오히려 기존 해체시들의 상투적 재생산과 시의 정체성 상실을 가중하여 시 스스로가 자기소외를 겪는 참담한 상태를 가져왔다. 이들은 시각 매체와 가상 현실의 홍수 속에서 고유한 시로서의 매력을 드러내지 못하는 형편이다.

대중문화, 고급예술의 경계 해체와 매체의 시대

새로운 세기의 문턱을 넘어서서 우리는 지금 한창 다양성의 세계를 살고 있다. 동시대인으로서 우리들은 각기 다양한 욕망을 추구하며 '나름대로' 열심히 살고 있다. 자신의 개성적인 욕구에 따라 열정적으로. 어찌 보면 자신의 욕망의 성곽을 더욱 다채롭고 견고하게 쌓도록 경주하듯이 사는 것 같다. 동일성을 전제로 한 단결과 소외논의가 이미 빛바랜 대신 어떤 누가 어떠한 무엇을 하는지가 주요 의제가 되는 시대이다. 우리는 응시하는 동시에 응시의 대상이 되기도 한다.

1. 새로운 세기의 문화 매체

인간의 욕구가 다양해진다는 것은 그만큼 문화가 풍성해진다는 것을 의미한다. 그 중 문화의 대량생산을 가능케 하는 것이 대중매체이고 보면 문화를 논하는 자리에서 가장 먼저 고구되어야 할 범주가 매체론일 것이다. 대중매체가 등장하면서 문화는 빠르게 발전하여 대중매체의 변화와 함께 문화 자체의 질과 성격도 달라졌다. 대중매체는 문화의 내용을 전달하는 도구에서 그치지 않고 문화의 성격 자채를 규정하는 기능을 하기도 한다. 인쇄매체가 중심적 문화수단이던 과거와 오늘날이 그야말로 문화의 양적인 측면뿐만 아니라 질적 측면에서 드러내는 차이를 생각해 보면 매체는 문화의 중심이자 곧 문화의 전부라 해도 과언이 아닐 것이다. 오늘날 영상매체들과 컴퓨터 등 다양한 매체들은 우리의 생활 속 깊숙이 침투하여 곧바로 문화의 분화와 재편을 가져왔다.

'Mass Comunication', 즉 대량 의사소통을 가능하게 하는 것은 엄밀히 말해서 기호화된 모든 것일 수 있다. 문자 언어는 말할 것도 없이 영상, 디자인, 그림, 소리 등의 모든 것이 상호관계를 형성하는 매개이다. 그러나 그중 문화의 분화와 재편을 유도했던 특정 기호체계를 들라면 대표적으로 영화, 광고, TV 프로그램, PC 통신상의 언술, 그리고 인쇄된 언술들을 꼽을 수 있다. 이들 각각의 것들은 시간, 장소, 상황에 따라 문화의 층위를 구분지었을 뿐만 아니라 자체내의 다양한 양상들을 통해 문화의 질적 차이들을 생산해냈다. 각각의 것들은 상호보완적이고 의존적이면서도 사실은 매우 배타적인 자체논리에 따라 제작되고 유통된다.

대중문화가 매스컴을 토대로 선도됨에 따라 고급예술과의 갈등이 큰 문화적 이슈가 되었던 시기가 있었지만 오늘날의 문화 지형도 상에서 그러한 갈등을 문제삼는 것은 큰 반향을 불러일으키지 못한다. 가령 영화는 그것이 지니는 매체상의 질적 경향성을 갖고 있지만 그 속에 고급문화를 지향하는 의지가 전혀 없다고 말할 수 없기 때문이다. 특히 실험적 영화의 경우, 그것들은 기존의 지적 패러다임과 영화문법을 부수고 새로이 그것들을 창조하고자 시도한다. 마찬가지로 상업성에 깊이 침윤된 대부분의 시나 소설들이 고급문화를 지향한다고 또한 말하기 힘들다. 즉 매체의 성격이 특정 경향을 드러낸다고 해서 바로 그 매체를 통해 저급이나 고급을 구분할 수는 없는 것이다. 저급과 고급의 잣대는 각 영역의 내부에서나 들이댈 수 있을 뿐 한 매체가 다른 것에 대해 가치평가하는 일은 무의미하다.

그러나, 대중과 밀착된 오늘의 다양한 매체들이 거의 일률적인 경향을 드러내는 것 또한 사실이다. 자본과 성에 직접적으로 노출되어 대중의 올바른 이성작용을 호도하는 경향은 자본주의의 성립 이후로 꾸준히 전개되어 오늘날에까지 이르렀다. 문화의 양적 풍요 속에 질적 빈곤 현상은 비단 어제 오늘의 일이 아니다. 그러하지만 지금의 포스트 모던한 문화현상을 놓고 범박하게 그 성격을 단정내리지는 말자. 인간의 욕구는 무척 다양한 데다가 욕망의 힘은 매우 큰 것이어서 얼마든지 질적 차이를 둔 문화들이 생산될 수 있기 때문이다. 누군가 질문하리라. '무엇을 상정하며 질적 차이를 둔 문화라 하는가?' 그리고 '그러한 가능성이 매우 실낱같은 희망이 아니겠는가'고. 그러나 분명 저급하지 않은 것, 키치적이지 않은 문화에서 인간은 더욱 큰 쾌락을 얻는다. 그러할진대 문화의 생산자가 지향해야 할 바는 있다고 할 수 있지 않을까.

2. 욕망과 문화의 매체들

각각의 매체-이를 특정 기호체계라 하는 것이 더 적절할 수 있을 것이다. 그러나 전달의 매개가 된다는 의미에서 보다 특정한 뜻으로 사용하고자 한다-들은 소비 욕망을 근간으로 하여 운영된다. 그 문화를 향유하는 자가 없다면 만들어내는 자도 없을 터, 그렇다면 가령 영화를 통해 사람들이 소비하고 생산하고자 하는 것은 무엇일까? 그것은 여러 가지가 될 수 있을 것인데 궁극적으로는 '환상'이다. 달콤함, 꿈, 우상 등의 그런 것들 말이다.

영화제작자들은 대중성을 겨냥하여 소비자의 구미에 맞는 것을 추구한다. 그러나 그러다보면 소비자들은 벌써 다른 것을 찾고 있다. 도무지 그들의 입맛은 촌각을 다투며 돌변한다. 그렇다면 생산자는 소비자의 취향을 좇을 것이 아니라 소비자가 그 매체의 공간에 왜 발을 들여놓고 있는가를 보아야 하는 것 아닌가? 소비자가 그것을 통해 소비하고자 욕구하는 것이 무엇인가? 영화소비자들에게 영화는 그들의 '환상'에의 욕망과 부합되므로 그들은 지속적으로 영화를 본다. 결과적으로 소비자는 반복적인 문화의 소비를 통해 다양한 체험의 그물망을 형성하고 있을 것이다. 그가 더 이상 '환상'에 대한 욕망을 갖지 않게 되었을 때 그에게 영화라는 매체는 존재하지 않게 된다. 말하자면 그것을 통해 무언가를 얻고자 하는 욕망이 있으므로 그 매체는 존재할 수 있고 또한 운영된다. 따라서 매체에 있어 유일한 진리는 욕망만이 불변한다는 것이요, 욕망이 곧 매체의 생명이라는 점이다. 욕망은 이처럼 운영원리로서의 성격을 지닌다.

영화의 경우에서처럼 문화소비자가 다른 것이 아닌 문학을 욕망하는 이유는 따로 있다. 각 매체가 욕망의 성격을 달리 갖고 있다는 것은 주목할 만한 사실이다. 가령 '환상'을 구하는 자가 있다면 그는 영화를 볼지언정 책을 읽지 않을 것이다. 그렇다면 문화 소비자들 중 책을, 문학을 찾는 경우는 어떤 때일까? 그러나 정작 여기에 명쾌한 답을 해주는 자는 없다. 답을 해주어야 할 자들이 자신의 정체성을 제시해주는 수고를 해주지 않기 때문일까? 문학의 소비자들은 그저 우연히 상품을 선택한다. 자신에게 무엇이 필요한지에 대한 자각도 없이 막연하게 소설책을 드는 것이다. 자신이 그것을 통해 어떤 만족과 쾌락을 느끼는지 명확하게알지 못한 채 의무감 비슷한 것을 가지고 책을 읽는다. 다른 상품 같으면 자신이 무엇을 갖고자 하는지 무엇을 필요로 하는지 분명히 알고 있을 것이다. 광고를 접한 일이 있다면 여기서 도움을 받을 수도 있을 것이다. 그러나 문학시장의 경우는 어떤가? 혹시 광고가 선택의 전부가 되지는 않는가? 소설책 정도는 읽어야 된다는 자기강제를 가지고 문학을 소비하는 것이라면 소설매체의 생명이 짧다는 것을 반증하는 것은 아닐까.

중요한 것은 문학의 생산자는 문학의 소비자가 '굳이' 문학을 통해 소비하고자 하는 것이 무엇인가를 인식해야 한다는 것이다. 새로운 매체가 속속 등장하여 문화의 분화가 빠르게 이루어지고 있는 시대에 다른 매체가 아닌 문학을 택하는 욕망의 차이를 읽어야 할 것이다. 대중문화냐 고급문화냐를 구분하는 패러다임을 벗어나 각 매체의 성질을 파악하고 그 매체 내부에서의 다양성과 이질성을 찾아야 할 때이다. 광고나 영화는 질낮은 대중문화 매체이고 문학은 그렇지 않다, 혹은 영상매체의 시대이므로 문학은 고사할 것이라는 식의 생각은 우리의 실상을 잘못 파악한 것이다. 각각은 이미 매체의 성격적 차이에 따른 상이한 층을 형성하고 있으며 이 모든 각각이 엄연하게 갖추어진 제도로서 존재하고 있기 때문이다. 그러므로 문학과 영화를 혹은 문학과 광고를 하나의 관점에서 논할 것이 아니라 각각이 인간의 어떤 욕망을 근거로 하여 성립되고 있는가를 파악해야 한다.

다시 반복해서 질문을 해보면, 문화 소비자가 여러 매체 중 문학을 선택하는 것은 과연 무엇 때문일까? 재미, 정보, 오락 등의 동기에 관련된 것이라기보다 문학 매체의 재료가 문자 언어라는 점에서 힌트를 찾아야 하지 않을까? 즉 문학의 소비자들은 '문자를 읽는' 행위 자체를 통해 만족을 얻는다. 이는 인간이 지성intelligence에 대한 욕망을 가지고 있음을 보여준다. 영상이 환상적 공간을 환기한다면 문자언어는 울림의 공간과 정신적 힘을 부여한다. 그리고 분명 지적 사유는 감각적인 것과는 다른 층위의 욕망이다. 각 매체가 다른 층위를 형성한다고 했을 때 언술매체와 영상매체의 문화적 층위는 바로 인간의 정신작용에 의해 결정되는 것이 아닐까.

매체의 운영원리가 되는 욕망은 매체의 성질에서 비롯된다. 영화에게 '환상'의 관계는 문학에게 '지성'의 관계와 같다. 이들 욕망은 매체를 존립시키는 근거이자 힘이요 그 매체의 생명이다. 또한 욕망이 있음으로써 각 매체 내의 다양성이 성립된다. 문학 매체 내의 다양성은 여러 주제의식에 따라 이루어질 것이다. 인간관계상의 갈등, 개인의 캐릭터 내지 광기, 생활관습의 문제들, 역사적 소재, 사회적 모순 등 인생과 인간의 여러 측면들을 살펴볼 수 있을 것이다.

그 밖에도 우리가 함께 논하고 해결해야 할 문제는 많다. 이들 다양성은 문학 매체 내에서 복잡하고 다기한 그물망을 형성하고 있을 것이다. 앞에서 필자는 포스트모던한 현상 앞에서 인간 욕구의 다양함과 욕망의 힘에 우리 미래 문화의 희망을 걸 수 있다고 하였다. 그러할진대 문학 매체의 담당자들이 자신의 영역 아닌 다른 매체와 그것의 성질에 연연하고 있는 것은 아닌가 염려된다. 보다 책임있는 작가의식과 그 작가 고유의 스타일을 만나보고 싶다.

매체론을 통해 필자가 확인하고자 한 것은 각 매체는 그것의 궁극적으로 소비하고자 하는 욕망을 지니고 있다는 것, 그것이 있음으로써 그 매체가 존재하며 운영된다는 것, 그리고 특정 매체 내에는 그것이 지니는 욕망의 성질에 따라 다양한 개별들이 생겨나 그 무수한 개별들이 마치 복잡다기한 그물망을 형성한다는 점이다. 사정이 그러하므로 21세기에는 버릴 것은 버리고 취하여 살릴 것은 살려서 보다 책임있고 정체분명한 문화의 지형을 만들어보았으면 한다.

3. 생산적인 문화의 시대

새로운 세기의 문화에 대해 이야기하라는 것은 비전을 구하기 때문일 것이다. 그러면 어떤 문화, 어떤 방향의 문화를 생산하자는 것일까? 그러나 이러한 질문은 오류이자 함정이 될 수도 있다. 문화소비자의 욕구는 고정되어 있는 것이 아니기 때문이다. 앞서 언급했던 것처럼 문화소비자의 취향을 좇는 것은 생산적인 문화 형성에 아무런 도움이 되지 못할뿐더러 역시 거의 불가능하다고 할 수 있다. 그러한 시도는 확장해서 말한다면 중심과 주변을 이분법적으로 나누어 중심 아닌 것을 소외시키고자 하는 의도가 내포되어 있는 것이다. 결국 우리는 매체에 대한 매체를 향한 욕망에만 희망을 걸 수 있다. 각각의 매체를 아직 우리가 욕망하고 있다는 사실이 중요하다. 우리가 존재한다는 가정에서 함께 존재할 욕망이 문화를 만든다. '우리는 아직 소비하고 싶다.' 이것이야말로 문화를 생산할 수 있는 근거요 미래이다.

그러나 각 매체가 각각의 층위를 대등하게 제도적으로 보장받고 있다고 해서, 그리고 문화의 다양성을 존중한다고 해서 모든 문화현상들이 바람직하다고 볼 수는 없다. 단지 숫적으로 많이 생산된다고 해서 문화의 지형이 참으로 생산적이고 풍부하다고 말할 자는 아무도 없을 것이다. 마치 거푸집으로 찍어낸듯한 헐리우드 영화나 홍콩 영화를 문화적이라 말하기 힘들다. 그에 비해 헐리우드의 자본과의 싸움을 포기한 채 한참 새로운 시도와 실험을 하고 있는 한국 영화가 세계 영화계 및 영화 소비자들로부터 주목을 받고 있다는 사실은 시사하는 바가 크다. 식상한 TV프로그램은 시청률이 낮다는 것도 주목해보자.

지금까지 문화를 소비하는 자들은 '대중'이라 하여 대상화되기 일쑤였다. 이들은 몽매하고 무지하여 계몽과 교화의 대상으로 존재했다. 대중문화와 고급문화의 구분이 바로 이러한 인식틀에서 생겨났고 후자는 전자를 일정한 관점에서 바라보며 전자는 극복되어야 할 것으로 생각했다. 그러나 이런 인식론적 틀은 시대착오적이라 할 수 있다. '대중'은 소비를 행사함으로써 생산을 유도한다. 따라서 이들의 소비가 생산의 원동력이 된다는 사실을 부정할 수 없다. 즉 대중들의 문화 소비 욕망은 우리 문화의 양뿐만 아니라 질을 결정하는 힘인 것이다.

이러한 추세라면 문화소비자들이야말로 우리의 문화를 발전시키는 주체가 아니겠는가. 생산이 먼저 있음으로써 소비가 발생한다는 관점 역시 폐기되어야 한다. 소비되지 않는 생산품들은 얼마든지 있기 때문이다. 오히려 소비가 생산의 전제 조건이고 소비됨으로써 생산된다. 그러나 그 때의 생산은 새로운 소비를 창출하는 것이다. 이러한 관점은 문화의 운영 원리에도 적용된다. 이러할 때 문화의 생산적인 발전을 꾀하는 길은 문화 소비자들을 문화의 주체로 포괄하는 것이리라.

현대시에 나타난 시간의식

1. 시의 시간성의 문제

서정시에 나타나는 시간성의 문제는 서정시의 장르석인 특성과 서정적 주체의 의식에 의해 구현되는 시간의 여러 양상에 의해 그 설명이 가능하다. 일반적으로 서정시는 서정적 자아의 독립적인 표현으로 나타난다. 그래서 서정시의 본질은 자아와 대상, 혹은 세계와의 동일성이며, 사물에 대한 인격화이다. 인격화된 사물은 자립적, 독립적 존재가 아니라 항상 서정적 자아에 종속되어 있다. 그러나 이 둘 사이의 관계가 연관되어 있다고 하더라도 서정적 자아가 인격화된 사물보다 항상 우월한 위치에 있는 것은 아니라고 할 수 있다. 그것은 사물이 자아화 되기도 하고, 자아가 사물화 되기도 하는 상호 교환의 관계로 나타나기 때문이다. 그리하여 사물도 서정적 자아도 각각의 독립적 존재로 현상되지 않는 융합의 경지가 나타난다.

슈타이거는 이런 경지를 자아와 사물의 상호동화가 가능해지는 회감[1]이라고 불렀다. 그는 회감을, 주체와 객체의 간격 부재에 대한 명칭일 수 있으며, 서정적인 상호 융화에 대한 명칭일 수 있다고 하면서, 현재의

---

1) 슈타이거, 『시학의 근본개념』(이유영외 역), 삼중당, 1976, p.96.

것, 과거의 것, 심지어 미래의 것도 서정시 속에 구현 내지는 회감될 수 있다고 했다.

서정시에서 과거, 현재, 미래라는 시간성의 도입 근거는 바로 여기서 연유한다. 즉 과거는 기억의 작용에 의해서, 현재는 여기라는 시간의식의 몰입에 의해서, 미래는 기대와 예기에 의해 시간을 미리 당김는 행위에 의해서 인데, 이러한 시간의식이 회감이라는 시적 자아의 정신 작용에 의해 서정시에 구현되는 것이다.

서정시의 시간성의 문제는 인간의 의식과 시간의 여러 양상들이 결합되어 베르그송의 순수 지속과 바슐라르의 시적 순간에 의해서도 그 설명이 가능하다. 순수 지속이란 인간의 자아가 자유롭게 활동하여 과거의 상태와 현재의 상태를 분리할 때 생기는, 인간 의식의 지속적인 형태[2]이다. 그러므로 순수 지속에서의 시간은 인간이 느끼고 체험하는 실재적이고 현실적인 시간의식이며, 결국 수학이나 물리학에서 측정가능한 선험적인 시간의식과는 구별되는 것이라 할 수 있다.

이러한 베르그송의 지속의 개념은 기억의 작용을 떠나서는 설명할 수 없다고 하겠다. 기억이란 개인의 특이한 체험에 근거한 표상이요 직관이고 시간적으로 순수 과거에 속하는, 객관적 시간과 무관하게 작용하는 의식의 흐름인 까닭이다. 즉 기억에는 정신의 노력이 내재되어 있는 것으로, 그 노력은 현재의 상황에 가장 잘 개입될 수 있는 표상들을 현재에로 인도하기 위해서 과거 속에서 어떤 표상들을 찾는 행위인 것이다. 이렇게 본다면, 의식은 기억과 일치한다고 할 수 있다.

그러나 베르그송의 이러한 지속의 개념으로는 과거와 현재가 절단된, 현재성의 몰입으로 특징지워지는, 탈근대주의적 시간관이나 모더니즘 문학의 한 특성인 공간성의 원리를 해석하는 데는 일정한 한계를 가지고

---

2) 베르그송, 『시간과 자유의지』(정석해 역), 삼성출판사, 1992, p.93.

있는 것이 사실이다. 그의 시간관은 과거와 현재가 배제된, 현재의 순간을 인정하고 있지 않기 때문이다. 이러한 논리에 의하면, 시간을 하나의 점이나 순간으로 인식하는 모더니즘의 동시성의 원리나 병치 등 공간적 형식을 설명할 수 없게 된다. 베르그송에게 있어서 현재의 순간이란 존재하지 않는 까닭이다.

베르그송의 이러한 시간성의 한계를 보충해 주는 것이 바슐라르의 시간성이다. 그는 시간을 베르그송처럼 지속의 흐름으로 보는 것이 아니라 하나의 점 혹은 순간으로 본다. 그에게 있어서 시간의 직관은 절대적인 비연속적인 특성과 순간의 절대적인 점 형태의 특성3)을 지니고 있는데, 여기서 말하는 순간의 점이란 바로 과거와 미래의 선조적 계기가 박탈된 현재의 시간성을 의미한다. 이러한 순간적 현재는 시적 대상과 서정적 자아의 순간적 통합에 의해 시의 이미지로 구현된다.

이처럼 시에 있어서 시간성의 구현은 서정시의 장르적인 측면과 인간의 의식이 시간의 여러 양상과 결합되는 방식에서 찾을 수 있다. 즉 과거, 현재, 미래가 서정적 자아의 정신 속에서 회감되거나 인간 의식의 지속과 단절에 의해서 이미지의 형태로 시간의 스펙트럼을 구현하는 것이다.

2. 근대적 시간의 두 가지 흐름

역사철학적인 관점에서 볼 때, 시간에 대한 인식은 크게 다음 두 가지로 나눌 수 있을 것이다. 순환시간론이 하나이고, 직선적 시간 의식이 그 다른 하나이다. 그리고 지금 여기의 의식에 대한 몰입으로 특징지워지는 현재적 시간의식이 추가될 수 있을 것이다.

잘 알려진 것처럼 근대를 대표하는 시간은 직선적 시간 의식이다. 과거

---

3) 한계전, 『한국현대시론연구』, 일지사, 1983, p.239.

로부터 현재, 그리고 미래로 나아가는 것이 이 시간론의 요체이다. 그런데 가장 기본적이고 당연한 듯한 이러한 시간의 의미가 인식 주체에게 체감되기 시작한 것은 그리 오래된 일이 아니다. 농업 중심의 사회가 산업 중심의 사회로 바뀌면서부터이다.

그러면 직선적 시간의식이란 어떤 특징을 갖고 있는 것일까. 이 시간의식, 곧 근대의 시간 의식은 고대와 중세의 시간 의식과 구별할 때 그 변별적 특징을 찾을 수 있다. 근대 이전의 삶의 중심은 농경 생활에 그 바탕을 두고 있었다. 그러한 까닭에 모든 시간 의식은 농경 생활과 밀접한 관련 속에서 구성되었다. 가령, 아침, 점심, 저녁, 밤이라든가 봄, 여름, 가을, 겨울이라든가 하는 따위의 측정법이 바로 그러한 본보기들이다. 자연의 운동 속에서 이루어지는 이러한 시간의식은 주기적, 순환적이며, 무한히 반복되는 양상을 보이는 것이 보편적인 특색이다. 따라서 순환적 시간의식에는 시간의 일탈이라든가 압축과 팽창과 같은 시간의 가역성(可易性)이 일어나지 않는다.

자연의 리듬과 일치하는 시간의식과 영원한 순환의식에 사로잡혀 있는 그러한 고대적 시간관에는 '과거에서 미래로'로 흐르는 시간의 선조성은 존재하지 않는다. 오직 과거와 현재만이 인간의 의식에서 구성되고, 미래라는 관념은 원리상 닫혀있을 수밖에 없다. 그들에게 다가오는 경험으로서의 시간의식은 다만 주기성과 반복성만이 전부였던 셈이다.

반면, 근대의 시간의식은 이 미래라는 관념을 떠나서는 생각할 수 없다. 주기적 시간론이 계기, 측정, 방향, 인과성 등 진보라고 생각되는 관념들보다 반복, 순환, 회귀, 비인과성 등의 관념에 매달린 것은 미래에 대한 폐쇄성에서 기인한다. 따라서 순환적 시간의식이 현재를 포함한 과거 지향적인 특성을 지니고 있다면, 근대의 시간의식은 미래지향적인 특성을 가지고 있다고 할 수 있다.

이렇듯 근대의 시간의식은 자연적인 리듬의식의 소멸과 미래지향적인 시간의식으로 요약된다고 할 수 있다. 시간의 미래성은 그리스도의 죽음과 부활이라는 역사상 단 일회의 사건, 중세의 상인과 장인의 세속적 시간의식, 그리고 시계를 비롯한 근대의 자연과학의 성장과 더불어 형성되었다. 그것은 농경문화의 소멸과 더불어 근대 산업 사회의 등장을 알리는 신호이기도 했다.

시간의 선조성에 의해 진행되는 근대는 자기조정의 세계이다. 인간이 영원성이라는 안식처에서 떨어져 나온 당연할 결과라 할 수 있다. 그리하여 영원성에 귀착되어 있던 '나'는 생각하는 존재인 '나'로 대치되었고, 그러한 '나'는 진보라는 거대한 배를 홀로 헤쳐나가는 사공이 된 것이다. 이러한 진보의 배는 근대적 현실을 일시적인 것, 우연적인 것, 덧없는 것으로 만들어버렸다.

마이어호프는 근대의 급진적 변화가 경험적 시간 개념에 미친 영향을 다음 세 가지를 들어 설명한다. 고대와 중세에 있어서의 세계관, 인생관의 중심이었던 '영원성'이라는 차원이 근대에 들어와 급속도로 기울어졌거나 실질적으로 붕괴되었다는 점, 근대 과학에서 시계의 발명과 그에 따른 시간의 양적 측정법이 채용되었다는 점, 영원한 질서에의 믿음이 서서히 쇠퇴해 감에 따라 시간을 차츰 인류 역사라는 문맥과 질서와 방향에서 경험하게 되었다는 점4)등이 그것이다.

마이어호프의 언급처럼 근대의 급진적 변화가 만들어낸 영원성의 상실은 인간의 편안한 안식처를 근본에서부터 뒤흔든 것이었다. 그것은 근대적 인간으로 하여금 자기정체성이나 자기조정을 하는데 있어 인식의 오류가능성을 배태하게 한 근본 원인이 되었고, 또한 흘러가는 가변적인 현실에서 인식의 혼돈을 더욱 가중시킨 원인이 되었다. 그러한 혼돈이나 오류들은 진보의 이념들이 여러 병리 현상들을 드러낸 채 쇠퇴하면서

---

4) 마이어호프, 『문학과 시간현상학』(김준오 역), 삼영사, 1987, pp.126-132.

더욱 일반적인 것이 되어버렸으며 강력한 영향력 또한 행사하고 있는 것이 사실이기도 하다. 역사철학적인 맥락에서 볼 때, 진보란 시간이 가장 유용한 도구라는 신념을 지칭하며, 여기서 시간이란 최고의 절대적인 가치로서 간주된다. 근대적 의미에서 시간은 황금이자 자본이었던 것이다.

그러나 진보의 신념이 여러 부정적인 현상과 더불어 쇠퇴해 감에 따라 인간 생활을 억누르는 시간의 압박감이 한층 더 견디기 어려운 실체가 되었다는 것은 의심의 여지가 없다. 이제 시간은 더 이상 최고의 가치, 절대적인 가치로서의 의미를 상실하게 되었다. 그리하여 시간에 대한 새로운 인식들이 전진하는 근대의 역사철학적 시간의식을 재구성하게끔 만들었는데, 모더니즘의 시간의식이 철저하게 주관적으로 구성되는 것도 객관적인 역사적 시간의식의 부정과 밀접한 관계가 있다고 할 수 있다.

따라서 모더니스트에게 있어서 시간이란 객관적인 경험의 영역에서 구성되는 것이 아니라 주관적인 경험의 영역에서 구성되는 것이며, 그럴 경우에만 파편화된 역사적 현실에서 의미를 가질 수가 있다. 모더니즘 기법 가운데 하나인, 시간의 흐름에 따른 전개와는 대립되는 동시성의 강조와 '현재의식'의 부각은 부분적으로 직선적인 역사 발전의 낙관적 과정에 대한 신념의 상실에서 빚어진 결과에서 기인한다.

이처럼 근대에 대한 비판적 성찰로서 모더니즘의 시간의식은 근대의 진보와 쇠퇴라는 이중의 모순 속에서 잉태되었다. 그것은 역사적인 시간의식과 객관적인 시간의식에 대한 부정, 그리고 그에 따른 주관적인 시간의식으로 특징지워지며 또한 시간구성이 철저하게 현재에서 이루어지는 특징 역시 가지고 있다. 즉 과거, 현재, 미래라는 계기적 순차성이 부정되고, 오직 현재 속에서 과거와 미래가 작가의 주관 속에서 구성되는 것이다.

모더니스트들에게 시간이 이렇게 철저히 주관화되는 것은 전진하는 시간으로서의 직선적 시간의식의 붕괴와 영원성의 상실에 따른, 실존적 차원에서의 죽음의 문제에서 기인한다. 즉 흐르는 시간이야말로 원자화된 근대적 인간에게 최대의 공포로 다가온 것이다. 따라서 이러한 공포감으로부터 벗어나기 위해서는 시간을 추방하든가 아니면 과거의 영광인 영원성을 회복하든가 하는 선택의 기로에 놓일 수밖에 없게 된다. 그리하여 모더니즘 문학에서 근대에 대한 비판적 성찰로서의 질서의식과 유토피아의식이 탄생하게 된다.

질서와 유토피아의식은 근대에 대한 재평가와 더불어 중세의 위대성과 비견되는 근대에 있어 '새로운 질서'란 무엇인가라는 탐색의 과정에서 나온 것이다. 그러한 까닭에 이 질서에는 인식의 통합성, 종합성과 밀접하게 관련되어 있다. 근대의 역사철학적인 시간의식에서 직선적인 시간의식과 맞서는 주기적 순환시간이 등장하는 것은 바로 이러한 이유 때문이다. 물론 이 때의 순환시간 의식은 단순한 자연의 리듬에 그치는 고대적 의미의 시간성과는 엄연히 다르고 할 수 있을 것이다. 그것은 불연속적이고 경험적인 사건들을 배제하면서 현재를 중심축으로 삼아 과거와 미래를 순차적이고도 합목적적인 발전의 총체적인 역사속으로 끌어들이는 시간의식이기 때문이다.

3. 현대시에 나타난 시간의식

불연속적이고 경험적인 시간의 배제에 의한 현대의 주기적 순환시간은 현대시에서 주로 기억과 자연의식, 모성적 이미지, 신화적 방법, 불교적 상상력, 무의식적 욕망의 한 형태인 사랑 등으로 나타난다. 이외에도 인식의 통합을 위한 수많은 이미지들이 있을 것인데, 가령, 시간을 추방해버린 전통으로 대표되는 모든 인식성들은 모두 여기에 해당될 것이다. 본고에서는 이 가운데 가장 많은 비중을 차지하는 기억의 차용과 원시주의의 한 표상인 자연의 서정화 방법에 대해서 주로 살펴 볼 것이다.

누님, 기억하시겠지요. 우리의 귀여웠던 과거를 기억하시겠지요. 자살
연습으로 그친 내 피스톨의 상처가 회복될 수 있다면, 우리 고향의 성
미카엘여자고등학교 근처에 꼭 한번 가보고 싶어요.
(중략)
그 즈음 우리는 베드로 성당의 일곱 번째 고목나무에 집게벌레의 집을
파놓았고, 키보다 더 자란 호밀들이 소금을 뿌린 듯 반짝이는 그 비행장
공터에 오색 유리구슬을 묻었습니다. 정말 완전히 증명된 피타고라스
의 왕국 안에서 우리는 얼마든지 즐거웠고 평안할 수 있었습니다.

이가림, 「프루스트의 편지」 부분

인용시는 프루스트의 『잃어버린 시간을 찾아서』에서 영향받은 듯 보
이는 이가림의 대표시 가운데 하나이다. 잘 알려진 것처럼, 프루스트가
차용한 기억의 방법은 단순히 과거를 되살리는 의장이 아니었다. 그가
사용한 무의식적 기억의 방법은 어느 특정한 순간에 잃어버린 듯 하지만
사실은 우리 내부에 존재하는 시간을 발견하는 것이라 할 수 있다. 즉
그 시간은 근대에 의해 분열되고 파편화된 시간이 아니라 오염되지 않은
종합된 시간인 것이다.

이가림이 주목하는 것도 바로 이 시간의식이다. '피스톨'로 표상되는,
근대에 의해 분열된 시적 자아는 그것의 치유를 위해 "우리의 귀여웠던
과거"를 기억해 낸다. 그런 다음 그 기억 속으로 시간의, 공간의 여행을
떠난다. 그 공간을 서정적 주체는 "정말 완전히 증명된 피타고라스의 왕
국" 쯤으로 인식하면서 "얼마든지 즐거웠고 평안할 수 있었음"을 느낀다.
환경과 자아의 합일화된, 일체화된 세계라 할 수 있을 것이다. 이처럼
「프루스트의 편지」에 나타난 시간과 공간은 훼손되지 않는 순수한 시공
간이라 할 수 있다. 그것은 근대의 대표적 현상 가운데 하나인 소위 시공
간의 압축 현상과는 무관한 곳이다.

이렇듯 기억은 현재의 순간이 미래에 대한 조응에 실패할 때5) 일어나

---

5) 소광희, 『시간의 철학적 성찰』, 문예출판사, 2001, p.61.

는 정신의 한 작용이다. 그러한 까닭에 그것은 직선적인 시간의식의 파탄과 밀접한 상관관계를 갖는다고 할 수 있다. 또한 그것은 생의 한가운데서 경험적 시간이 단절될 때마다 떠오르는 의식의 한 표상이다. 이 순간마다의 표상들로 되살아나는 기억은 시간의 지배를 받지 않는다. 말하자면 시간이 추방된 무시간성, 곧 영원의 세계라 할 수 있다.

영원의 세계와 관련되어 시적 의장이나 주제로 자주 차용되는 것 가운데 하나가 자연의 서정화 방법이 있다. 흔히 낡은 것, 이미 지나가 버린 먼 시대의 소재 내지는 주제인 자연의 의미가 현대시에서 가장 많이 등장하는 이유는 무엇일까. 그것은 자연이 기억의 경우처럼 소위 무시간성 혹은 영원주의와 관련되어 있기 때문이다.

> 나무가 나무끼리 어울려 살 듯
> 우리도 그렇게
> 살 일이다.
> 가지와 가지가 손목을 잡고
> 긴 추위를 견디어 내듯
>
> 나무가 맑은 하늘을 우러러 살 듯
> 우리도 그렇게
> 살 일이다.
> 잎과 잎들이 가슴을 열고
> 고운 햇살을 받아 안 듯
>
> 나무가 비바람 속에서 크듯
> 우리도 그렇게
> 클 일이다.
> 대지에 깊숙이 내린 뿌리로
> 사나운 태풍 앞에 당당히 서듯
>
> 오세영, 「나무처럼」 부분

자연이란 인간에 의해서 변형되지 않는 인간 이외의 모든 현상을 의미한다. 그것은 있는 그대로의 존재태이며, 그렇기 때문에 완벽한 질서의 세계를 구현해 낸다. 또한 시간적 의미라는 관점에서도 자연은 주기적 순환시간의 완벽한 구현체이다. 가령, 아침, 점심, 저녁이라든가 봄, 여름, 가을, 겨울 등 순환적 싸이클에 의해 지배되는 것이다. 그런 만큼 자연은 순환적 시간의식을 대표한다고 할 수 있다. 자연이 현대시에서 주요한 비중을 차지하고 있는 것도 자연이 주는 시간의 이러한 의미 때문에 그러하다. 즉 진행적인 시간의식이나 진보 등의 관념이 회의적이고 현저히 약화될 때, 우리 자신에 대한 재확신의 수단으로 우리가 필연적으로 기대거나 몇몇 지속적이고도 보편적인 성향에 담긴 보다 호소력 높은 이미지들을 진보의 영원한 맞수인 듯 새삼스럽게 생각해내게 된다. 이같은 인식은 시간의 선조적 파탄과 밀접한 관련을 갖는 것이라 하겠다.

인용시 「나무처럼」에서 읽을 수 있는 일차적 의미는 자연의 섭리를 배우자는 것이다. "나무가 나무끼리 어울려 살 듯", "나무가 맑은 하늘을 우러러 살 듯", "나무가 비바람 속에서 크듯" 우리도 그렇게 살고 성장하자는 뜻이다. 나무는 자연의 일부이기는 하지만 자연 그자체로 보아도 무방하다고 하겠다.

일반적으로 자연은 반복과 회귀를 되풀이하는 영원한 순화구조의 세계이다. 시간적 의미로 보면, 주기적 순환시간에 해당되는 바, 이러한 시간성에는 '과거에서 미래로' 흐르지 않고 다만 영원한 반복과 순환만이 되풀이될 뿐이다. 「나무처럼」에서 보여주는 상상력도 자연이 주는 시간의 이러한 성격을 잘 표현하고 있다. 그렇다고 인용시에서 알 수 있듯이 현대시에서의 자연의 시간성은 농경문화에 의해 지배되던 고대적 시간의식과 동일한 것으로 생각할 수는 없을 것이다. 주기적 순환시간이 지배하는 고대 사회란 그것의 막강한 힘에 의하여 인간이 그 시간의식에 종속되어 있는 까닭에 진보의 이념과는 무관한 이때의 시간관은 아무런 의미가 없다고 할 수 있을 것이다. 즉 근대의 순환시간은 직선시간과 대립하는 문명의 힘에 의해 탄생되었기 때문에 이 시간의식이 주는 의미는 고대의 것과 다른 것이라고 할 수 있다. 근대의 순환시간은 직선적인 연대기적 시간의식의 붕괴와 그 맥을 같이 하는 까닭에, 시간의 파편이 감지되는 순간에는 언제든지 나타나는 것이기에 그러하다. 게다가 자연의 시적 상상력은 원시주의 한 표상이다. 원시주의란 모든 경험을 도덕 문명의 입장에 서서 문명을 철저히 거부하는 의식으로써, 시간 감각을 초월하는 무시간적인 것이다. 이는 곧 또 다른 의미에서의 영원주의에 해당된다.

근대를 특징짓는 시간에는 영원주의로 대표되는 순환시간외에도 현재에서 구성되는 시간의식이 있다. 이 시간의식은 과거에서 현재로, 다시 미래로 이어지는 시간감각이 존재하지 않는다. 즉 현재가 과거 혹은 미래와의 조응을 상실한 채 현재의식 그 자체로 종결되는 의식인 것이다. 소위 모더니즘 문학의 해체적 감각과 포스트 모더니즘의 과정으로서의 글쓰기 등이 이 시간의식을 대표한다. 해체 그 자체와 현재적 감각으로의 몰입이라는 측면에서 보면 모더니즘이나 포스트 모더니즘이 특별히 구별되는 점은 없다고 할 것이다. 다만 이 두 사조가 나아가는 지향점에서만 차이가 있을 뿐이다. 특히 영미 모더니즘계에서 지향하는 구조체 모형이 그러한 것인데, 이를 유토피아에 대한 그리움이라는 관점에서 보면 순환시간에 해당될 것이다. 그런 면에서 시간 감각상 포스트 모더니즘의, 해체적 시간의식을 검토하면 현재의식으로의 몰입이라는 현대시의 시간적 특성을 충분히 읽어낼 수 있을 것으로 판단된다. 다음 두 편의 시를 통해서 과거와 미래에 대한 의식을 상실한, 시의 시간적 특성을 살펴보기로 하자.

오늘 내가 해 보일 명상은 햄버거를 만드는 일이다
아무도 손쉽게, 많은 재료를 들이지 않고 간단히 만들 수 있는 명상
그러면서도 맛이 좋고 영양이 듬뿍 든 명상
어쩌자고 우리가 <햄버거를 만들어 먹는 족속> 가운데서 빠질 수 있

겠는가?
자, 나와 함께 햄버거에 대한 명상을 행하자
먼저 필요한 재료를 가르쳐주겠다. 준비물은
(중략)
그것이 끝나면,
고기를 넣고 브라운소스를 알맞게 끼얹어 양파, 오이를 끼운다.
이렇게 해서 명상이 끝난다.

이 얼마나 유익한 명상인가?
까다롭고 주의사항이 많은 명상 끝에
맛이 좋고 영양 많은 미국식 간식이 만들어졌다.
장정일, 「햄버거에 대한 명상」 부분

이 시를 읽어 보면 금방 알 수 있는 것처럼, 명상 속에서 햄버거를 만드는 내용으로 구성된 작품이다. 마치 시적 주체가 식당의 주방장이 되어 요리를 하고 있는 듯한 착각을 줄 정도로 햄버거 만드는 일이 사실감 있게 그려지고 있는 것이다. 햄버거는 현재 만들어지고 있는, 진행의 대상으로서 시간 감각으로 보면, 이 시는 철저하게 현재 그 자체로 구성된 작품이라 할 수 있다. 그러한 까닭에 과거의 어떤 기억이나 그것을 만들어서 미래에 어떻게 하겠다는 목적이 있을 수 없다. 연대기적 질서가 거부된 채 다만 철저하게 현재의식 그 자체 속에 몰입되어 있는 것이다. 그런 만큼 어떤 인식의 통일성이나 종합성을 지향하는 일과는 무관해 보인다. 그런데도 시인은 이 명상을 유익하다고 했다. 전혀 유익해 보이지도 않는데 말이다. 일종의 과정으로서의 글쓰기에 대한 편집적인 욕망 때문에 그럴 것이다.

인용시의 경우처럼 현재의식으로의 몰입현상은 직선적인 시간의식의 파탄과 밀접하게 관련을 갖고 있다. 만약 이 의식이 과거의 기억이나 그러한 기억을 통해서 어떤 유토피아 의식을 지향한다면 그것은 신고전주의적인 시간의식, 곧 순환론적인 시간의식으로 나아갈 것이다. 그러나 인용시에서 보듯 시인은 그렇게 하지 않는다. 현재 그 자체에서 머무를 뿐 그것이 과거나 미래와 조응하지 못하고 있기 때문이다. 오직 현재의식 그 자체만이 바이러스처럼 이리저리 떠돌아다닐 뿐이다.

현재의식으로의 몰입은 근대 사회에 널리 퍼져있는 근대인들의 정신적 진공의 기호적 표현이다. 이러한 진공의식은 건전한 모델로서의 기억이나 미래에 대한 유토피아 의식의 상실과 밀접한 관계를 갖고 있다. 이처럼 과정으로서의 글씨기는, 과정이라는 현재의식만이 존재할 뿐, 기억이나 미래에 대한 조응력을 찾을 수가 없다.

현재의식으로의 몰입이라는 포스트모던의 또다른 시간의식으로 키치가 있다.

> 푸르딩딩한 달빛 아래
> 고성을 연상케하는 교회의 실루엣
> 스멀스멀 날아가는 박쥐 떼
> (흡혈박쥐가 아니라 아쉽긴 하지만)
> 세트장으론 여기만큼 안성맞춤이 없어
> 카메라 좋고 조명 좋고,
> 레디 고우!
>
> 유하, 「고성의 드라큘라」

이런 시를 두고 칼리니스쿠가 한 말을 기억할 필요가 있다. 그는 키치를 쾌락주의의 한 표현[6]으로 보고 있는데, 실상 쾌락주의란 시간감각상 현재를 떠나서는 생각할 수 없는 의식이다. 철저하게 현재의식으로 몰입되지 않고는 쾌락이란 불가능하기 때문이다.

쾌락주의에 바탕을 두고 있는 이런 류의 해체시가 중심을 다원화시키고 명료한 이성적 사유를 부정한다는 점에서 보면 긍정적이라 할 수도 있다. 그리고 중심과 주변, 언어와 비언어적 기호, 문법과 모순 사이 등

---

6) 칼리니스쿠, 『모더니티의 다섯얼굴』(이영욱 외역), 시각과 언어, 1993, p.305.

규준화되고 규격화된 것들의 경계를 넘어서려는 욕망의 힘 없이 전위 예술 운동은 발생하지 않는다는 점에서도 어느 정도 그 가치를 인정할 수 있을 것이다.

　그러나 이러한 긍정적인 평가에도 불구하고 쾌락주의는 근대인의 정신적 진공 상태에 그 뿌리를 두고 있다는 점에서 부정적이라 하지 않을 수 없다. 이 진공상태는 과거와 미래를 종합하는 방향감각의 상실에서 기인한다. 그러한 까닭에 현재가 과거와 미래와 조응하여 경험적 시간의 의미확장을 해 나가는 것이 아니라 '지금, 여기'의 현재적 감각만을 받아들이게 된다. 어떤 질서의 추구나 인식의 완결성이 없는 자기충족적인 만족 그 자체만이 있을 뿐이다.

　결국 시인들이 시간을 구축과 회복의 관점에서 받아들이느냐 아니면 해체와 파괴의 관점에서 받아들이냐 하는 것은 그들 세계관의 문제일 것이다. 즉 보편적인 거대 서사를 통해서 분열된 근대인의 인식적 통합이 가능할 것이라는 꿈과 그렇지 못할 것이라는 좌절감의 차이인 것이다.

서사시의 요건과 「국경의 밤」

1. 서사시의 개념

　'서사시'(epic)라는 용어가 하나의 역사적 장르이자 이론적 장르로 통용되기 시작한 것은 잘 알려진 바와 같이 아리스토텔레스의 장르 3분법에서부터이다. 그가 구분한 서사시란 용어는 서정시, 극시와 대비되는 산문적인 양식 모두를 지칭하기 위한 것이었다. 즉 당시의 서사시란 역사적 장르이자 이론적 장르를 통칭한 용어였던 것이다. 서사시는 서정 양식과 대비되는 산문적 양식을 지칭하고 있었다는 점에서 보면 이론적 장르였지만, 그것이 유럽의 역사에서 실제로 존재한 장르였다는 점에서 보면 역사적 장르였던 까닭이다.

　현재 「국경의 밤」을 둘러싸고 진행되고 있는, 그것이 서사시인가 아닌가에 대한 논란은 역사적 장르인 종 개념으로서의 서사시가 현대에 성립할 수 있느냐에 따른 것이다. 여기서 불가피하게도 「국경의 밤」이 현대 한국의 서사시로서 가능한가를 규명하기 위해서는 서구 서사시의 기본 요건을 되짚어보지 않을 수 없게 된다. 그것은 서구의 기준 틀로 한국의 문학적 특수성을 재단한다는 비난에도 불구하고 서사시는 서구의 역사적 장르이기에 앞서 보편적인 이론적 장르로 굳어져 있기 때문이다.

장르 유와 장르 종을 아울러 함유한, 아리스토텔레스가 구분한 서사시는 당시의 시대적 응전력을 바탕으로 한 고유한 양식적 특성을 가지고 있었다. 우선, 서사시는 시기적으로는 마르크스가 인류의 유년시대라고 불렀던 고대 사회를 그 기반으로 하고 있다. 자아와 세계가 갈등하지 않는 총체성이 구현되는 시기, 여러 원심적인 힘들을 하나로 통합하는 구심적인 세계가 지배하는 시기가 바로 서사시가 통용되던 시기였다. 그러한 까닭에 서사시는 구심적인 힘을 하나로 집약하는 집단의 힘과 그 힘을 선도해나가는 위대한 신과 영웅들의 세계를 노래하게 된다. 이렇게 집단을 선도하는 단일한 음성이 존재하는 서사시에는 집단을 파열시키는 이질적인 소리라든가 이타적 음성 등이 전혀 개입할 수 없게 된다. 소위 서사시 무갈등론이 여기서 기인하는 것이다.

둘째, 종 개념으로서의 서사시는 위계 질서상 최상의 수준에 대한 것들만이 재현의 대상이 되는 고급한 장르라는 특성을 가지고 있다[1]. 여기서 고급한 장르란 뜻은 저급한 장르[2]의 상대적 개념으로서, 가령, 천지창조에 관한 이야기라든가, 건국의 이야기 등 위계질서상 최상의 것을 의미한다. 그런만큼 민중들의 살아 숨쉬는 일상성과는 일정한 거리를 가지고 있는 양식이다.

셋째, 서사시는 일상성과 단절되어 있는만큼 서사적 거리를 가지고 있는 장르이다. 서사시의 세계는 그 재현의 대상이 항상 과거로 나타난다. 그러한 까닭으로 시를 낭송하는 시인과 작가, 그리고 시를 듣는 청자들의 시간과 분리되어 있다. 즉 현재의 시간과 절대적인 서사적 거리로 단절되

---

1) M. Bakhtin, "Epic and Novel", "From the prehistory of novelistic", 『The Dialogic Imagination』, texas univ. 1982. 참조.
2) 바흐찐은 저급한 장르의 대표적인 양식으로 소설(Novel)을 들고 있다. 그는 '신의 시대'에 대표적인 문학장르가 서사시라면, 민중의 시대의 대표적인 장르가 소설임을 지적하면서, 소설이야말로 일상성이 가장 잘 구현되는 장르로 보았다. 위의 책 참조.

어 있는 것이다. 이는 곧 시사성의 문제와 관련되는 것으로서, 서사시에는 이러한 문제들을 포함하여 현재 진행중인 사건 등이 재현될 수 없다는 뜻이다. 만약 현재성, 당대성이 개입하게 되면 서사적인 거리는 좁혀지게 되고 결국 서사시의 고유한 양식적 특징은 변질될 수밖에 없을 것이다. 이렇게 본다면 현재성에 근거한 개인적인 경험과 어떤 특정 대상에 대한 개인의 가치판단은 서사시의 세계와는 무관하다고 할 수 있다. 그리하여 서사시에는 현재의 시간과 근접하는, 혹은 일치하는 시간을 갖지 못하는 까닭으로 이 양식은 후대에게 항상 과거의 시로만 나타나게 되는 것이 다[3].

이 외에도 서사시의 구성방법으로 특정한 민족적 율격을 가지며, 삽화적 구성, 이야기의 독립성을 갖출 것 등을[4] 들 수 있을 것이다.

2. 「국경의 밤」은 서사시인가

장르는 흔히 비순수한 것으로 알려져 있다. 그렇다고 장르의 비순수성에만 매달리게 되면, 규범적인 장르 규정이 애매해지고 결국은 장르 해체라는 극단적인 결과를 낳고 만다. 이러한 결과를 피하기 위하여 다시 장르는 순수하다는 인식으로 기울다가도 이론과 괴리되는 실제의 현상과 마주치게 되면 다시 비순수성으로 되돌아가게 되는 것이다. 이론과 현상, 보편성과 특수성간의 괴리, 이러한 현상이 이론을 비껴가는, 다른 역사적 장르들의 장르 규정을 어렵게 하는 요인으로 작용한다. 일반적으로 서사시라고 불려지는 「국경의 밤」역시 이론과 실제 사이에 일어나는 대표적인 괴리 가운데 하나로 우리를 혼란스럽게 하는 양식이다.

---

3) Ibid., p.13.
4) 오세영, 「「국경의 밤」과 서사시의 문제」, 『한국 근대문학론과 근대시』, 민음사, 1996, pp.243-248.

　　김동환의「국경의 밤」이 서사시로서 가능한가를 놓고 진행된 논란은 크게 두가지로 양분된다. 곧, 장르 종으로서의 초기 서사시의 전통을 잇지 못하고 있으므로 서사시로서 인정될 수 없다는 관점과 민족적 시대적 특수성을 감안하여 서사시로 성립될 수 있다는 관점이 그것이다. 전자의 경우는 주로 서양의 장르 이론과 장르의 순수성에 기초하여「국경의 밤」이 보여주는 그 함량 미달을 들어 서사시로 규정할 수 없다는 입장인 반면, 후자의 경우는 각 시대마다, 민족마다 가지고 있는 특수성에 기초하여 서사시는 얼마든지 변용, 성장할 수 있기 때문에 서사시로 볼 수 있다는 것이다.

　　서사시의 변용론, 성장론에 기대게 되면,「국경의 밤」은 서사시의 함량에 들건 혹은 미달하건 간에 서사시가 된다. 이러한 주장을 펼치면서 그들은 한국적 특수성을 강조한 나머지 서사시에 대한 지나친 서구적 잣대에 경계를 표시하기도 한다. 즉 서구적 고대 서사시의 개념을 아무런 굴절이나 변용도 없이「국경의 밤」에 기계적으로 적용시켰다거나 이 작품이 씌어진 당시의 우리 민족이 처해진 특수한 상황과 그 가운데에서의 작가의 의도를 전혀 무시한 처사가 되어 결국 각기 단위가 틀리는 서양의 자(尺)로서 국문학 작품을 재단해버린 형국5) 등이 되어버린다는 것이다.

　　그러나 한국의 서사시 개념을 올바르게 정립시키기 위해서는 역사적 장르이자 이론적 장르인 서구의 서사시 개념의 준거틀을 무시할 수도 평가절하 할 수도 없다는 점이다. 실상 한국에서 현대 서사시의 가능성을 긍정하고 있는 연구자들도, 서사시 부정론자들이 기대는 서구적 기준에의 편향에 대한 그들의 항변과 달리, 서구 서사시 개념으로부터 크게 자유롭지 못하다는 사실을 인정할 필요가 있는 것이다. 즉 그들 역시 누구의 서사시 개념을 적용했느냐에 따라「국경의 밤」이 틀림없는 한국

---

5) 장부일,「한국 근대 장시 연구」, 서울대 대학원, 1992, p.16.

의 최초의 서사시가 되기도 하고 그에 미달하는, 곧 서사시에 준하는 양식이라는 식의 가치판단을 내리고 있는 것이다.

그러면 서사시의 한국적 혹은 현대적 가능성을 긍정하는 논자들이 보는, 「국경의 밤」에서 추출되는 서사시적인 요소들은 무엇인가. 약간의 편차를 보이긴 해도 그들의 논의를 집약해 보면 다음과 같다. ①집단의식을 가질 것, ②이야기체의 형식을 가질 것(서사구조), ③역사적 사실과 대응될 것, ④율격을 가질 것, ⑤길이가 비교적 길 것, ⑥향토성, 민족성을 가질 것, ⑦주인공은 평균치 이상의 인물일 것6) 등이다. 서정시의 범위를 넓히게 되면, ②④⑤는 꼭 서사시만이 갖는 특성이라고는 볼 수 없을 것이다. 그리고 ③, ⑥과 경우도 ①의 집단의식에 포함될 수 없는 것이므로 굳이 서사시의 구성 요건에 넣을 필요는 없을 것으로 보인다. 문제는 ①과 ⑦의 경우이다.

서사시의 서구적 기준 틀에서 보면, '집단의식'은 서사시 구성요건 가운데 핵심적인 요소 가운데 하나가 된다. 고전적 서사시의 구성 요건 가운데 하나인, 민족의 전설, 건국의 이야기, 천지창조 등은 모두 집단에 관련된 것들이기 때문이다. 또한 이러한 주제들을 구현하고 있는, 서사시의 주인공이 영웅이라든가 신 등이라 하는 것도 사실은 모두 이 집단의식과 관련되어 있는 것이다. 실제로 「국경의 밤」에서 고전적 서사시의 근본 구성 요건이라 할 수 있는 이 '집단의식'에 관련된 이야기를 찾아 보는 것은 그리 어려운 일이 아니다. 아마도 「국경의 밤」을 통속적인 사랑이야기로 평가절하 할 수 없는 이유도 이 작품이 이 의식과 관련되어 있기 때문인지도 모른다.

---

6) 김용직, 『한국근대시사』, 새문사, 1983, pp.283-300.
　　김우종, 「어두운 역사의 서사시」, 『문학사상』, 1975.
　　김재홍, 『한국현대시인연구』, 일지사, 1986.
　　김춘수, 「서사시는 가능한가」, 『사상계』, 1965.

① --妻女
「그래도 싫어요 나는
당신 같은 이는 싫어요,
다른 계집을 알고 또 돈을 알구요,
더구나 일본말까지 아니

(제3부 58장)

거의 묻일 때 죽은 병남이 글 배우던 서당집 노훈장이,
「그래도 조선땅에 묻힌다!」하고 한숨을 휘—쉰다.
여러 사람은 또 맹자나 통감을 읽는가고 멍멍하였다.
청년은 골을 돌리며
「연기를 피하여 간다!」

(제3부 71장)

② 「나는 벌써 도회의 매연에서 사형을 받은 자이요,
문명의 환락에서 추방되구요,
(—)
몰락하게 된 문명에서
일광을 얻으러 공기를 얻으러,
(—)
옛날의 두만강가이 그리워서
당신의 노래가 듣고 싶어서.」

(제3부 28장)

③ 「페스탈로치와 루소와 노자와 장자와
모든 것을 알고 언문 아는 선비가 더 훌륭하게 되었소,
그러다가 고향이 그립고 당신을 못 잊어 술을 마셨더니,
(—)
멀리 멀리 옛날의 꿈을 들추면서 지내요.
아하, 순이여!」

(제3부 58장)

「국경의 밤」에서 집단의식이나 민족성 등을 이야기할 경우 흔히 언급

되었던 부분은 ①의 경우이다. '일본말'에 대한 거부의식이라든가 '그래도 조선 땅에 묻힌다'든가에서 보이는 민족의식에 대한 발로가 바로 그것이다. 검열이라는 현실적 제약이 상존하고 있는 가운데 이만한 정도의 조선주의, 대일본의식을 드러낼 수 있다는 사실이 놀랍다고 하겠다.

「국경의 밤」에서 집단의식을 문제 삼을 경우 ②와 ③과 같은 인식은 거의 언급되지 못했다. 집단의식이 어떤 구체적 대상을 통해 매개되지 못하고 무매개적인 추상화, 관념화의 형태로 그것이 드러나 있기 때문이다. 그러나 집단의식의 개념을 넓게 잡을 경우 ②의 원시주의나 ③의 사랑과 같은 무의식의 경험들도 이 의식의 범주에 넣을 수 있을 것으로 판단된다. 파탄된 문명적인 것의 한계를 딛고 원시적 감성의 힘과 풍요로움으로 되돌아가는 일, 그리고 사랑과 같은 무의식적 충동으로 되돌가는 일이야말로 자아와 세계가 갈등하는 시대에 잃어버린 총체성에 대한 염원, 곧 공동체의 의식에 해당되기 때문이다.

「국경의 밤」이 서사시의 구성요건에 들어 갈 수 있는 것은 이 집단의식에서 비롯된다. 또한 이 작품이 국가주의, 원시주의, 사랑과 같은 본능적 무의식 등 위계 질서상의 최상의 것들을 재현의 대상으로 삼고 있는 것도 마찬가지의 경우이다. 이러한 요인들은 고전적 서구 서사시의 기준틀이 한결같이 요구하고 있는 사항들이기 때문에 「국경이 밤」이 어느 정도 서사시로서의 골격을 유지하고 있는 것처럼 보인다. 서사시 긍정론을 주장하고 있는 논자들이 김동환의 「국경의 밤」이 서사시로서 성립될 수 있다고 보는 근거도 실상 여기서 비롯된다.

그러나 서사시는 무엇보다는 당대를 재현의 대상으로 삼고 있지 않다는 점에서 현재를 재현의 대상으로 삼고 있는 「국경의 밤」은 일차적으로 서사시가 될 수 없다고 할 것이다. 서사시가 시사성을 띤다거나 당대에 대한 시였던 적이 한번도 없었던 까닭이다.[7]

게다가 「국경의 밤」의 주인공들은 모두 현재화된 인물들이다. 서사시의 주인공이 신과 영웅, 좁게 잡아서 평균치 이상의 인물(언문아는 선비나 순이가 평균치 이상의 인물이 될 수는 없다)이어야 한다는 당위적 명제 외에도 「국경의 밤」의 주인공들이 당대의 인물들이라는 점에서 서사시와는 무관하다고 할 수 있을 것이다. 서사시의 주인공은 언제나 일상적 인물과 반비례해서 재현되며, 지금 여기의, 우리 시대의 인물이 서사시의 주인공이 되었던 적은 없었기 때문이다[8].

또한 서사시는 과거의 시이다. 서사시에서 재현하는 위대한 사건이나 위대한 인물들은 과거의 사건이나 인물들이다. 현재의 사건이나 인물이 위대할 수는 없기에 그 위대함을 재현의 대상으로 삼는 서사시에는 현재의 시간이 존재하지 않는다. 낭송되는 서사시가 현재의 시간과 절대적인 서사적 거리로 단절되어 있는 것도 이 때문이라 할 수 있다. 「국경의 밤」이 과거의 사건이나 추억을 다루고 있는 점에서 보면 서사시의 요건을 어느 정도 구비하고 있는 것처럼 보인다. 전체 3부 가운데 과거를 다루고 있는 2부가 그렇다. 그러나 이 부분도 「국경의 밤」 전체에서 조망해 보면 현재와 연속된 것이라 할 수 있다. 2부의 추억이나 과거는 현재의 상황을 연결해주는 원인과 결과의 관계, 곧 현재의 지속에 불과하기 때문이다.

게다가 「국경의 밤」은 개인적인 경험을 다루고 있는 작품이다. 개인의 경험이 서사시에 틈입하면, 서사시는 변질된다. 즉 개인의 경험과 개인의

---

7) Bakhtin, op. cit., p.13.
8) 이 글은 김동환의 「국경의 밤」이 서사시인가 아닌가 하는 장르 규정의 문제를 다루고 있는 글이다. 「국경의 밤」의 서사시적 가능성의 여부가 이 글의 목적이긴 하지만, 이런 정의를 내릴 때, 난감한 문제가 북한에서 활발히 창작되고 있는 서사시의 문제이다. 가령, 1946년 북한에서 창작된 조기천의 「백두산」의 경우가 특히 그 본보기가 된다. 이 작품은 김일성의 항일투쟁을 다룬 서사시로서 서사시에서 금기시하는 사건의 당대성과 시사성, 인물의 영웅성 등을 재현의 대상으로 삼고 있다. 그러나 이렇게 동시대인의 영광과 영웅화 등을 재현의 대상으로 하고 있다고 해도 작품의 주제나 주인공은 위계질서상 가장 상층화된 것이고, 평범한 개인들의 세계와는 거리화되어 있는 것이다. 이것의 서사시 성립여부는 별개의 문제이다.

가치판단이 서사성과 충돌하게 되면, 서사시의 고유한 특성인 서사적 거리는 좁혀지게 되어 그것의 고유한 속성은 변형될 수밖에 없고 결국은 그 존립 근거도 잃어버리게 될 것이다. 이렇게 되면, 우리는 더 이상 이러한 류의 작품들을 서사시라 부를 수 없게 될 것이다.

3. 「국경의 밤」은 서술시 혹은 이야기 시이다.

「국경의 밤」을 서사시로 보려는 관점은 장르의 비순수성을 받으들면서도 그것의 순수성을 믿는 경우이다. 물론 그 역의 경우도 가능할 것이다. 그러나 서사시라는 개념은 장르 유의 개념으로서도 장르 종의 개념으로서도 사라진지 오래다. 장르 유의 개념으로서 서사시는 오늘날의 산문 문학, 곧 소설 양식으로 대치되었고, 역사적 장르로서의 장르 종의 개념으로서의 서사시도 민중의 시대인 오늘날 이미 그 생명을 다한지 오래다. 오늘날은 서사시의 발생 배경인 되었던 신의 시대도 영웅 시대도 아닌 까닭이다.

「국경의 밤」을 몇 가지 그럴듯한 이유를 들어 서사시로 규정하는 것은 서사시의 발생 배경과 그것이 요구하는 구비요건의 관점에 비추어 볼 때 타당하지 못한 결론이라 할 수 있다. 또한 서사시를 서사성과 시성(詩性)의 변증법적 통합을 들어, 시의 범주와 산문적 범주의 중간 단계로 자리 매김하는 것도 옳다고 할 수 없다9). 서사시는 이미 사라진지 오랜된 화석 속에 갇힌 장르이기 때문이다. 화석에 살을 붙이고 피를 주입한다고

---

9) 염무웅, 「서사시의 가능성과 문제점」, 『한국문학의 현단계』 1, 창작과 비평사, 1982.
　　김창수, 「전환기의 문학양식」, 『문학사상』, 1987.
　　김용직, 『한국근대시사』, 새문사, 1983.

해서 그것이 부활할 수는 없다.

장르에 규범적 정의를 내리기가 대단히 혼란스러운 것이 현재의 실정이다. 장르 확산이라든가 장르 해체라는 말들이 대단히 유행하고 있는 것이다. 그러나 서정 양식, 서사 양식, 극양식이라는 고전적 장르 3분법은 어떠한 경우든 유지될 것으로 판단된다. 대단히 많은 하위 영역들을 거느리면서 양적, 질적 팽창을 거듭할지라도 그러하다.

따라서 「국경의 밤」도 큰 테두리로 보아 서정 양식으로 보는 것이 옳다고 생각된다. 다만 좁은 의미의 서정시가 아니라 이야기와 사건을 갖춘 서술시(Narrative-poem)와 이야기 시(story-poem)10) 등이 더 타당할 것이다.

---

10) 「국경의 밤」의 서술시, 이야기 시에 관한 자세한 논의는 오세영의 앞의 논문과 조남현, 「김동환의 서사시에 관한 연구」, 『인문과학논총』, 건국대학교, 1978.에 자세히 논의되었으므로 생략함.

한국 현대시의 서정적 기반

인쇄일 초판 1쇄 2002년 10월 23일
         2쇄 2013년 08월 15일
발행일 초판 1쇄 2002년 11월 18일
         2쇄 2013년 08월 25일

지은이 송 기 한
발행인 정 진 이
발행처 새미
등록일 1987.12.21, 제17-270호

서울시 강동구 성내동 447-11 현영빌딩 2층
Tel : 442-4623~4 Fax : 442-4625
www. kookhak.co.kr
E- mail : kookhak2001@hanmail.net
가 격 14,000원

* 새미는 국학자료원 의 자매회사입니다.
*저자와의 협의 하에 인지는 생략합니다.